敏腕CEOと
秘密のシンデレラ

JN052378

EB
エタニティ文庫

目次

敏腕ＣＥＯと秘密のシンデレラ

プロローグ

梓《あずさ》が恋人の千博《ちひろ》と逢うのは一ヶ月ぶりだ。

弟、正人《まさと》の塾の先生だった彼は、塾を辞め、家業を継ぐことになった。

その関係でアメリカへ長期出張していたのだが、今日ようやく帰ってきて、逢う約束をしたのだ。

千博は、大事な話があるから、と電話の向こうで言っていた。

梓にも彼の大事な話がなんなのか、だいたいわかっている。千博は、アメリカでの仕事がこれからも長引く可能性が高いらしい。あっちに梓と一緒に行ければいいんだけど、と、何度も梓に、今後の計画を匂わせていた。

『一緒に行こうって言ったら困る?』

冗談めかした口調だったが、多分本気だったのだろう。梓は、彼が軽い口調を装っているのをいいことに、その話をうやむやにした。

アメリカになんて絶対に行けない。

もし『俺と結婚してアメリカに行こう』と言われたら、断る以外の選択肢はないのだ。

――弟のことが最優先だもの……私が、千博さんと一緒になれないのは仕方ない。正人のお姉ちゃんは私だけなんだから……。

そう思いながら、梓は連れてきてもらったホテルの部屋を見回した。

ここは今、千博が滞在している都心の最高級ホテルだ。すれ違う顧客にも、普通のサラリーマンの姿などなかった。この階はエグゼクティブフロアだとエレベーターに表示されていたことを思い出す。

普通のサラリーマンであるはずの千博がなぜ、こんなすごい部屋に宿泊しているのだろうか。

――ここ、スイート……って言うの？　ホテルの部屋なのに、家具がいっぱいある……。

梓の知らない世界が、目の前に広がっていた。

アメリカに出張するまで、彼は普通の勤め人で、とびきり格好いい以外は、ごく一般的なサラリーマンで、優しく穏やかな恋人に過ぎなかったのに……。

「なんでそんな風に目を丸くしてるんだ？」

傍《かたわ》らの梓を振り返り、笑いながら千博が言う。彼は、梓が知っているどんな俳優よりも整った容姿の持ち主だ。

派手ではないが清潔感のある知的な美貌《びぼう》。いつもきっちりとアイロンを掛けたシャツを着て、小綺麗《こぎれい》なジャケットを羽織《はお》っている。

背が高く逞《たくま》しい身体には、無駄な肉一つ付いていない。

一方の梓は……可愛いと言われることもあるけれど、目立たないひっそりした女だ。二十歳だが、化粧はしておらず、服も何年も同じ。背のなかばまである髪は、幸い丈夫で手入れの必要がない。小柄で、痩《や》せていて、目だけが大きく、年相応の華やぎには欠けて見える。

「このお部屋がすごく広いから……びっくりして」

そう言って、梓は千博の広い肩にそっと頭を乗せた。彼にこうやって寄りかかるのが好きだ。

逞《たく》しくて、百五十四センチの小柄な梓が寄りかかってもびくともしない。

——なんで千博さんは、こんなすごいホテルに泊まってるんだろう？　今まで借りていたマンションを引き払ったとはいえ。

室内が豪華すぎてそわそわする。生活苦の梓だって知っている。こういう部屋に泊まるには、想像を絶するくらいお金が掛かることくらい。

梓は戸惑いながら、千博の肩越しにそっと窓に目をやった。

大きな、磨き抜かれた窓だ。

外には東京《とうきょう》の夜景がきらきらと輝いている。

「逢いたかった。一ヶ月って結構長いな。時間単位に換算すると七百二十時間か」

梓の肩を抱いて、千博が笑った。塾で数学を教えていた千博は、数字が好きらしい。

一日が八万六千四百秒だと考えると、時間の捉《とら》え方や感覚が変わる、なんて、梓にはよくわからないことを言い出したりする。

だが、千博が魅力的な人であることは間違いない。弟の塾の面談で初めて会ったとき『塾の先生というより、王子様みたい』と思ったくらい、輝かしいオーラを放っている。

出逢ってから、ひょんなことがきっかけで惹《ひ》かれ合うまで、時間は掛からなかった。

――出逢って半年、付き合って三ヶ月……か。私も千博さんを好きになりすぎちゃったみたい。

千博が真面目で誠実で、自分を深く愛してくれていることは梓にもわかっていた。

――千博さんには、絶対に迷惑はかけられない。アメリカに一緒に行こうってはっきり誘われたら、ちゃんと断ろう……本当は今日だって、会いに来ないほうがよかったんだけど……。やっぱり会いたかった……

ああ、どうか彼から『一緒にアメリカに行こう』と誘われませんように。恋の終わりの日が、少しでも先になりますように。梓は心の片隅で、そう祈った。

梓の身体に回された腕に力が籠《こ》もる。顎《あご》をつ、と持ち上げられ、唇を奪われた。

千博の舌が梓の唇を舐《な》める。いつも穏やかな千博の鼓動が、どんどん速くなっていく。

キスが激しさを増してきた。舌を絡め合うのが恥《は》ずかしくて、梓の身体が強ばる。

身体中を強ばらせた梓をぎゅっと抱きしめ、千博が低い声で言う。

「ごめん梓……続きしていい？」

「つ、続き……」

『俺が泊まってるホテルで会おう』と言われた時点で、そのくらい梓も覚悟してきた。

とはいえ、お洒落《しゃれ》する余裕など経済的になくて、いつも通りの質素極まりない格好だけれど。

「うん……」

梓は恥《は》じらいとせつなさを堪《こら》え、恋人の広く滑らかな背中に手を回した。いつ別れが決定になるかもわからないのに、好きな人に触れられるのが嬉しくてたまらない。

——私、初めて抱かれるなら千博さんがよかったの。こんなことをするの、最初で最後だし。

梓の心の翳《かげ》りには気付かぬ様子で、千博がふたたび口づけてくる。

広いベッドに組み敷かれ、梓はぎゅっと目を瞑《つむ》った。のし掛かっていた身体が離れ、大きな手が不器用に梓の着ているものを脱がせ始める。

「嫌だったら、途中で言ってくれ。一応我慢できるはずだから」

彼が服を脱がそうとするのを手伝いながら、梓は頷いた。ブラウスと、スカートと、長い靴下……次々に剥《は》ぎ取られた服が、シーツの上に投げ出されていく。

下着姿にされて、梓は横たわったまま身をすくめた。

男の人と付き合うのが初めての梓にとっては、当然、この先の行為も初めてだ。

――どんな風なんだろう、痛いのかな。

震える梓に、千博がそっとキスしてくる。

「お願い……見ないで、もっと暗くして」

引きつった声で懇願《こんがん》すると、千博がルームライトとダウンライトを消してくれた。それでも、窓の外の明かりで室内はほの明るい。下着姿を両腕で隠して、梓は小さな声で言った。

千博がためらいなくワイシャツを脱ぎ、アンダーをかなぐり捨てる。引き締まった身体のラインが薄闇の中に浮かび上がり、梓は戸惑って目を逸らした。

綺麗《きれい》すぎる。どこにも無駄がなく、きりりとそぎ落としたような身体だ。こんな美しい身体の男の人に、自分の痩《や》せた身体を晒《さら》して大丈夫なのだろうか。

羞恥《しゅうち》で視線を彷徨《さまよ》わせる梓に、裸の千博がのし掛かった。

肌と肌が重なり、どくんと心臓が音を立てた。同時に、えも言われぬ滑らかな温もりが伝わってくる。

「あ……」

触れあった場所から身体が溶けていくような、不思議な感覚だった。

ぎこちなく背中をまさぐっていた千博の手が、梓のブラジャーをそっと外した。それから、その手がショーツに掛かり、それもゆっくりと脚から抜き取る。

脱がせた下着を傍《かたわ》らに置いて、千博が梓の腰に回した手にぎゅっと力を込めた。

むき出しの全身が、千博の裸体にぴったりと重なる。

されるがままに身を任せ、梓は力の入らない手を千博の腕に掛けた。心臓の音だけが、どんどん速く大きくなって、息苦しささえ覚え始めた。

「綺麗《きれい》すぎて怖くなってきた」

梓を抱きしめたまま千博が呟く。抱き寄せられていて、彼の顔が見えない。硬直したままの梓を抱いていた彼が、意を決したように身体を少し浮かせた。

のし掛かっている彼の顔が、梓のすぐ側にある。至近距離で見てもなに一つ欠点のない、男らしく精悍《せいかん》な顔。

千博は、片腕で己の身体を支えたまま、もう片方の手を梓の脚に伸ばした。梓の左脚を立てて開かせ、掌《てのひら》で優しく内股を撫《な》でた。たったそれだけの刺激で、梓の不慣れな身体はびくんと跳ねる。

恥《は》ずかしくて怖くて、なにもできない。声も出なかった。

千博の手は優しくゆっくりと内股を撫《な》でさすり、さらに梓の脚を開かせた。

脚の間に、千博の身体が割り込む。

顔が熱くて、痛いほどになってきた。千博の生まれたままの身体が怖いくらい近くにあって……梓の呼吸が、緊張で苦しくなってきた。

「もう少し触るから」

唇を離して、千博が呟いた。えっ、と思った瞬間、梓の身体に甘い衝撃が走る。

「いや……ッ！」

千博の指先が、梓の脚の間の濡れた場所に触れた。

反射的に腰を引こうと、梓はもがく。ベッドに横たわった姿勢では逃げ場などないのに。千博の指は離れなかった。閉じ合わされた裂け目を開こうとするように、ゆっくりと未熟な花唇を撫でさする。

「あ……あぁ……嫌……そこ……あぁ……っ」

大きくも小さくもない乳房が、千博の厚い胸に押し付けられる。胸の先端に、今まで感じたことのないような、強い掻痒感《そうようかん》を感じた。硬く尖《とが》ってしまった乳嘴《にゅうし》が刺激に耐えられず、梓の身体を熱く炙《あぶ》る。

「……っ、あ……」

息を乱した梓は、なんとか千博の身体から逃れようとシーツを蹴った。なにをされても恥《は》ずかしい声が出る。

「ああ、可愛い声だな、梓の声」

千博が囁《ささや》き、梓の自由を奪うようにキスしてきた。シーツに押し付けられた身体をくねらせても、どうにもならない。

脚の間を弄《もてあそ》ぶ指が、陰唇のさらに奥へと押し込まれた。

「んうぅ……っ」

キスされたまま、梓は鋭い声を上げた。だが、身体をよじれば千博に触れてしまう。無防備な肌と肌が重なるたびに、梓の身体はますます熱くなって、下腹の疼《うず》きが増すばかりだ。

「う……く……んぅ……っ……」

くちゅ、と小さな音が聞こえた。梓の秘められた場所を暴《あば》く音。

「んん……っ」

梓は思わず、千博の裸の肩に縋《すが》りついた。

柔《やわ》らかな蜜口の浅い場所を、千博の指が出入りする。梓はむき出しの乳房を押し付けていることにも構わず、両脚を震わせてその指を受け入れた。

「ん、ふぅ……っ……く、ふ……」

目の縁《ふち》から涙が一筋流れ落ちる。生まれて初めて味わった刺激に、身体中が震えていた。

くちゅくちゅという音が増し、より深い場所に指が押し入ってくる。

千博の指を呑み込んでいる場所が、勝手にひくひくと収縮した。耐えがたくなって、梓は背を反らせる。指から受ける刺激が強すぎて、腰が勝手に揺れた。

千博の指は、ますます深い場所を暴《あば》こうと、奥深くへと沈み込む。

「んっ、んぅ……っ……」

たまらずに梓は腰を浮かせる。キスされたまま指で身体を開かれて、もがくたびに裸の身体を恋しい男にこすりつけて。身体の芯が焼けそうだった。

開いた脚がかたかたと震えた。呼吸はひどく乱れ、身体中が重くて力が入らない。膨れ上がる熱が弾けそうになった寸前で、千博の指がずるりと音を立てて抜かれた。

「……今度は、俺が入りたい」

唇を離して、千博が言った。その声は掠《かす》れていて、余裕がなかった。

梓は涙で濡れた顔で、こくりと頷く。ほころんだ花びらは、すでにびっしょりと濡れていた。

千博が梓の腰を大きな手で掴《つか》み、昂《たかぶ》った杭を泥濘《ぬかるみ》の中央に押し付けた。

「ちゃんと付けた、大丈夫だから」

恐らく避妊具のことだろう。梓は頷き、手を上げて、枕の端を掴《つか》む。

痛くても我慢しよう、と覚悟を決めた瞬間、熱い塊《かたまり》が梓の身体を押し開いた。

「……っ……あ……」

「ごめん、力抜いて」

千博の片手が梓の片脚を持ち上げ、大きく開かせる。

あられもない姿勢だ。恥《は》ずかしい場所も繋がっている部分も、千博には丸見えになっている。梓の羞恥《しゅうち》がますます強まり、枕の端を掴《つか》む指に力がこもった。

「あ……やだ……無理かも……っ……」

ぬるつく場所がずぶずぶと肉杭を呑み込んでいく。鉄の棒でこじ開けられている気さえした。

「大丈夫、もう少しだ、ごめん、痛いのに」

梓は、指の色が変わるほど枕を掴んだ。

千博自身が、信じられないほど奥まで押し入ってくる。痛くても、彼の身体だと思うと愛おしい。梓は緩やかに身体を開かれながら、千博のこめかみにキスをした。

唇が触れたと同時に、呑み込んでいた千博のものが、なかでひくりと動いた。別の、硬くて大きな生き物のようだった。

「……こら、そんなことされたら、暴発するから」

言葉と共に、梓の蜜口に硬い下生えが触れた。

最後まで入ったんだ、と思ったと同時に、千博が両腕で梓の身体を抱きしめた。

「梓、可愛い……なんでそんなに可愛いんだよ……」

繋がりあったまま隙間なく抱き寄せられ、梓は汗だくの身体を彼に委《ゆだ》ねた。

「我慢できない、動いていいか？」

ようやく彼を受け入れて弛緩《しかん》している梓とは対照的に、千博の身体はだんだんと熱くなってきていた。滑らかな肌はしっとりと濡れ、梓を貫く熱塊は、更に硬さを増している。

言葉が終わると同時に、硬い肉槍がずるりと中をこする。

「え……？　あ……っ……」

痩せた脚を開かせたまま、千博が梓の身体を穿《うが》ち始めた。柔《やわ》らかな梓の蜜窟は、無抵抗にその動きを受け止める。抜き差しされるたびに、耐えがたいほどに恥《は》ずかしい蜜音が響いた。

「あぁぁ……っ、だめ、これ……動いちゃ……っ、あぁぁんっ」

濡れそぼった自身の花襞が、千博のくれる快感を求めて絡みつくのがわかった。痛くて、違和感だらけで辛いはずなのに、それ以上の疼きが下腹部に広がっていく。

梓の身体が、何度も何度も、昂《たかぶ》る怒張をずぶずぶと呑み込んだ。引き抜かれるたびに、たらりと蜜をこぼす。

「やあ……っ……なに……これ……あぁぁ……っ！」

繰り返し貫かれながら、梓は半身をよじった。

生々しい音は止《や》まない。千博の荒い息づかいと、梓のうわごとのような嬌声《きょうせい》だけが、広い部屋に満ちていく。

引き締まった身体が、梓の肉の薄い尻に当たり、艶《なまめ》かしい打擲音《ちょうちゃくおん》を生む。

千博がなにかを堪《こら》えるようにぎゅっと目を瞑《つむ》り、強ばった怒張で、梓の一番奥をぐっと押し上げる。粘膜がぎゅっと縮まり、ぶるりと下腹が波打った。

腹の中で膨らんでいく熱が、我慢できないほど高くなる。お腹にたまった熱が弾《はじ》けてしまうと思った瞬間、千博を咥《くわ》え込んだ路《みち》が、ひときわ強く痙攣《けいれん》した。

「ああ……やだ……やだぁ……っ……そこ、深い……っ」

ぐちゅぐちゅという音を聞いているだけで、どうにかなりそうだ。痛いのか気持ちいいのかわからず、恥《は》ずかしい声が止められなくなる。

「柔《やわ》らかくなってきた、梓の中……すごく気持ちがいい……」

梓は逞《たくま》しい身体に縋《すが》り付き、のけぞって唇を噛みしめた。だが、甘ったるい声が唇からこぼれ落ちた。

「っ、あ、ダメ……ひぅ……っ……」

繰り返し刻み込まれる肉杭の熱さに、梓の身体は止めどなく震えた。

「一ヶ月も梓に会えずによく耐えたな、俺」

千博が、荒い呼吸のもと、そう口走った。彼の滑らかな額《ひたい》や喉には、汗の雫《しずく》が浮き上がっている。形のいい眉根を寄せた顔は、強い快楽を堪《こら》えているように見えた。

しとどに濡れた蜜口と剛直の付け根が、口づけするように何度もこすり合わされる。

息が熱くて、身体がひくひくして、なにも考えられない。

「っ、あ、ちひろ……さ……っ……」

うわごとのように名を呼ぶと、千博が身を乗り出して、梓の唇を己の唇で塞《ふさ》いだ。

同時に、蕩《とろ》けきった隘路《あいろ》が、ふたたび勢いよく穿《うが》たれる。

「……っ、梓、ごめん……もうダメだ」

唇を離した千博が苦しげに言い、ぐりぐりと梓の身体を突き上げた。

下腹部の収縮が止まらない。咥《くわ》え込んだ肉槍が、鉄のような硬さになって、梓の身体の奥でビクンビクンと脈打った。皮膜の内側に熱欲を吐き尽くし、千博が全身を使って息をしながら言った。

「ああ、可愛い……梓……」

繋がり合ったまま優しくキスをされ、梓は小さく頷いた。

——やっぱり私、千博さんが大好きだから、今日は……会いに来てよかった。

名残《なごり》を惜しむように抱き合った後、千博の身体がゆっくり離れる。朦朧《もうろう》とする梓の身体を拭いながら、千博が落ち着きを取り戻した口調で言った。

「大丈夫か？　痛い？」

こえる。

ぐったりしたまま梓は答えた。千博が離れる気配がして、ごそごそと衣擦《きぬず》れの音が聞
「ううん、大丈夫……」

——そうだ……私……もう帰らなきゃ。

重たい身体を叱咤《しった》し、梓も起き上がる。

ズボンを身につけ、シャツを羽織《はお》っただけの千博が驚いたように振り返った。

「梓、寝てていいよ。シャワーの準備してくる」

「ううん、いい」

梓は短く答え、のろのろと脱がされた服を身につけていく。帰りたくないが、帰ろう、
と自分に言い聞かせながら、よれよれの服に袖《そで》を通す。

「どうした？　本当に寝てていいのに……大丈夫だったか？」

千博が、着替えを終えてベッドに座り込んだ梓の傍《かたわ》らに腰を下ろした。黒い綺麗《きれい》な目
にじっと見つめられ、梓は慌てて首を振った。

「なんでもない」

「大丈夫ならいいんだけど。どこか痛かったら、ちゃんと言って」

優しく抱きしめられ、梓はもう一度首を振った。

——もう、帰ろう。

本当は帰りたくないが、仕方ない。祖父母の家に預けているとはいえ、弟を夜遅くまで待たせるのは可哀相《かわいそう》だ。

これからますます火の車になる自分の家を……それから、まだ十三歳の弟、正人のことを思い浮かべ、恋に浮かれている場合ではないと自分を戒《いまし》める。

「ごめんなさい、私もう帰るね」

その言葉に、千博が一瞬身体を強ばらせた。

結ばれたばかりの恋人にしては、梓の言葉や態度が冷たすぎるからだろう。だが、穏やかな彼は、すぐに優しい顔になって言う。

「家まで送る。もう塾は辞めたから、正人君の『先生』じゃないし、挨拶《あいさつ》に行きたい」

「ううん、いい、一人で大丈夫。地下鉄を降りたらすぐだから」

「そうじゃなくて……その……ご家族に挨拶《あいさつ》したいんだ」

緊張を孕《はら》んだ千博の言葉に、梓は彼の腕の中で凍り付く。

「俺は本気で梓が好きだ。梓にはまだ早いかもしれないけど……できれば結婚したい。何年かアメリカに行かなきゃならないから、梓にも一緒に来てほしい」

低く艶《つや》のある声は、千博らしくない緊張を孕《はら》んでいた。

梓は息を呑む。

——ああ……

一番聞きたくない言葉だった。それを聞くのは、もう少し先でもよかったのに、と思いながら、梓は重い口をゆっくり開く。

「あの……前にもちょっと話したけど、私と弟は祖父母にお世話になっていて、弟が大学を出るまでは、私は結婚も引っ越しも無理なの」

本当はこうやって、千博と逢っていることすらうしろめたいのだ。

梓の人生は、これからもっと苦難に満ちたものになる。

なぜなら、先週、梓たち姉弟を捨てた父が亡くなったからだ。

父の顔など、もう長いこと見ていなかった。会いたくもなかった。

七年ほど前、母が病気で亡くなるや否《いな》や、父は家を飛び出して愛人のもとに走ったのだ。

父と愛人は長い付き合いだったらしい。だが父は、身体の弱い母を見捨てられないから、仕方なく養っていたと断言した。梓も正人も、愛人との未来の前には重荷でしかないと、はっきり。その日以降、どんなに泣いても父は戻ってこなかった。

母は亡くなるまで、父の愛人のことを知らなかった。それだけが梓の救いだ。

しかし、鬼畜の所業に走った父にも、多少の罪悪感はあったのだろう。

父は梓と正人に、隔月で、わずかばかりの生活費を振り込んでくれた。

だが死後、父の財産がまったく残っていないことが判明したらしい。

梓と正人への財産分与は一切なく、父から受け取っていたお金も、今後なくなる。

――これ以上おじいちゃんに迷惑掛けられないもの。

祖父は、下町の小さな精密機械の会社をやっている。

十年ほど前に作業場を拡張したため、居住スペースが狭くなってしまった。

そのため、梓たち姉弟は、祖父の家の隣のアパートを借りて暮らしている。

祖父の家の近辺は、最近爆発的に地価が上がった。

高級住宅街にそこそこ近かったせいで『人気エリア』と呼ばれるようになり、裕福な人たちが一気に流入し、商業施設も次々にできたからだ。

梓の財力では、祖父の家の近所だとまともな家を借りられなかった。

今住んでいる、築四十年近いアパートも、隙間風が吹くほど安普請《やすぶしん》なのに、びっくりするくらい家賃が高い。

だが梓は、こんな状況ながら、お金を貯めたいと思っている。

正人は頭がいいので、ちゃんといい大学に行ってほしいのだ。

高校を出てすぐに祖父の会社で働き始めた梓と、同じ道を辿《たど》らなくていい。

「梓が正人君の面倒を見なければいけないのはわかってる。おじいさんにも頼りすぎたくないんだろう？　だから、正人君の学費と生活費は俺が負担しようと思うんだ」

驚いた梓は慌てて首を横に振る。

「駄目、正人はまだ十三歳だし、大学に行かせたいから無理よ」

「それでいい。大学を出て、一人暮らしを始めるまで俺が支援するよ。心配しなくていい」

「……だから、それは……駄目だってば……」

梓は更に首を横に振った。

もしかして、千博はいい家の息子さんなのかな、とうっすら思う。だから、こんなホテルにも泊まれるし、梓や正人を支援すると気軽に言うのだろう。

でも、それはできない。

結婚早々、夫のお荷物になりたいわけがないからだ。

それに、梓の実家の悲惨な状況を見たら、優しい千博だって逃げ出すかもしれない。

——好きな人に裏切られるのが怖い。千博さんに『やっぱり駄目だった』、なんて切り捨てられたら、耐えられないもの……お父さんのときみたいに、見捨てられるのはもう嫌。

だから梓は、自分を守るほうを選んでしまった。

「そういうこと、されたくないの。私たち、付き合って三ヶ月しか経ってないのに」

千博だってまだ二十六歳だ。

中学生の正人の生活の面倒を見るなんて、想像を絶する負担になるだろう。いつか梓と正人を足枷《あしかせ》のように感じる日が来るはずだ。

——ああ、今日逢いに来た私が馬鹿だった。ごめんね、千博さん……

梓は気力を振り絞り、千博の言葉を突っぱねる。

「アメリカには一緒に行けない。正人も連れていくなんて、そこまで頼れないよ。……ごめんなさい。結婚とか考える余裕なくて……本当にごめんなさい」

これで終わり。決めたとおり、プロポーズを断らなくては。

我ながら冷たい女だと思う。だが胸がいっぱいで、千博を気遣う余裕もない。

梓は呆然と自分を見上げる千博に背を向けた。

自分勝手なひどい彼女だったと思って忘れてほしい。

「今までありがとう。三ヶ月だったけど楽しかった……じゃあ、さようなら」

「あの、ちょっと待ってくれ、梓」

「……付いてこないで。一人で帰りたいから」

梓は凍り付く千博に背を向けて、ホテルの部屋から飛び出した。

――初めて付き合った相手が、優しくて私を大事にしてくれる人でよかった。

これから先、梓は多分、結婚できない。

少なくとも向こう十年分の自分のお金と時間は、弟を大学に行かせて、立派な会社に入れるために使う予定だからだ。それに、こんなにひどい形で千博を振った人間に、幸せになる資格もないと思う。

そう思いながら、梓はエレベーターに乗り込む。

一人になったら、涙が出た。梓は、バッグから取り出したハンカチで目を押さえた。

――なにをしてるんだろう、私。来なければよかった。でも……今日、会えて嬉しかった。

梓は唇を噛みしめる。

覚悟を決めたつもりだったのに、予想以上の喪失感で、胸に穴が空いたように感じる。

――家に帰る前に、顔をなんとかしなきゃ。もう終わり。もうこれで忘れるの。千博さんを、私の家の事情には巻き込めない……私から去っていく千博さんを……見たくない……


こうしてちっぽけな女の短い恋は終わった。

生活の余裕などなかったのに、本気で恋をしてしまった。それが梓の犯した過《あやま》ちだった。

その後、千博から何度連絡があっても、一度も返事はしなかった。それが梓の、唯一の意思表示だ。

やがて千博からの連絡は途絶え、梓にも『新しい人生』が始まった……

「ママ！」

「家の中では走っちゃダメ」

梓の小言に、娘の百花《ももか》がピタリと足を止めた。

娘の百花は今年六歳。

弟の正人や祖父母からは「モモ」と呼ばれて可愛がられている。

名前は父親の千博から一文字もらって……と言いたいところだが、別れたまま連絡も取っていない相手なので、千ではなく、百にした。

梓が付けた名前は、百花。鈴木《すずき》百花、だ。

平凡な名字と少し変わった名前の組み合わせを、梓は気に入っている。

――大きくなったなぁ。なんだかしみじみしちゃう。

去年買った長袖のトレーナーが、ちょっと短くなっていた。

せっかく可愛いのに、いつも安物の服ばかりで申し訳ないと思いつつ、梓は百花の頭を撫《な》でる。

妊娠がわかったときは、祖父母も弟も絶句していた。もちろん梓もだ。避妊はしてもらったのにどうして、と悩んだ。そして、中絶するしかないと思った。

だが、ちょうどその頃奇跡的に、祖父の会社に新しい大口取引の話が入ったのである。

祖父の会社は昔ながらの小さな町工場で、『鈴木製作所』という。

企業からオーダーを受け『型』を作る製作所だ。

例えば車のエアコンの温度調節つまみや、スマートフォンの背中部分の板。

祖父は製品のパーツの中でも、製作するのが難しい型作成、いわゆる『腕のいい職人さんにしかできない仕事』を引き受けていた。

梓の母が亡くなった頃は、不況のせいもあり経営状態がよろしくない時期が続き……そこに孫二人が転がり込んだのだから、更に大変になった。

しかし百花がお腹にやってきた頃から、新しい仕事が増え出して、状況が上向いた。

相変わらず苦しい生活だったが、三食ちゃんと食べられて、週に一度は外食もできるほどになったのだ。

『神様がその子を育てろって仰《おっしゃ》っているんだろうな。そうとしか思えない』

祖父は言い、祖母と弟も同意してくれた。

とくに十三歳の弟、正人が強く後押ししてくれたのだ。

『俺がもっと姉さんを手伝うから。赤ちゃんも俺が学校から帰ってきたら面倒見る』

どうやら正人は、正人なりに悩んでいたらしい。

両親を亡くしたせいで苦労している姉の姿に、辛い思いをしていたのだろう。

それに多分、梓に秘密の恋人がいて、その相手をとても好きだったことも、正人は気付いていたのだろう。姉が、心の中では赤ちゃんを産んで育てたいと思っていることも。頑《がん》として父親の名を口にしない梓に、正人は『無理に言わなくてもいいよ』と告げた。そして、『俺は、これ以上姉さんが辛い思いをするのは嫌なだけ』と言ってくれたのだ。皆にたくさん助けられ、迷った末に子供を産むことにした。

梓はもう、誰とも結婚しないと決めている。

千博と別れた後は、異性に興味がなくなってしまったからだ。テレビで格好いい芸能人を見てもなにも感じない。心に穴が空く程度には、千博が好きだった。

——お医者さんは、きちんと避妊具を使っても、稀《まれ》に赤ちゃんができることがあるって言っていた。多分、この子、絶対生まれたい理由があるんだろうな。この世界でやりたいことがあるんだ。

そして、月満ちて、百花は元気に生まれた。

千博に迷惑をかけてしまうから、父親が誰なのかは口が裂けても言わない。だから勝手に育てることだけは許してほしい。そう思いながら、梓は百花のママとしての人生を始めた。

シングルマザーになったことを批判する人もいたが、応援してくれる人もいた。

祖父母も正人も、近所の人も、百花を可愛いと言ってくれる。

だから、『家族とモモが平和なら充分だ』と思い、不愉快な言葉は受け流して生きている。

もちろん傷つくこともあったし、ご近所の悪口おばさんには『男遊びが激しいんだろう』なんて言いがかりを付けられていて、うんざりすることもある。

だが、それは仕方ないのだ。無責任と批判されても、笑って流すしかない。

産んだのは梓の勝手だ。百花の人生はもう始まっている。

梓にできることは、百花をいい子に育てることだけだからだ。

「いつも言ってるでしょう？　上のお家に響いちゃうから、ドタバタしちゃダメよ」

このアパートは築四十年を超えている。

百花が生まれる前から住んでいた手狭な室内は、今や百花と正人と梓の持ち物でいっぱいだ。

引っ越したいのはやまやまなのだが、祖父母の家から離れてしまうと思うとなかなか踏み切れない。

「わかった！　ごめんねママ、静かに歩く！」

百花が大きな目でウインクしてくれた。

親馬鹿かもしれないが、百花は相当な美人だと思う。

さらさらの黒い髪はおかっぱで、黒目がちな大きな目は長いまつげに縁取《ふちど》られている。

色白で愛らしく整った顔は、お人形のようだ。

梓には若干似ている気がするのだが、千博にはまったく似ていない。

お陰で、父親が誰なのか、誰にも知られていない。塾で千博に勉強を習っていた正人ですら気付いていない。

それに百花は、ママの梓もびっくりするほど気立てがいい。

赤ちゃんの頃から手が掛からなすぎて、保健師さんに『片親だから、私が苦労してると思って気を使っているんでしょうか』と相談し、笑われたことさえあるくらいだ。

「ママ、アイス食べていい？」

古びた冷蔵庫を開けながら百花が言う。なるほど、珍しく家にアイスがあるから興奮していたのか、と思いつつ、梓は笑顔で頷いた。

「一本だけよ。正人にも取っといてあげて」

「はーい！」

百花が冷凍庫の扉をちゃんと閉めたことを確かめ、梓はふたたびノートパソコンに向き直り、仕事の資料に目を落とす。

──『すーじぃ』、意外と売れてるなぁ……

祖父がご近所の『凄腕《すごうで》だけど零細《れいさい》企業』の職人さんたちと組んで作った玩具《がんぐ》『すーじぃ』の売り上げを見つつ、梓は腕を組む。

思えば、百花が生まれてから、祖父の会社はもう駄目だという局面をギリギリで回避してきた。

祖母が『モモちゃんがラッキーを運んできてくれるのよ。やった、今年も生き延びた！』なんて言うくらいに。

今回のすーじぃの件もそうだ。

すーじぃは、『俺らもそろそろ引退だから』が口癖のご近所さんが、謎の本気を結集して作った、電卓……のようなものである。

見た目は透明。この透明がすごい。樹脂なのにクリスタルガラス並みの透明度だ。透明な氷の中に、数字や文字だけが浮かんでいるように見える。使われているフォントも樹脂も特殊液晶も、祖父や友達のご近所のじい様たちが開発した品物だ。

ちなみに、すーじぃのパーツの型加工を担当したのが祖父である。

すーじぃが完成したとき、祖父と仕事仲間は高価な日本酒を開けつつ『こんなに透明なまま成型できたのはすごいな！』『いや液晶が見えやすいよ！』『この樹脂は光の透過率が高い』などと、マニアックに熱く讃《たた》え合っていた。

多分、すーじぃを作るのが楽しかったのだろう。

――おじいちゃんたち、すごいよなぁ。すごいけど、使い道があまりないのがもったいないかも。

そう思い、梓は一人微笑んでしまった。

祖父やその仲間たちは、すごい技術を持っている。普段は怖い顔のおじい様たちなのに、こんな遊び心も忘れていないのだ。

「ママ、すーじぃかして」

アイスをあっという間に食べ終わった百花が、梓の横にちょこんと腰掛けた。

小さな手でちゃぶ台の上のすーじぃを取り上げると、左上の花のような模様を押す。

途端にすーじぃの画面がきらきらと輝き、電卓ではない別の画面が表示された。

「ハードモードやる」

百花が呟きながら、素早く画面をポチポチ押していく。

今すーじぃの画面に表示されているのは、魔方陣だ。正方形のますが縦横それぞれ三つ連なり、縦も横も、足し算の結果が同じ数字になるように、空いたますを埋めていくパズルだ。

――速いなぁ……解くの。この子、計算が速いんだよね。

梓は百花を横目で見守りつつ、感心する。

学校の先生からも『百花ちゃんは算数がとても得意なので、お家で上級生向けのドリルをやらせてもいいかもしれません』と言われたくらいだ。

ひとしきり魔方陣で遊んだ後、百花がもう一度左上のマークを押す。今度は、出された計算問題の答えを四択の中から選ぶゲームだ。

百花は瞬《まばた》きすらせずに、夢中でやっている。

――モモ、貴女の計算が速すぎて、ママは付いていけないんだけど。

内心焦りつつ、梓は娘の賢さに改めて唸《うな》った。

――千博さんに似たんだろうな。頭がいいところ。

今では別れた元恋人のことも穏やかに思い出せる。彼と連絡を取る気はない。のだが……

梓は百花が集中しているのを確かめ、スマートフォンで百花の父親の名前を検索する。

『斎川《さいかわ》千博』

出てきたのは数年前のビジネス情報サイトのインタビュー記事だ。

千博の写真が載っている。

うっとりするほど整った顔立ちと、落ち着きある雰囲気は変わらない。

――まさか、千博さんが斎川グループの御曹司だったとは。なんでこんな本物のお坊ちゃまが、下町の塾講師なんてやっていて、私と付き合ったりしたんだろう?

若気の至りで『結婚したい』と言われたことを思いだし、なんとも言えない気分になる。

斎川グループは鉄鋼業を中心とする巨大グループで、機械メーカーや建設会社など多《た》岐《き》にわたる子会社を抱えている。

梓が住む場所が地べただとしたら、彼が住んでいるのは雲の上。別世界の住人だ。

それに、このインタビュー記事を最後に千博の情報は出なくなったので現在のことはわからないが、もう結婚したのではないだろうか。

梓より五歳年上の彼は、もう三十三のはず。周囲が放っておくはずがないからだ。

――私たちも、ようやくまともに暮らせるようになってきたんだもの。波風は立てたくないから、連絡はとらないつもり。……モモ、ママしかいなくてごめんね……

夢中で遊んでいる娘の横顔を見守りつつ、梓は心の中で謝った。

百花の親権がどうの、と揉めるのも嫌だし、お金目当てで名乗りを上げたと思われるのも嫌だ。百花と正人と自分、そして祖父母と会社……今ある平和を守れればそれでいい。

そのときふと、百花がスマートフォンと梓の身体の間に割り込んできた。画面に素早く目を走らせ、嬉しそうに叫ぶ。

「あ、パパと同じ名前だ、ちひろ！」

確かに百花には、父親の名前だけ知らせている。

漢字も一度だけ紙に書いて教えた。万が一、梓が不慮の事故で遺言も残せず死んだら、誰も百花の父親のことを知らないままで終わってしまう。

それでは百花が余りに可哀相《かわいそう》だと思って、つい教えてしまったのだ。

正人は塾で数ヶ月お世話になっただけの、『先生』の名前なんて知らないし、問題はない。

――まだ、ちゃんと覚えてるね。教えたの四歳くらいのときなのに。

「そうだよ。頭いいね、モモ」

　梓はせつなさを誤魔化すように百花を褒め、そのままさりげなくスマートフォンの表示をオフにした。同時に玄関の扉が開き、若い男の声が響く。

「ただいま」

　弟の正人だ。大学帰りに本屋に寄ってきたらしく包みを抱えている。

「お帰り。ご飯にしようか」

　梓はそう言って立ち上がろうとした。しかし正人は首を横に振り、腰を下ろさず梓たちに背を向けた。

「俺が作るよ」

　なんだか申し訳ない気分になる。正人は二十歳とは思えないくらい大人だ。料理も洗濯も掃除も、下手すれば梓より得意だ。

　百花の面倒を見るためにバイトは内職を選んで、夜は家を空けないようにしてくれる。本当なら家事なんて母親に丸投げで、夜中まで友達と遊んでいる年代だろうに。

「いいよ正人。お姉ちゃんが作るから」

「昨日も二時くらいまでなにかやってたじゃん。倒れられたら困るから休んでてよ」

　そう言って正人が台所に入っていく。無邪気な百花が立ち上がり、すーじぃを持って正人の所へ駆けていった。

「マー君、ハードモードがクリアできた！」

「お、すごいじゃん」

「次はウルトラハードやるの！」

「頑張れー、あ、そうだモモ、コーンの缶詰取ってくれる？」

正人は嫌がらずに百花の相手をしながら、料理を始めたようだ。

――あの子たちを精神的に大人にしてしまっているのは、私なんだろうな。

梓がいまいち頼りないから、正人にも百花にも、べったり甘えられる相手がいないのかもしれない。だから二人はしっかり者なのかもしれない。

――もっと頑張らなきゃ。

台所の音を聞きながら、梓は人知れずため息をついた。だが、ぼんやりしている時間がもったいない。正人の言うとおり、今日は早く眠ろう。

――じゃ、ありがたく仕事を進めちゃおう。

会計ソフトを開き、祖父の会社の事務作業を進める。

熱中しているうちに三十分以上経っていたらしい。正人が大きなお皿を手に、百花と一緒に戻ってきた。

「ママ、今日はパスタだって」

「モモがコーンの缶詰開けてくれたよ」

正人と百花が、笑いながらちゃぶ台の上にお皿を並べ始める。

「モモ、フォークとスプーン持ってきて、三本ずつ」

「わかった!」

正人の言葉に、百花が元気いっぱい台所へ歩いていく。手にはすーじぃを持ったままだ。本当にお気に入りらしい。

今夜のメニューはペペロンチーノ。百花が好きなコーンが入っている。正人は、料理もそこそこ上手だし、百花にも優しいいし、自分にはもったいないくらいの弟だ。

戻ってきた百花が、梓の前にスプーンとフォークを並べてくれた。

「はいママちゃん、パソコンは片付けてちょーだい」

祖母そっくりの口調に梓は思わず笑い、ノートパソコンをテーブルから床に下ろした。

「すごいね、美味《おい》しそうだね、モモ」

「トウモロコシ入れてもらった! 英語だと、コーン!」

すーじぃを膝の上に置き、百花が頬をピンクに染めて手を合わせた。

「いただきまーす!」

百花が子供用のフォークで器用にパスタを食べ始めた。こぼさないかをチラチラと見守りつつ、梓も早速食べ始める。

そのとき、食事の手を止め、正人がふと気付いたように言う。

「そういえばさ、ネットですーじぃが紹介されて、けっこう売れたんだろ?」

正人の言葉に、梓は頷いた。

「ええ。そうなの。売れると思わなかったけど」

百花の膝の上に載せられた、大きな樹脂の板に視線をやり、梓はしみじみ呟く。

『マニアック道具大全』というのは、マニアに絶大な人気を誇る個人サイトだ。

サイトの管理人が気に入った『道具』であれば、なんでも紹介される。

日本には数十本しか入ってこない万年筆だったり、こだわりの活版印刷ノートだったり、素人には到底作れないような宝石そのもののキャンディだったり。あるときは『付ける人によって香りの変わる秘伝のコロン』なんてものも紹介していた。

珍しい物、他の人と違うこだわりの品がほしい！　という人に人気のサイトだ。

このサイトで紹介されたことで人気が出て、生産が追いつかないほどになった品もたくさんある。

多くの企業がサンプルを送っていると噂だが、紹介されるのは、サイト管理人の『こだわりっ子』を名乗る人物が気に入った品だけなのだ。

その有名サイトに、ある日、すーじぃが紹介された。

『世界レベルの技術の無駄遣い。だが管理人的にはそれがいい。樹脂の透明度も反応速度も、液晶の表示がクリアで見やすいのもすごい。道具としては意味不明なのに端々《はしばし》まで気配りが行き届いていて無駄にすごい！　管理人のお気に入りです。電卓として使っていると、会社の人にびっくりされます（笑）』

という褒めているのか微妙な紹介文だったが、世間の物好きの心を騒がせたらしい。

ハンドクラフト通販サイトの片隅で細々と販売していた『すーじぃ』は、サイトでの紹介後、登録分の七個を即日で売り切った。

『一万五千円でもほしい人は買うんだねぇ』

祖父母も目を丸くしていた。もともと利益度外視《どがいし》で、祖父が近所の仲間と一緒に、暇な時間に作ったモノだ。

売れなくてもそれはそれで自分たちの記念に、と言っていた品なのに。

『もうちょっと、追加で販売登録してみようか』

おそるおそる追加で作った二十個も、予約完売した。

むしろ『買えなかった！　値段上乗せでいいから売ってください！』というメールまできたほどだ。

世の中には『自分が気に入った珍しいモノ』にはいくらでも出す趣味人がいるのだと、梓は初めて知った。

食事を終えて後片付けを済ませ、お風呂までのひと休憩の時間に、梓はふたたびパソコンを開いた。

すーじぃ販売サイトの『再販希望コール』の内容を確かめる。

――再販しても売れなかったら困るし、どうしよう。

悩みつつ、今度は祖父の会社宛のメールを確かめた。

取引先からのメールで重要なものを印刷して、翌朝祖父に渡すためだ。

メールの処理は梓の仕事だ。祖父母はパソコンが苦手なので仕方がない。

――あれ、珍しく会社宛に問い合わせがきてる。営業メールかな……

梓は一応そのメールを開いて見てみた。

送り主は『坂本有樹《さかもとゆうき》』。知らない男性名だ。本文を見ると、『マニアック道具大全』の管理人です、とある。

――すーじぃの恩人だ……

驚いてメールに目を走らせる。そこには挨拶《あいさつ》文と自己紹介の後、こう書かれていた。

『私、実は、株式会社ガレリア・エンタテインメントというところで働いています。ソーシャルゲームの「アンガーリミット」をご存じでしょうか。日本ですでに三百万以上ダウンロードされている大人気ゲームで、私はそのゲームのディレクターの一人です』

おそらく、スマートフォンで遊ぶゲームのことだろう。

梓は忙しくてやっていないが、正人は知っているはずだ。

「ねえ正人、アンガーリミットってゲーム知ってる？」

「知ってるよ。どうしたの？」

寝そべってスマートフォンを見ていた正人がこちらを向く。

「有名なゲームなの？」

「最近出たゲームだけど、かなり遊んでる人多いと思うよ。テレビＣＭもやってるし」

「ガレリア・エンタテインメントって有名な会社よね。アニメとかも作ってるのよね？」

「そうだよ。モモが見てるアニメの最後に名前出ていたし、大きい会社だと思うよ」

なるほど……と思いつつ、梓はメールの続きを読む。

すーじぃに使われている樹脂や液晶の技術の素晴らしさに感じ入り、面白いモノを作ろうという御社の心意気に惹《ひ》かれたので、アンガーリミットのイベントで販売するグッズの開発をお願いできないか、という内容だった。

『私たちはアンガーリミットを三年後までに、国内売り上げトップ五に入るソーシャルゲームに育てたいと思っています。そのためにはゲームの品質向上だけでなく、リアルで実施するユーザー向けイベントや、グッズの拡充も不可欠です。よろしければお話だけでも聞いて頂けないでしょうか。鈴木製作所様のお力も発揮して頂けるのではないかと思います』

文面を見る限り、坂本はしっかりした人物のようだ。

『株式会社ガレリア・エンタテインメント』のサイトにアクセスしてみると、すごくお洒落《しゃれ》でびっくりする。サイトにも、とてもお金が掛かっているのがわかる。

――と、とにかく、このメールをおじいちゃんに見せないと……！

梓は慌ててメールの本文をプリントアウトする。もし上手くいけば、少し祖父母の生活が楽になるかもしれないと思うと、胸が弾《はず》んだ。

「ママ、なにそれ」

好奇心旺盛《おうせい》な百花が、早速小さな頭を寄せてくる。

「お仕事のお手紙よ。明日おじいちゃんに見せるの」

答えると同時に甘い気持ちが込み上げる。辛いこともたくさんあるが、やっぱり百花は可愛い。なにがあっても百花だけは幸せにしなければと思う。

――ママのせいで苦労させられないものね。モモはなにも悪くないもの。

そう思いながら、百花の丸い小さな頭を撫《な》でた。


何度かのやり取りの末、坂本が打ち合わせに指定してきたのは、半月後の金曜日だった。

祖父とその仲間、すーじぃを開発したご近所さんたちと一緒に、梓はガレリア・エンタテインメントにお邪魔することになった。

坂本とのメールのやりとりを担当していたので、失礼のないよう梓もご挨拶《あいさつ》を、と思ったのだ。

――うわ、すごいビル……

ガレリア・エンタテインメントは、六本木《ろっぽんぎ》の高級複合施設の中に会社を構えていた。

梓の住んでいる場所は、いわゆる「ここ十数年で人気が出て、高級住宅地になった」場所で、今でも下町の風情《ふぜい》がたっぷり残っている。だが六本木のこの辺りは雰囲気が違う。

子育ても仕事も自宅近辺で済ませる梓は、滅多《めった》に地元を離れないので緊張してきた。

振り返ると、祖父や、祖父の仕事仲間たちは、うきうきした様子で案内された顧客ブースの中を見回している。

「金っていうのは、あるところにはあるんだなぁ」

祖父の茂《しげる》が、感心したように呟いた。他の人たちもうんうんと頷く。

「ゲームって儲《もう》かるんだな。うちも孫が夢中でやってるよ」

「シゲさんとこの技術とか、使ってもらえるんじゃないの。あれホントいいものだもん」

祖父の知人の一人が、期待を滲《にじ》ませた声で言った。確かにこんな大きな会社から仕事をもらえれば、この先数年の展望が明るくなる……かもしれない。

——職人さんを大事にして、上手く付き合ってくれる担当者様だといいな。最近の企業はコンプライアンスを順守することにうるさくなったから、そうそうトラブルはないと思うけど。

「そういえばさ、ここ、去年斎川グループが買収したんだってな。本当に収益がいいんだろう」

ふと思い出したように祖父が言う。

斎川グループ、という名前に、梓の身体が一瞬だけ硬直する。

——千博さんの実家の会社だ。

そのとき扉がノックされ、三十代なかばと思われる、カッターシャツにソフトジャケット姿の男性が笑顔で姿を現した。

「初めまして、坂本です」

梓たち一行は、立ち上がって頭を下げる。坂本は爽《さわ》やかで知的な男性だった。ネットで調べた情報によると、ガレリア・エンタテインメントで働いているのは、選《え》りすぐりのエリートばかりだという。ディレクター職の坂本は相当優秀な人材に違いない。

名刺を交換し終えたとき、もう一人が足早に顧客ブースの入り口に現れた。

「ごめん、前の打ち合わせが長引いて」

現れたスーツ姿の長身の男性が、坂本に申し訳なさそうに言った。

その人物に頭を下げ、坂本が丁寧に「こちらがグッズの素材関連で協力をお願いする方たちです」と紹介してくれた。

——嘘。

信じられないものを目にし、梓は反射的に後ずさった。目の前のスーツ姿の男は、ひっそりと端にたたずむ梓には気付かず、祖父たちと名刺交換を始める。

頭ががんがんして、周囲の声が聞こえない。

名刺交換を終えた彼は、最後に梓に向き直った。

清潔感のある整った髪形に、きっちりと着こなした控えめだが上質そうなスーツ。

地味にも見える格好が、容貌の美しさを引き立てている。精悍《せいかん》な美貌に切れ長の黒い目。一人一人に真面目に挨拶《あいさつ》をし、丁寧に名刺を確認するその仕草も、昔のままだ。

——嘘……でしょ……

背の高いその男性は、七年ほど前に別れた、百花の父親の千博だった。

目の前の千博の顔から、礼儀正しい笑顔がすうっと消える。

顔を強ばらせた彼は、すぐに気を取り直したように笑みを浮かべ、梓に名刺を渡した。

「こんにちは、CEO——代表取締役社長の斎川です。……正人君のお姉さんですよね」

声こそ丁寧で柔《やわ》らかいものの、視線は射貫くように梓を見つめていた。

千博の視線が、梓の左手に走る。

荒れた小さな手にはネイルも、アクセサリーもしていない。梓の目には、千博の表情が、一瞬だけほっと緩んだ気がした。

皆に背を向ける姿勢なので、誰も千博の表情に気付いていない。

——CEO……この会社の代表……？

とっさになにも言えず、梓は千博を見つめ返した。クールで穏やかなまなざしの奥に、得体の知れない熱を感じて動けない。

妙な気配を察したのか、坂本が不思議そうな声を上げる。

「CEOのお知り合いですか？」

「ああ、大学を出てすぐの頃、塾講師をしていたって言っただろう？　鈴木さんは俺の教え子のお姉さんなんだ。何度か進路面談に来てくれたから、たまたま覚えていて」

その言葉に、祖父がぱっと顔を輝かせた。

「あれ、社長さん、正人の塾の先生だったんですか」

千博が祖父のほうを見て、明るい声で答える。

「はい。知り合いの方がいらしたので驚きました。……これもなにかのご縁ですね」

一気に、緊張していた場の空気が和《やわ》らぐ。ほっと息を吐いた梓は、周囲に異変を悟られないよう、千博の広い背中にそっと視線を投げかけた。

――大丈夫よね、モモと千博さんのこと……誰にも気付かれないよね。

「CEOは、社外の方との初回の打ち合わせには、必ず同席されるんですよ」

坂本のハキハキした説明が聞こえ、梓は唇にだけ愛想笑いを浮かべた。

心臓の音が大きく頭の中に響く。驚きと戸惑いで頭の中は真っ白なままだ。

――どうしよう、モモのことでなにか言われたら。

しばらく考え、大丈夫だと確信する。

百花は千博とまるで似ていないからだ。

毎日百花に接している祖父だって、千博がひ孫の父親だなんて気付かないだろう。

——うん、本当に、全然似てない……誰も気付かない。大丈夫！

久しぶりに千博の顔を見て、梓はそう確信した。

第二章

ガレリア・エンタテインメントでの衝撃の再会から数日後。

梓は、ノートパソコンの前で凍り付いていた。

『鈴木さん、久しぶりにお会いできて嬉しかったです。急で申し訳ないのですが、よかったら明日の夜、食事に行きませんか』

メールの差出人は、斎川千博。

渡した名刺のアドレス宛に届いたお誘いだ。なんと返事をしていいものか迷う。

梓は、取引先の男性に誘われたときは基本、角が立たないように断っている。

大概《たいがい》の『下心』がある男性は『子供がいて、夜は時間が取れない』と言うと引き下がるのだが、今回の相手は千博だ。

結婚したって言い張ろうかな、と思った瞬間、打ち合わせのあの日、千博の視線が左手の薬指に走ったことを思い出す。

彼は梓が結婚していないと確信して誘ってきたのだろう。

実は結婚していると偽《いつわ》ったとしても、子供はいくつか、とか、色々聞かれたらいつかボロが出そうで怖い。梓は嘘が苦手なのだ。

ましてや梓は、今でも千博に罪悪感を抱いている。彼はなにも悪くないのに、梓の事情で一方的に別れてしまったからだ。更にそこに嘘を重ねるのは心苦しい。

――一回だけ行って、当たり障《さわ》りのない話をして帰ろうかな。きっと千博さんも、懐かしいから声を掛けてきただけだと思うし。女性を一対一で食事に誘うってことは、彼も結婚はしてないのだろうし……、大丈夫かな……。うーん、よくわからなくなってきた。

ぐるぐるし始めたところに、パジャマ姿の百花がちょこちょことやってきた。

「ママ、寝る前にコーヒー牛乳飲んでいい？」

梓はノートパソコンを閉じ、百花に言った。

「寝る前はダメ。なにが入ってるから駄目って教えたっけ？」

「さとう」

真面目な百花の答えに、梓は噴き出す。

「違うでしょ、カフェイン。眠れなくなっちゃうよ」

「そっか、カフェインか。まちがえた！」

百花が、座布団に座っている梓の首にぎゅっと抱きついてきた。

「お水飲んで寝なさい。もう歯磨きしたでしょ？」

「あのさ、ママ。あした段ボールがいるんだけど」

百花が梓から離れ、突然正座する。唐突な娘の報告に、梓の動きがピタリと止まる。

——えっ、そんなの連絡メールに書いてあったかな？

梓は慌てて、急に礼儀正しくなった百花に尋ねた。

「学校で使うの？」

「はい、使います。工作で」

——いけない、ホントだ……先週のメールを見落としてた！

梓は慌てて立ち上がった。三十センチ四方の、正方形の段ボール紙なんて、作らないとない。大きさの指定が妙に細かくて大変だ。

「モモ待ってて、おじいちゃんのところ探してくる。正人、ちょっとモモ見ててくれる？」

梓の声にふすまが開き、うたた寝していたらしい正人が部屋から顔を出した。百花を正人に預け、梓はアパートを飛び出す。

——グダグダ悩んでる時間は、私にはないな……。お仕事もらってる会社の社長さんだから、一方的に断るのも気が引けるし……明日適当にお食事して、さくっと帰ってこよう。子供の話を理由に断るのは、やぶ蛇《へび》になりそうだからやめたほうがいいよね。

メールの返信を忘れないようにしなくては、最近色々忘れっぽくて困る、と思いつつ、梓は隣の祖父の家へ駆け込んだ。

「ねえ、おばあちゃん、段ボール箱ある？　明日モモが学校で使うんだって」


翌日の夕方。

祖父の会社の事務仕事を一度切り上げた梓は、食事会に向かうための身支度を終え、学童保育から百花を引き取って、ふたたび祖父の家へ向かった。

「ママの指、痛そう……ごめんね」

百花が梓の手を見て眉をひそめる。

「ううん、平気。ママが不器用なだけだから」

情けない気持ちで梓は首を振った。

百花の相手をしつつ、まだ少し残っていた仕事を手早く片付けていく。

——昨晩は結局、段ボールを三十センチの正方形に切るのに、異様に時間が掛かってしまった……

梓の指は何枚も絆創膏《ばんそうこう》が貼られている。箱になった段ボールを分解するときに、一度ならず切ってしまったのだ。更に、三十センチの正方形にするのに失敗し、数箱は無駄にした。

——段ボールって、結構手をスパスパ切っちゃうのよね。モモには危なくてさせられないなぁ。私がやってよかった……

その後は力尽きて千博へのメール返信を忘れ、朝の九時過ぎに連絡をして、昼過ぎに返事がきた。ありがとう、という言葉と共に、レストランの場所が少しわかりにくいので、会社の側のカフェで待っていてほしいと記されていた。

今日の格好は、人と会うのに一番無難《ぶなん》な服……とはいえ、地味極まりない安物の上下黒のセットアップだ。

——さて、もう全部大丈夫かな。後はおばあちゃんにモモのことお願いして……と。

百花が不思議そうに、出掛けようとする梓に声を掛ける。

「ねえママ、あのさ！」

「ごめんね、もう行かなきゃ。モモが寝る前に帰ってくるから、おばあちゃんと待っててね」

「そうじゃなくて、ママはなんでいつも同じ服でおでかけするの？」

——うっ……痛いところを……

記憶力抜群の百花は、保育園の行事のときも、ママ友との食事会のときも、取引先や町内会の飲み会に顔だけ出すときも、梓が常にこの格好だったことを覚えているのだ。

「マ、ママは、これが好きだから……だよ？」

お金がもったいないし、忙しすぎて、買いに行くのも面倒で……とは、流石《さすが》に言えない。

「もっと明るい色がいい。ママは、ピンクと水色が似合うと思う」

「いいの。黒が好きなの」

まだ子供だと思っていたが、なかなか侮《あなど》れない指摘だ。だがあまり女性らしい格好をして夜歩いているとナンパされたりして怖いし、目立たない黒い服のほうが安心できる。

――女の子って、六歳にもなると色々大人になるのね。

とほほな気分で、梓は身をかがめて百花をハグした。そのとき、身体がちょっと熱いかもと気付く。

「あれ、モモ、お熱ある？　喉痛い？　お腹は？　大丈夫？」

矢継《やつ》ぎ早《ばや》に尋ねると、百花は首を横に振った。

大丈夫なようだ。梓はほっとして、お茶を飲んでいる祖母に頼み込んだ。

「ねえおばあちゃん、もしモモが熱出したらすぐ連絡くれる？　今日のお店そんなに遠くないし、即帰ってくるから！」

「いいわよ。元気そうだから大丈夫だと思うけど。あずちゃんはお友達と食事でしょ、たまには息抜きしてきなさいよ。そんなに毎日頑張ってたら、貴女こそひっくり返るわよ？　ねー、モモちゃん」

百花が甘えたように祖母に抱きつく。確かに……熱は気のせいかもしれない。元気そうだ。

「わかった。ごめんね、じゃあ行ってきます」

梓はそう言い置いて、祖父の家を飛び出した。時計を確認するとギリギリの時刻だ。取引先のCEOを待たせてはならない。梓は全力で、駅まで走った。

しばらく電車に揺られ、ガレリア・エンタテインメントの最寄り駅に着く。

梓は指定されたカフェへ急いだ。あまりこの駅を使ったことがない梓でもすぐにわかる場所に、カフェがあった。

なんとなく千博らしい。彼は相手のことを考えて、困ったり迷ったりしないよう指示するのが上手な人だったな、と思い出す。梓もデートの待ち合わせで迷ったことは一度もなかった。

――やっぱりモモは、あの人に似て頭がいいのかも。

ついついお留守番中の百花のことを考えつつ、梓はコーヒーを頼んで席に着いた。こんな洒落《しゃれ》たカフェに来るのは久しぶりだ。白で統一された店内はクリーンなイメージで、柱やテーブルの一部にだけ、コーヒーをイメージしたダークブラウンと、差し色として銀があしらわれている。

所々に置かれた観葉植物も爽《さわ》やかで、いい気分になった。

──モモがもう少し大きくなったら、こういうお店に一緒に来られるかな。正人は……私じゃなくて彼女と来たいよね。

非日常に身を置くと、一気に気分が上がる。一杯千円という、普段では考えられないコーヒーの値段も、今は見ないことにして頼んだ。

好奇心からメニューを覗《のぞ》くと、スイーツもどれも手が込んでいて、美味《おい》しそうで食べてみたくなる。

──やっぱり、モモと一緒にスイーツ食べにこよう。あの子、甘い物好きだから。きっと、ぷりぷりの頬に笑みを浮かべて大喜びするだろう。

こういうときは、子供が女の子でよかったなぁと思う。

梓は運ばれてきたコーヒーに口を付けた。普通のブレンドなのに、特別な味に感じる。うっとりしながら飲み終えた頃、店員に伴われて千博が歩いてくるのが見えた。

「ごめん、お待たせ」

微笑んだ彼の口調は、別れる前、恋人同士だった頃と同じだった。

梓の胸が、不本意にも小さく弾《はず》む。

昔のような笑顔を返しかけ、梓は慌てて立ち上がって深々と頭を下げた。

「こんばんは、斎川さん。本日はお誘い頂き、ありがとうございました」

顔を上げた梓の前で、千博がかすかにせつなげな笑みを浮かべた。

整った顔には、洗い清めたような清潔感が漂っている。まっすぐな形のいい眉は知性的で、黒い切れ長の目には柔《やわ》らかな光が宿っていた。

やはり千博は、出会った頃と変わっていないのだ。

あの頃の彼は『弟の塾の先生』だったけれど、日本有数のエンタテインメント企業のCEOになっても、梓に向けられる誠実で穏やかなまなざしは同じだった。

「……いや、俺のほうこそ楽しみにしていた。行こう」

口調を改め、千博が紳士的な口調で言った。梓はかすかに頬を赤らめ、伝票を探す。

千博を案内してくれた店員が『もう済んでおりますので』と小声で教えてくれた。

どうやら千博が入店時に払ってくれたらしい。

少し考えた末、梓は千博に深々と頭を下げた。

「申し訳ありません、ご馳走になってしまって」

「いや、待たせたのはこっちだから」

引き締まった唇に笑みを湛《たた》えて、千博が首を振った。

千博と二人店を出て、梓は周囲を見回す。雑踏から見上げる夜のビルは、硬質な光を放って星のように見えた。

――ほんとに、非日常って感じ……。

いつもなら、モモや正人と夕飯を食べつつ、モモに『今日はママも早く寝ましょうね！』

なんて叱《しか》られたりしている時刻だ。

梓はそっと傍《かたわ》らを歩く男を見上げた。

相変わらず、なにも言えなくなるくらい完璧な形の横顔だ。

こんなにいい男なのだから、どれほど不誠実に振る舞っても女性のほうが離れていかないだろう、なんて想像したこともある。

だが千博はいつも誠実で真面目で、安心感だけを梓に与えてくれた。

──育ちがよさそうな人だなって思ってた。そして、実際にすごくよかったわけで。

ほろ苦い想いで千博からそっと視線を外したときだった。

「千博さん！」

女の声と、ハイヒールで駆け寄ってくる足音が聞こえた。

はっとして振り返ると、とても高価そうなブランド物に身を固めた女性が駆け寄ってくる。ちょっと派手だが会社の人に違いないと思い、梓は慌てて一歩引いた。

千博が梓を背に隠し、女性に向き直る。梓は彼の背後で女性に頭を下げた。だが、女性は梓を無視して千博に微笑みかける。

──あれ、今、わざと無視された……？

打ち合わせ後に紹介されたガレリア・エンタテインメントの社員たちは、みな知的で礼儀正しかった。流石《さすが》は一流企業と感心させられたのに。不審に思う梓の前で女性が、甘い甘い砂糖菓子のような声で千博に言う。

「今日は私とお食事に行ってくださいませんの？」

「こんばんは。申し訳ないですが、先ほどもお断りしたとおり、先約が」

「父が取ってくれた料亭ですのに。お約束は今度になさったら？」

ますます異変を感じる。

社長の予定にこんな風に口を挟む社員なんているはずがない。梓ですら、仕事中は祖父を社長として立てているのに。

「峰倉《みねくら》さん、お父様のご厚意を無下《むげ》にしてしまうのは心苦しいのですが……今日は予約の時間が迫っているので失礼します」

穏やかな口調で千博が言い、女性に背を向ける。

戸惑って二人を見比べる梓の肩を抱き、千博がさっきより少し足早に歩き出す。

――か、肩に……手……

千博との距離が近づき、梓の鼓動が速まった。気品溢《あふ》れるオーデコロンの香りが、かすかに漂ってくる。

誰の鼻先も邪魔しないくらい控えめな、それでいてうっとりするような懐かしい香り。出会った頃から同じ香りを愛用し続けているのだろう。梓の鼓動が更に強まる。そのとき不意に、峰倉と呼ばれた女性が背後で鋭い声を上げた。

「どなたですの、その方」

千博が梓の肩を抱いたまま、ゆっくりと振り返る。

「……私の友人です」

「夜にお食事に出られるような女性がいるなんて、聞いてませんけど？」

きつい声音に、梓の困惑が増す。もしかして千博の恋人なのだろうか。だが千博の態度はどこか拒絶的で、彼女への愛情は感じられない。

――この方、どなたなのかしら。

峰倉は千博を見上げ、赤く塗った唇でふたたび問うた。

「第一、千博さんがアメリカに渡る前に、取り決めましたよね。うちの会社との事業提携は、私との縁談あってのものだって。それを父が『婚約せずとも業務提携する』と妥協して、斎川グループにお力添えしたのですよ。結婚の話も守ってもらわなくては困ります」

峰倉の声が大きくなっていくのを見かねてか、珍しく千博が厳しい声で言った。大きな声ではないが、ぴしりと鞭打《むちう》つような鋭さだ。

「当時はそうでしたね。ですが、申し上げづらいですが、今は……」

なにかを言いかけた千博が、はっとしたように一瞬梓に目をやった。人に聞かせたくない話なのかもしれない。

「申し訳ありません、そのお話は後日、お父様を通してお願いできますか」

「どうしてもダメなの？」

「ええ、彼女が先約ですので。申し訳ない」

峰倉が不満げに眉根を寄せる。彼女は梓を睨《にら》みつけると、吐き捨てるように言った。

「……次は私のために時間を作ってくださいませ。どうぞお忘れなく」

言い終えると同時に、女性がぷいと背中を向けて去っていく。

唖然《あぜん》とした梓に、千博が申し訳なさそうに言う。

「ごめん。峰倉さんは梓……いや、鈴木さんに出会う前にお見合いした相手なんだ。結局彼女は別のお相手と結婚したんだけど、なんていうのか、色々あって離婚されて……いや、君には関係ない話だ。驚かせて申し訳なかった」

梓は頷いた後、呆《あき》れた口調で言ってしまった。

「困りますよね、斎川さんにも予定がおありなのに」

軽く冗談めかした梓の言葉に、千博が微笑んだ。

「正直言うと、そのとおり。元々お見合いも断るつもりだったし。そもそも、俺は誰とも結婚する気がないからね……とにかく彼女のことは気にしないでくれ、行こう」

梓の肩から手を離し、彼は少し先を歩き出した。

——そうなんだ。結婚する気、ないんだ。

千博の傍《かたわ》らで、梓は不思議な気分になる。もったいないな、いい男なのに、と思った。

五分ほど歩くと、住宅街に入った。都心の高級住宅街にもかかわらず、家と家の間隔が広くなっていく。いわゆる、昔ながらのお金持ちが住む辺りだ。

こんな住宅街にレストランなんてあるのかな、と不思議に思っていたところ、千博はとある門の前で足を止めた。

とても地味で見過ごしそうになるけれど、よく見ると洋風の凝《こ》った門扉《もんぴ》だ。千博がチャイムを鳴らすと、中からギャルソン姿の姿勢のいい男性がすぐに迎えに出てきた。

「いらっしゃいませ、斎川様」

品のいい明るい対応だった。緊張する梓の腕をそっと引き、千博が微笑みかける。

「会員制のレストランなんだ。母が気に入っていてね、家族でよく利用しているし、知人を連れてきたときの評判もいい」

説明を聞きながら、梓はごくりと息を呑む。エントランスの右手には、ガラス張りのワインセラーがあり、奥のほうからは茜色《あかねいろ》の光が漏れ出している。シダーウッドの香りがほんのり立ちこめ、木張りの瀟洒《しょうしゃ》な店内を、森のような雰囲気に見せていた。

――わ、私が来たことがないような、すごいお店。

梓はちょっぴり後悔する。

百花が勧めてくれたとおり、もう少し『素敵なお洋服』で来るべきだった。

とはいえ、お金はついつい百花に回してしまって、梓には素敵な服の持ち合わせなんてないのだけれど。

案内されたのは窓際の広めの席で、ライトアップされた庭が見える。秋薔薇《あきばら》が咲いていて、雰囲気満点だ。

先ほどのカフェも、このレストランも、別世界だ。こんな場所にいることが夢のように思える。

——モモが大きくなったら連れてきてあげられるかな。頑張って働けばたまには来られるかも。あの子、美味《おい》しいもの好《ず》きだから。

梓はナプキンを膝に広げ、庭の深紅《しんく》の薔薇《ばら》に見入った。こんな一等地にあるのに、店の敷地はとても広そうだ。奥行きがあるのがわかる。

「ここは旧華族の別荘の跡地なんだ」

目を丸くして庭に見入る梓に、千博が言った。

「昼に来ても雰囲気がいい。庭が綺麗《きれい》で」

「よくいらっしゃるんですね」

「家族でね」

そうか、千博の家族は仲がいいのか、と思い、梓は口元をほころばせた。

「私も……」

いつか娘を連れてきたい、と危うく口走りかけ、梓の顔が凍り付く。

——き、気が緩むと危ないわね。

「お、弟と来たい……ですね」

不自然極まりない口調になった気もするが、なんとか誤魔化した。

千博はミネラルウォーターの入ったグラスを傾け、ちょっとだけ意地の悪い口調で尋ねてくる。

「恋人ではなく？」

「ええ。私、家族優先だから、恋人とか……いない感じ……です……かね……」

目を泳がせながら梓は答える。今の答えは大丈夫だろうか。多分大丈夫だ。

というよりも、自分は普段、会社関係の人と家族、それと百花の学校関係者やママ友としか喋っていない。

狭い世界で同じことを繰り返す日々から、突如《とつじょ》非日常のキラキラした場所に連れてこられて、舞い上がって頭が働かなくなっている。

しかも一緒にいる相手は、未練を残して別れた昔の恋人だ。

別れた頃よりもぐっと男らしく魅力を増した千博に見つめられると、正直、そわそわする。

この状況で『モモ』のことを隠し通さないといけないのだ。

梓にそんなことができるのだろうか。

——まずい、来ないほうがマシだったかな。この調子だと、さっさと帰る計画どころか……。私、昔も似たような失敗をした気がする。どうして千博さんに呼ばれると会っちゃうんだろう。

自分の嘘の下手さは、自分自身が一番よく知っている。梓は熱くなった顔で目を逸らし、もう一度庭の薔薇《ばら》に目をやった。

「俺も恋人はいない」

不意に千博が呟く。低く真剣な声音だった。驚いて顔を向けた梓に、彼はまっすぐに視線を注《そそ》ぎながら言った。

「昔、君と別れてから一度もいたことがない。君が忘れられなかった。本気で結婚を考えるくらい好きだったからね。あれは若気の至りじゃなかった」

突然切り出され、梓は凍り付く。千博の表情は、かすかに悲しげに見えた。

「驚いたかもしれないけど、今日は君とその話をしたくて来た。梓と再会できたのは運命のような気がするから」

心臓がひっくり返りそうになり、梓は弱々しい声で答えた。

「こ、困ります」

「困ってもいいから、少し時間をくれ。話だけでも最後まで聞いてほしい」

意外な強引さに梓は身じろぎする。柔《やわ》らかく丁寧なのに、抗《あらが》えない強さを秘めた言葉だった。

――そっか、大企業のCEOだもの、穏やかで優しいだけじゃない……よね。

黙って話の続きを待つ梓に、千博は言う。

「今日食事に誘ったのも、仕事なんか関係なく、君と話す時間がほしかったからだ」

確かに受け取ったメールには、仕事云々《うんぬん》のことなど、なにも書かれていなかった。

俯《うつむ》いた梓に、千博がたたみかける。

「馬鹿みたいだと思われるだろうけど、本当に、再会できたのは運命かもしれないと思ったんだ」

「い、いいえ、あれは、たまたま坂本さんが、祖父たちが作った製品に目を留めてくださって」

「君はさっきからなぜ、そんなに気もそぞろなんだ？」

梓を見つめたまま、千博が首をかしげる。

「それは、その、こんなお店来たことがないから、落ち着かなくて」

「……君くらい綺麗《きれい》なら、いくらでも連れてきてくれる人がいるだろうに。そういえばこの七年、君はなにをしていたの」

――子育てと祖父の会社の手伝いしかしておらず、貧乏の穴を埋めるために必死でした……

やはり、気の利いた嘘は梓の口から出てこなかった。独身で働いている二十代の女性が、普段どんな生活をしているのかよくわかっていないので、なにも考えつかないのだ。食事に誘われた後、事前にシミュレーションしておけばよかったのだが、毎日気絶するように寝ていたせいで、そんな余裕もなかった。

――私、やっぱり来なければよかった、馬鹿。

なにも言わない梓の手に、千博が目を留める。怪しい絆創膏《ばんそうこう》だらけの手だ。痛ましげに眉をひそめ、千博が不思議そうに尋ねる。

「どうしたんだ、その手」

「えっ、あ、大丈夫、これは段ボールを三十センチ四方に切ってなんて急に言われて、慌てて作業したから、こんな風に切っちゃって」

梓の言葉に千博が首をかしげた。

「三十センチ四方？　変わったオーダーだね。なにに使うの？　おじいさんの会社の梱《こん》包《ぽう》資材か？　でもそんなの手作業でやっていたら間に合わないよな」

妙に具体的な数字を出したので、千博が食いついてくる。そういえば彼は数字に興味を示すタイプなのだった。

「あ、あわ、えと、正人が学校で」

――って、そんなこと頼まれるわけないでしょう。あの子はもう大学生！　も、もう駄目、落ち着いて。

　梓は慌てて言い直す。

「違います、正人じゃなくて、祖父が預かってる親戚の子が、小学校の授業で使うって言うので。なに言ってるんでしょう、私」

「そんなに緊張しなくて大丈夫だ」

　明らかに挙動不審になった梓を、千博が優しくフォローしてくれた。

「ご、ごめんなさい、本当に」

　汗だくになりながら、梓は答えた。

「色々俺に話せないことがあるんだろうな。ごめん、問い詰めたりして。でもどうしても、離れている間、梓がなにをしていたか知りたくて」

　――育児……です……。

　とは言えず、梓は神妙に黙りこくる。

「俺の七年間は仕事だけだった。話を戻すけど君のことが忘れられなかったからだ。話し合いもできないままアメリカに行くことになってしまって、納得できなかった。時間が経ってもずっと」

　話題がふたたび戻された。流石《さすが》はガレリア・エンタテインメントの若きＣＥＯ。あっさり本題を忘れてしまうような相手ではないのだった。

「あ、あの、私は、忘れ、て……ました」

ひどい台詞《せりふ》を口にして、うしろめたくて胸が痛む。どうやらこの辺が梓の良心の限界のようだ。

「それはなんとなくわかってる。連絡もくれなかったし」

かすかにほろ苦い笑みを浮かべ、千博が言う。

「だけど、過去のことはいい。単刀直入に言う。梓、もう一度俺とやり直してほしい。迷惑だと言うならその根拠を話してくれ。本当にどうしようもない理由以外では諦《あきら》めたくない」

まっすぐで真摯《しんし》な、千博らしい告白の言葉が、梓の心をブスリと突き刺した。思考が停止する。反論する言葉も受け流す余裕も、どこからも出てこない。

「こ、根拠……？」

百花もとても理屈っぽいし、梓の誤魔化しが通じない子だけれど、千博は六歳児の相手とは訳が違う。

——モ、モモに論破《ろんぱ》されることさえある私が……その上級バージョンに勝てるわけが……

「も、もう時間が経ったから、好きじゃない……かも……？」

だが、良心の呵責《かしゃく》がひどすぎて、これ以上の拒絶の言葉が出てこない。

「じゃあ、また付き合ったら、俺の長所を見直してもらえる可能性があるな。……昔は頼りなかったかもしれないけど、今は少しマシになったはずだから」

千博の口調は穏やかだが、ぐいぐいと迫ってくる。紳士的でスマートなのは振る舞いだけで、心は怖いくらい本気なのがわかる。ロックオンされていると悟って梓が俯《うつむ》いたとき、鞄の中でスマートフォンが鳴った。

途端に、どきどきと息苦しい気持ちが吹っ飛んだ。

――あ、やっぱりモモが熱出したかな？

梓は慌てて千博に告げる。

「ごめんなさい、急ぎの用かもしれないからメールを見てもいい？」

千博がもちろん、と頷くのを見届けて、梓はスマートフォンを取り出した。差出人は正人だ。

『ちょっと熱があるかもだから、熱冷ましのシートを貼っておいたよ』

おでこに白いシートを貼られた百花の写真が添付されている。目を瞑《つむ》って横になっている。いつも写真を撮るときは起きてポーズを取る子なのに。

――あれ……モモ、結構具合が悪いのかも。どうしよう。

梓は眉をひそめて写真を見つめた。

千博を誤魔化していること、熱がある百花を祖父母と正人に預けていること。様々な不安要素がどうしようもなく膨《ふく》れ上がり、梓は俯《うつむ》いた。

正人も祖母もちゃんと百花を見てくれるのはわかっているが、帰りたい。

そもそも、きっちり誘いを断って、ここに来なければよかったのだ。逢いたくないと、にべもなく言い切ればよかった。

——私の中にも、少しだけ、千博さんとまた話したい気持ちがあったから……

落ち込んだ梓の様子に気付いたのか、千博が心配そうに言う。

「どうした？」

「あ、あの、子供が熱出しちゃって……あ、預かってる子供が」

ギリギリのところで言い訳は間に合った。目を伏せる梓に、千博は言う。

「ああ、そうか、だから心配してるのか。ごめん、今日なんだか様子がおかしいのは、預かってるお子さんが体調悪いからだったんだな」

千博はどうやら納得してくれたようだ。彼は店員を呼び、急用で帰らねばならないことを告げ、可能であれば作った料理を包んでほしい、とオーダーした。

急いで戻ってきた店員が『二十分ほどお時間を頂ければ、メインとデザートはお包みできます』と教えてくれる。

どうやら千博の家族がここの常連なので、シェフが気を利かせてくれたようだ。

——ごめんなさい、本当にごめんなさい……

申し訳なくて、梓はなにも言えなくなる。迷惑をかけてしまった。

食事の代金だって掛かるし、千博はわざわざ時間を空けてくれたのに。

それもこれも、梓の中途半端《はんぱ》さがいけなかった。忘れられなかった元恋人がどんな風に変わったのか、久しぶりに確かめてみたい……という好奇心があったのは否《いな》めない。

そうでなくても、彼は人生で唯一好ましいと思った男性だ。強い意志で拒まなければ、話くらいしたくなるのだ。

——私が隙だらけだった。どうしよう。

しばらく待つと、料理の詰まった見事な紙袋が運ばれてきた。

「家で食べるといい。今日中なら持つそうだから」

「ごめん……なさい……」

「いいんだ、病気の子を優先しよう」

千博はやはり、どこまでも紳士的だ。告白し、よりを戻そうと迫っている途中だったのに、困っている梓にその話を蒸し返そうとはしなかった。

せっかく訪れたレストランを出て大通りまで辿《たど》り着くと、千博がタクシーを止めてくれた。

「なんか、梓が危なっかしい感じだから家まで送らせてくれないか」

躊躇《ちゅうちょ》したが、梓は頷いた。この時間は道も混んでいないし、タクシーのほうが早く帰れそうだ。いつの間にか『梓』と呼び捨てされていることを気にする余裕もなく、梓は千博と二人でタクシーに乗り込む。

「本当にごめんなさい。食事の支払いとか、私がします」

そんなお金をどこからひねり出そう、と思いつつ、梓は申し出た。とはいえ、こうするのは当たり前だ。一方的に梓の都合で今日の席を台無しにしてしまったのだから。だが千博は、笑顔で首を横に振った。

「また付き合ってくれたらそれでいいよ」

「えっ……また……?」

戸惑いが生まれる。それはそれで心情的に辛い。梓だって憎くて別れたわけではないからだ。

できればもう逢わずに、別の世界で生きていきたいのに……

だが、なぜか、即答で断ることはできなかった。多分、かすかに残った未練が梓を愚《おろ》かな人間にしているのだろう。

――私、千博さんに押し切られないようにしなくちゃ。

梓はなにも答えずに、窓の外に目をやった。

タクシーは十五分ほどで祖父の家の前に着いた。

『鈴木製作所』という古い看板を見上げ、千博がしみじみと呟く。

「そっか、ここが梓の家なんだ」

「正しくは祖父の家なの。私……弟と隣のアパートに住んでて」

千博が無言で、地震で倒れそうなボロボロのアパートに目をやった。

このアパートは隙間風がひどいので、冬は着替えだけ持って祖父の家に泊まりに行くこともある。

そのくらい、古くて頼りない、壊れそうな建物だ。けれど昨今急激に家賃水準が上がったこの辺りには、梓に借りられる家が他にない。

——これでわかったかな。千博さんと私が付き合えない理由……

この家を見たら、千博も流石《さすが》に『引く』はずだ。自嘲《じちょう》と共に、ふと父のことを思い出す。

——どんな人でも、突然私を捨てていなくなる可能性があるんだから。お父さんのことだって、私、大好きだったのに。

普段考えることはないが、父のことは、やはりまだ心の傷のようだ。梓は薄暗い記憶を振り払うように顔を上げた。

傷つきたくない。人に背を向けられたくない。千博に深入りする前に、早く距離を置こう。そう決めたとき、家の中から弾丸のように百花が飛び出してきた。

——えっ、寝てたんじゃ？

「ママお帰りなさい！」

硬直する梓の様子になどお構いなしで、百花が元気よく叫んだ。

「……あ、た、ただいま……」

思いっきり『ママ』と呼ばれてしまい、全身から汗が噴き出す。千博の視線が痛い。

「ママ、熱あるからアイス買っていい？　マー君と一緒にアイス買いに行っていい？」

元気溢《あふ》れる叫びに、梓は絶句する。

うしろからゆっくり出てきた正人が、呆《あき》れたように百花を叱《しか》った。

「夜だぞ、声がでかいって」

梓は汗だくになりながら、恐る恐る正人に尋ねた。

「あ、あの、元気だね、モモ。写真見てびっくりしたの、寝込んじゃったのかと……」

「あの写真のときは、おでこに冷却シート貼ったら、勝手に病気のお姫様ごっこ始めたんだよ。起こしても笑うだけで起きないの。具合は、メールに書いたとおりちょっと熱っぽい感じなだけ。さっき体温計で計ったら、平熱だったよ。単に昼間遊びすぎて興奮してるだけかも」

梓はほっとして、モモの頬を挟んで上向かせる。元気そうだ。プリプリした小さな顔は色艶《いろつや》もよく、顔つきもしっかりしている。

「ママ、これ毎日貼っていい？」

百花がおでこの冷却シートに触りながら、真面目に尋ねてきた。

——そ、そっか。あんまり熱出さないから、貼ってもらうの珍しいもんね、モモ……特別な気分でますます元気なんだね……

なにも言えない。百花は梓の腰に抱きつき、ふたたび甘え声で言う。

「ねえママ、アイス食べたいな、モモ熱があるから」

「アイスは駄目。もう七時すぎでしょ？　お熱がないならお風呂入って寝よう？」

「梓」

低い声が、百花と梓の会話に割り込んだ。

「あ、あの、すみません、送って頂いて」

百花を抱きしめたまま、梓は恐る恐る千博を振り返った。

彼の顔は、文字どおり『蒼白《そうはく》』だった。

異様な雰囲気に、梓は硬直しつつ尋ねる。

「ど、どうしたんですか？」

千博の視線は、百花に注《そそ》がれていた。

彼は梓の問いに答えず、今にも倒れそうな顔色のまま百花の前にかがみ込む。

「……こんばんは、俺は斎川千博と言います。お嬢さんのお名前教えてくれるかな」

「鈴木百花です」

あまり人見知りをしない百花は、素直に答えた。

「パパは？」

——ど、どうしてそんなことをモモに聞くの？

おろおろと様子を見守っていると、正人が『この人、どこかで見たような……』とばかりに、千博の顔を見つめて腕組みしていた。

「パパは、うちにはいません」

百花が梓の腕から抜け出し、乱れたおかっぱ頭を手で直しながら答えた。梓が連れてきた人なので、お客様だと思ったらしい。

「……どうしてパパはいないの？」

千博の声の真剣な響きに驚いたように、百花も真面目な口調で答える。

「どっか行っちゃったから。うちには、ママとマー君しかいません。おじいちゃんとおばあちゃんも、モモのパパがどこ行ったか知らないですよ！」

「そうなんだ。じゃあ、パパのお名前とかは知ってる？」

——ちょっ……待っ……やめ……

焦りのあまり動けない梓の前で、百花がハキハキ答える。

「ちひろ。百花は百で、パパは千なんだって」

なにをどうしていいのかわからずフリーズしたままの梓の前で、正人がポンと手を打った。

「あ、もしかして先生じゃないですか？　名前忘れちゃってごめんなさい。だけど、昔、ちょっとだけ塾にいた……あの……」

　言いながら、正人もなにかに気付いたようだ。

『先生』が塾からいなくなってしばらくして、姉が身ごもっていることがわかったのだ。そしてその『先生』は鬼気迫る形相《ぎょうそう》で、幼い百花に『お父さん』のことを聞いている……

　愛想笑いを浮かべていた正人が、無表情になって口をつぐむ。日焼けした顔には緊張の色が浮かんでいた。

　異様な雰囲気の中、一人状況をわかっていない百花が、明るい声で叫ぶ。

「ママ、アイス買いにいこう」

——モ、モモ、ママはそれどころじゃ……

　ごくりと息を呑んだ梓の前で、かがみ込んでいた千博がふらりと立ち上がる。

「梓」

「ハ、ハイッ」

　うわずった変な声が出た。

「俺の娘……だよな？」

「……い、いや、あの……それは違います……モモ、千博さんに似てないと思う……」

　あやふやなことを口走る梓の両肩を掴《つか》み、千博が震え声で言う。

「そっくりだよ。生き写しだ」

「え、どこが……?」

似てない。絶対に似ていないはずだ。男らしい千博と、お人形のように目のくりくりした百花に共通点はまったくない。だが千博はきっぱりと断言した。

「俺の母に」

「……千博さんの……お母様……」

それは盲点だった。

「コピーかっていうくらい似てる。喋り方から仕草まで似てるよ。ごめん、驚きすぎて震えが止まらない、どういうことなんだ、梓」

百花は突然変異で美人になったのかも、などと勝手に考えていたが、まさか、その答えがこんなところでわかるなんて。

千博の顔は怖いくらい深刻で、滑らかな額《ひたい》には汗が幾《いく》つも浮いている。

「どうして、こんなことになっているなら連絡をくれなかった」

「あ、あの、それは……」

梓の脳裏に、今よりもっとボロボロだった祖父の作業場が浮かぶ。

お金がなく、弟もまだ中学生で、彼と一緒にいれば迷惑をかけざるを得ない自分を知られたくなかった。

そして、百花が生まれた後は『子供なんて知らない、俺の子じゃない』と突き放されたくなくて黙っていた。

千博が名門の御曹司だとわかってからは、もう……距離を置くことしか考えられなくて。

多分、梓は結局、好きな人に背を向けられたくなかったのだ。

母が死んだ直後に父に捨てられ、本当に傷ついて、もう二度と傷つきたくなかったから。

——駄目だ、お父さんのこと、口に出して言えない。なんでだろう。

言葉が出てこず、代わりに涙が溢れ出してくる。思わず顔を覆《おお》った刹那《せつな》、百花が大きな声を上げる。

「やめて！　なんでママを怒るの？　なにもしてないのに怒ったら、えー、ヌレギヌですけど！」

そんな言葉、どこで覚えたのだろう……でもきっと、梓を庇《かば》ってくれたに違いない。

梓は慌てて涙を拭い、千博を睨《にら》みつけている百花をたしなめる。

「ち、ちがうよモモ、怒られてないから」

「だってママ泣いてるじゃん！　ママをいじめる人はゆるさない！」

憤懣《ふんまん》やるかたない様子で百花が言う。

梓は百花の頭を抱き寄せて、できるだけ優しい声で言い聞かせる。

「本当に違うから。びっくりさせてごめんね」

言いながら腕時計を確かめる。もう七時半だ。そろそろ百花をお風呂に入れなくては。

梓は困り果てながら、蒼白《そうはく》なままの千博に振り返った。

「ごめんなさい、この子ちょっと熱っぽいから、様子を見て早く休ませたいんです」

「あ、ああ、わかった」

千博が強ばった顔をかすかに緩めて頷き、ジャケットの内ポケットから名刺入れと手帳のペンを取り出した。

名刺にさらさらと走り書きをして、それを梓に差し出す。

「これ、俺のプライベートの携帯番号だ。君の連絡先も教えてくれ」

有無を言わさぬ強い口調に、梓は慌てて従う。千博がこんなにも厳しい声でなにかを『命じて』くるなんて初めてだ。よほど怒って、動揺しているに違いない。だが、無理もないと思う。

スマートフォンの連絡先を控え終えた千博が、はあ、と息を吐いて、どこか疲れた顔で言う。

「ごめん、ちょっと厳しく言い過ぎてしまった。今日はお子さんを優先してくれ。……また明日の夜に来る」

「い、いいえ、別に来て頂かなくても」

「そういうわけにはいかない。理由はわかるよな」
強い口調に押され、梓はおずおずと頷く。百花はそんな梓を心配そうにじっと見上げていた。

翌朝梓が起きると、スマートフォンにメールが届いていた。
――なんだろ。あれ、千博さん……？
寝ぼけ眼《まなこ》でメールを開いた梓は、一気に覚醒《かくせい》する。
『昨日は色々と詰問《きつもん》して申し訳なかった。
論点がずれるのは本意ではないので、初めに希望を述べます。
①：俺は梓との結婚を希望します。モモカ（百花？　百香？　後で教えて）ちゃんが俺の子でなくても同様。あり得ないとは思うけど。
②：①に伴い、正人君への支援が必要なら俺が負担します。お祖父様の会社にも同様。でも多分、鈴木製作所さんは、今回のガレリア・エンタテインメントの仕事を請け負うことで安定するんじゃないかと思っていますが。七年前同じ提案をしたときは断られましたが、今回は気にしないでください。若い頃と違い、現状、それほど負担ではありません。
③：もし君に恋人がいるなら、これ以上の交際はお勧めしない。俺と付き合うことを

検討してください。理由は、俺だったらあのアパートに恋人母子を放置しないから。

最後に母の写真を添付します。先月の食事会で撮ったものです。俺が驚いた理由がわかると思います。

今日の夜話し合いに行くので在宅していてください』

ぐうの音も出ない。

強引すぎる内容だが、千博らしい誠実で真摯《しんし》な提案だ。

きっと自分の娘に対して責任を感じてしまったのだろう。

報告しなかったのは梓の一存なのに。

押しに弱い梓は、脊髄反射《せきずいはんしゃ》で『かしこまりました』と返事しそうになり、すんでのところで思いとどまる。

途方に暮れて添付ファイルを確認すると、六十代くらいの女性が微笑んでいた。流石《さすが》は良家の奥様、肌も髪も輝くように綺麗《きれい》だし、きちんとお化粧した顔は品があって若々しい。

そして、千博の言うとおり、百花と同じ顔だ。

こんなに似ていたら、誰もが見た瞬間『おばあちゃまですね』と言うに決まっている。

そのくらい、怖いほどにそっくりだった。

――どうしよう……。モモ……あっ、モモ起こさなきゃ。熱はないかな。

まだ寝ると言いながら布団に潜《もぐ》り込む百花を引っ張り出しつつ、梓はため息をつく。

――話し合いって、なにを話せばいいの。

だがこの状況では『わかりました』と返事するしかないのだ。

千博が普通のサラリーマンならよかった。それなら、今はもう正人も大きくなっているし、結婚を考えることもできたかもしれない。

――でも、斎川グループって、日本でも指折りの大富豪だもの。私みたいな立場の人間が嫁げる家じゃないし……。それに、下手に接触してモモだけ渡しなさい、って言われるのが怖い。

名門一族のお嬢様を、黙って産んで勝手に育てている、なんて騒がれたらどうしよう。なにを言われても、ちっぽけな町工場の孫娘に逆らう手立てはないのだ。

そう思うと、色々な不安が込み上げてくるのだった。

悶々《もんもん》としているうちに、あっという間に夜が来た。

元気なのは百花だけだ。もう十月の終わりで大分寒くなってきたが、相変わらず家の中をぴょこぴょこ歩き回りながら遊んでいる。胸にはいつでも遊べるようにすーじぃを抱きしめていた。

――あんなに好かれるなら、すーじぃも本望よね。うちにあるのが、世界一使われてるすーじぃかも。

ほのぼのと見守りつつ、梓は時計を確かめる。千博から数分前に、最寄り駅に着いたのでそちらへ行くと連絡があった。

「モモ、ママはお客さんとお話ししてくるから、おばあちゃんと正人と待っててくれる？」

「わかった」

百花が素直に返事をし、すーじぃから顔を上げてにっこり笑う。梓はほっとして、梓がいない間の留守番を引き受けてくれる祖母にお礼を言って、祖父が待つ家へと向かった。千博とは、祖父を交えて話すことになっているのだ。

千博はもう門の所に来ている。なんと言っていいのかわからずに、無言で深々と頭を下げる。

「君のお祖父様と話ができるんだな」

「え、ええ……祖父には話をしたわ。私が千博さんと別れたことと、モモが生まれたことを連絡しなかったこと、全部。だから、状況はちゃんと伝わっていると思う……」

曖昧《あいまい》に頷き、梓は重い足取りで作業場の脇を通り抜け、祖父の待つ居間へ千博を案内する。

祖父は、昼間話をしたとき、腰を抜かさんばかりに驚きつつ、梓と百花を案じてこう言ってくれた。

『梓の不安はわかるが、できれば百花に父親がいたほうがいいと思う。「斎川CEO」がどんな人なのか、改めて一度話をしてみたい』

だからこうして、一緒に千博の話を聞こうとしているのだ。

居間に顔を出すと、祖父が立ち上がって千博を迎える。

「申し訳ありません、今日は私が無理を言ってお時間を頂いたので」

言いながら千博が、袱紗《ふくさ》で包んだ箱を差し出す。中身は高級なお菓子のようだ。

遠慮する祖父に『お邪魔したのはこちらなので』とお菓子を渡し、千博は正座して深々と頭を下げた。

「このたびは、お騒がせして申し訳ありませんでした」

「いえ、あの……私も梓から聞いて驚いて。社長さんが、モモの父親なんですね……」

祖父は百花の父親のことを、既婚男性か、お金がなくて逃げた男だろうと想像していたらしい。

それが実際には、取引先のCEOだった。更に言うなら斎川グループの御曹司。祖父母は驚きすぎて言葉もない状態である。

「はい。申し訳ありませんでした。DNA鑑定なども必要ないと思います……心当たりもありますし、なにより百花ちゃんは私の母に生き写しなので。本当に今まで申し訳ありません」

——あ、謝らないで……。モモのパパとは連絡が取れないと言い張ったのは私なんだから……

申し訳なくて縮こまりながら、梓は心の中で念じる。だが祖父も同じ気持ちだったようで、少し表情を和《やわ》らげて言った。

「いや、そりゃ、梓が教えんのだったら、貴方も知りようがなかったでしょう。アメリカにいらしたんだし。モモの面倒を見るのはそんなに負担じゃなかったですよ。まだ小さいから飯もちょっとしか食べないし、玩具《おもちゃ》もさ、わざわざ買わなくても電卓が一番好きだしね。子供服なんかこの辺の商店街に行けば、五百円とかで売ってますよ」

そのとおりだが、違うと思う。

乳児を養うために、祖父母には大変な負担を掛けたのは、なにも言われなくても知っている。

でも、梓にそれを聞かせないよう、千博にもこうやって説明してくれているのだ。

「社長は斎川グループの本家の息子さんなんでしょう。流石《さすが》に梓と一緒になるなんて無理だと思いますよ。この家、社長のご実家の玄関くらいの広さでしょうが」

祖父は、住む世界が違う者同士、無理に結婚しても上手くいかないだろうと言っているのだ。

梓もそう思う。だからこそ今のままがいいのに。

「社長の周りは、パリで買い物だの、ハワイで夏休みだの、高級ホテルで食事だの、全然違う世界を生きてる人ばかりでしょう。うちの孫娘はそんなのなにも知らないから、社長のところに行っても仲間はずれになりますわ。孤立しますよ、可哀相《かわいそう》に」

「……それは……」

千博がぎゅっと唇を噛みしめた。

だが、祖父が言うとおりなのだ。梓の通っていた中学にも、この辺に豪邸を建てた社長のお嬢様がいて、別の意味で浮いてしまっていた。下町のあまり裕福でない子たちから受け入れられず、結局途中で遠い私立の学校に転校したのだ。

――私、パスポートはおろか、運転免許証すら持っていないし。

千博は驚くだろうが、そういう暮らしだった。

免許は、将来どこで暮らすかわからない正人に取らせることを優先した。パスポートは海外に行く必要がないので取得していない。

「俺が守ります。それに、身内のひいき目かもしれませんが、本家筋には、気立ての悪い人間はいませんので……」

梓は耐えがたくなって、小声で千博に言う。

「あの、本当に無理しなくていいの。たまにモモの所に遊びに来てあげて」

「そんなわけにはいかないんだ」

梓を見つめる千博の目は鋭く、厳しかった。

——話がこじれて、モモだけ引き取るって言われたら……貧乏で可哀相《かわいそう》だからって。

ふたたび怖い想像がよぎる。

斎川家くらいの権力者であれば、司法に手を回して百花を連れていくことも可能かもしれない。

『斎川家の血を引く子供を、どこの馬の骨とも知れない女には育てさせられない』と押し切られたら、梓の力では……

「ち、千博さんの家がお金持ちでも、モモは渡したくないんです……けど……」

目に涙を滲《にじ》ませて梓は言った。考えるだけで震えてくる。絶対に嫌だ。

祖父のほうを向いて正座していた千博が、慌てて梓を振り返る。

「梓、違う。俺は百花ちゃんを絶対に連れ去ったりしない」

もちろん千博がそう言うなら、それが真実なのだろう。

でも、『父親』という存在全般に対し、不安を覚えるのだ。母が亡くなって辛いときに、自分だけ逃げて『お前たちより恋人のほうが大事だ』と言い切った父が思い出されて、絶望的な気分になる。自分の中の判断の軸がなくなって、ぐらぐらしてくるのがわかる。

——落ち着いて、千博さんはお父さんとは違うから。でも、本当に信じていいのか……

どうしよう……モモに関わることだから、本当に怖い……

戸惑う梓に、千博が穏やかな声で尋ねる。

「俺のなにが心配なんだ？」

「……それは……」

自分でもよくないと思うけれど、なにを信じればいいのかわからないのだ。

心に穴が空いていて、千博への信頼もなにもかもが、虚空《こくう》に吸い込まれていくようだ。

「本当に百花ちゃんを奪ったりしない。俺は百花ちゃんを父親として助けたいだけ、梓と一緒になりたいだけなんだ。信用できないか？」

「信用……は……信用、したいけど……あの……」

梓の声が震えた。面と向かって信じるに足りない、裏切られるのが怖いなんて言うのは失礼だ。子供じみている。

だが百花を奪われる可能性は全力で排除したいとも思う。絶対にそれだけは嫌だ。

——ど、どうしよう、どうすれば……

千博は父と違うとわかっているのに、そこから先が考えられない。

青ざめて震えている梓に、千博が先ほどと変わらない優しい声で告げる。

「……心配だよな？　いきなり娘の父親が現れて、なんだか知らないけど金持ちで、急に一緒に暮らそうなんて言われたら。万が一百花ちゃんだけ奪われたら、って思ったんだろう？」

　梓は無言で頷く。

　相変わらず理路整然としていて、物事がよく見えているのだな、と思う。

「わかった。じゃあまず、俺を信用してもらうところから始めよう」

　ふと千博の声が甘くなった。

「まず、俺が梓の信用を取り戻すところから。どう？」

「し、信用？　どういう意味？」

「俺は仕事でどうしても来られない日以外、毎日ここに『おやすみ』の挨拶《あいさつ》をしにくる。梓の顔を見にね。もし百花ちゃんがまだ起きてたら、あの子にも『おやすみなさい』を言うよ。だって普通の父親は、毎晩家に帰るだろう？　妻子がいるんだから当たり前だ。……俺も、家には上がり込まないけど、普通の父親と同じように行動する。梓が信じてくれるまでやる。どう？」

「え……あ、あの……」

　これまで感じていた不安が薄れ、梓は頬を染めた。

「そ、そこまでしてくれなくていいのに」

「俺がしたいんだ、させてくれ」

　千博の声がますます甘く和《やわ》らぐ。梓の顔がますます熱くなったとき、不意に端のほうで祖父がもぞもぞと動いた。

──おじいちゃん……？

なぜか祖父まで赤くなっている。

「い、いや、すまん。続けてくれ、じいちゃんのことは壁だと思って」

そういえば、祖父の楽しみは毎週月曜の九時から放送される、若い人向けの甘い恋愛ドラマを見ることなのだ。凄腕《すごうで》職人で怖い顔をしているが、超ロマンチストなのである。

千博の真剣な言葉を聞いていて、気恥《きは》ずかしくなったに違いない。

──お、おじいちゃんまで千博さんにときめいてどうするの……！

耳まで熱くしながら、梓は千博を見つめた。

「頑張れば、梓が俺を信用してくれるかもしれないだろう。俺はそれに賭《か》けたい」

千博の言葉にどきどきすると同時に、胸が痛む。

──途中から、来なくなるかもしれないな。

今、自分が喜んでいるのか不安に思っているのか、よくわからない。

普段は意識していないけれど、父に捨てられた心の傷は深いのかもしれないと思いながら、梓は口の端を吊り上げて、笑みの形を作ってみた。

「無理しないで」

梓には、そう言うのが精一杯だった。

千博が真剣なのがわかって、無下《むげ》にできなかった。

「無理じゃない。信頼を取り返すためならなんでもする。君がチャンスをくれたから、前向きな気分になれた、ありがとう」

「……わかったわ」

戸惑いながらも、梓は千博の提案をズルズルと受け入れてしまった。

~千博 I~

梓と出逢ったのは、モラトリアムとして、夢だった『教師』の仕事をしていたときだ。

千博は二十六歳。その年の夏の終わりには斎川グループに戻り、一族の人間として働かなければならなかった。

グループでの仕事が軌道に乗ったら見合い結婚をし、粛々《しゅくしゅく》と働き続けようとぼんやり考えていた。

――最悪だったな、前回のお見合い相手は。

峰倉産業の令嬢、彩友香《あゆか》との縁談は、千博が断る前にあちらから断られた。

千博の耳に『峰倉さんのお嬢様は、俳優さんを追いかけてそちらと結婚なさったのですって』と噂が流れてきた。

顔のいい男が好きだと吹聴《ふいちょう》して憚《はばか》らないお嬢様なので、きっと満足する相手を見つけたのだろうと思え、内心ほっとしたものだ。

――結婚相手に『顔で選んだ』なんて言われたくないからな。信用できる人がいい……

年齢の割に地味、冒険しない、と言われている千博だが、女性関係も同様だ。冒険などしたくない。仕事が第一、自分の時間が第二、恋愛はそれ以下で、まったく重要ではない。

静かできちんとした生活こそが千博の理想だったのだ。

――今思えば、俺は末っ子だから、そんな自己中心的な考え方でも許されていたんだ。

千博には十歳年上の兄を筆頭に、三人の兄がいる。千博が中学を出る頃には、長兄が斎川の後継者として名乗りを上げていた。ゆとりのある環境に、優秀な兄が三人。お陰で千博は、比較的自由な立場だった。

流石《さすが》に教師になる夢は、実家の仕事につく関係で難しかったけれど、期間限定でなら塾で数学を教えることは許してもらえた。

新卒で入社したのは大手の学習塾チェーン。かなりしっかりしたカリキュラムを組む塾で、希望があれば父兄との学習面談もオプションで行《おこな》っていた。

その面接に来たのが、鈴木正人の姉である彼女。

まった。

挨拶《あいさつ》のとき、生真面目に『鈴木梓です』と名乗って頭を下げたので、名前を覚えてしまった。

生徒の姉が面談に来るのは珍しかったから、印象的だったのもある。

梓の相談内容は、将来大学に行かせたいのだけれど、国立に受かるようにするにはなにを勉強させればいいか、というものだった。

入塾したばかりの弟のコースが適切だったか、気になったらしい。

梓は『私は大学に行っていないので、よくわからないから助かりました』と言って帰っていった。

もちろんその日は、梓のことは綺麗《きれい》なお姉さんだなと思っただけ。

それから、二十そこそこ、下手すれば十代にも見えるのに、熱心な姉なのだな、と。

普通は面談には母親が来るのに……と。

梓との仲が深まったのは、偶然、夜道で自転車の傍《かたわ》らにうずくまる梓を見かけたことがきっかけだった。

「どうしたんですか」

驚いた千博が声を掛けると、ボロボロの自転車を前に、梓は途方に暮れていた。

「あ、あの、自転車が壊れて……」

「本当だ。見せてもらっていいですか」

チェーンが外れたようだ。確認してみると、古いせいか、チェーンが駄目になっている。

「よかったら俺が押して帰りましょうか」

夜道を自転車を引きずって帰るのは気の毒だと思い、千博は思わず口を開いた。

千博としては、ただの親切心だった。一度会話しただけの相手にこんなことを買って出るから『お育ちのいいやつ』と友人に揶揄《やゆ》されるのだろう。

「明日自転車屋さんに持っていくので、近くの駐輪場に置いて帰ります。家が遠くて、引きずって帰ると、何時間かかるかわからないので」

「じゃ、そこまで付き合います。貴女じゃこれを引っ張るのは無理でしょう？」

「……はい、すみません」

申し訳なさそうな梓に、千博は頷いて駐輪場を探し始めた。

明るい場所にさしかかり、千博はぎょっとする。スカート姿の梓の膝は血まみれだった。

「怪我してるけど、大丈夫ですか？」

「他の自転車の人とすれ違ったときに、ぶつけられちゃって。それで転んで自転車も壊れちゃったんです……」

かすかに白い頬を染め、梓は小さな声で言った。

「それは事故だ。警察に届けないと」

千博の言葉に梓は首を横に振った。

「大丈夫です」

なぜそんなに遠慮がちなのだろう。そこで引っ込もうと思ったのに、なぜか千博は次の言葉を口にしていた。

「……じゃあ、あそこで消毒薬を買って、膝だけ早めに綺麗《きれい》にしませんか？」

普通はここまで人に踏み込まないのに。自分の意外なお人好しっぷりに驚いた。

もしかしたら、梓のことが気になったのかもしれない。

千博の周囲にはいないタイプの女の子だったからだ。はきはき話していても、どこか、消え入りそうな雰囲気で、一度も笑わないから……

「いいえ、本当に大丈夫です」

首を振る梓に、千博は自分の知る限りの情報を述べた。

「擦《す》り傷を甘く見ないほうがいい。あの辺は土がむき出しの場所だったし、化膿《かのう》したら膝も曲がらなくなると思います。消毒だけしておきましょう」

そう指摘すると、梓は目を伏せて「わかりました」と答えた。

色が白くて手脚も細くて、ひどく儚《はかな》げに見える。

長いまつげが街灯の光を受けて、頬に淡い影を落としていた。

自転車を置いた後、彼女を連れて夜中までやっているドラッグストアへ行った。店は広く、雑多な品揃えで食材でもなんでも置いてあり、店の外には休憩コーナーもある。

梓をベンチに座らせ、膝の具合を見た。

——湿潤療法ができるタイプのほうがいいかもな。

千博は歩いていた店の人に『洗った直後に貼るタイプの絆創膏《ばんそうこう》を購入するので、傷だけ洗わせてもらえないか』と頼んでみた。人のよさそうな店長は、梓の膝を見て気の毒がり、バックヤードで膝を洗わせてくれた。

梓は自分で膝を洗い、千博が渡した大きな傷用の樹脂パッドを貼り付けた。おそらく、このまま様子を見れば大丈夫だろう。それにしても細い脚だ。痩《や》せすぎではないだろうか。

——俺には、生徒さんの家の事情なんて関係ない……

そう言い聞かせながらも、彼女のことがなんとなく気になってしまう。

梓は、大学に通わなかったと言っていた。それに、ボロボロの自転車に乗り、綺麗《きれい》な女の子なのに化粧気もなく過ごしている。

だが、弟だけは大学に行かせたいのだと、わざわざ塾の面談にまでやってきた。

自分のお金を弟だけに使っているとしか思えなくて、少し戸惑ってしまう。まだ二十歳そこそこに見える若さなのに。

——いや、関係ない。深入りするのは失礼だ。

慌てて小銭入れからお金を取り出した梓に、千博は首を横に振った。

「いいです、そのくらい。絆創膏《ばんそうこう》の残りは持って帰って、貼り替え用にしてください。

駅まで送ります」

千博はそう提案した。

単に、夜の十時過ぎに怪我人を放置したくなかっただけだ。

「すみません……本当に、先生にこんなにご迷惑をお掛けして」

無言で駅まで歩く最中、梓はずっと『どうしよう』と途方に暮れた顔をしていた。

人に迷惑をかけるのが苦しいと、綺麗《きれい》な顔には書いてあった。真面目なのだろうな、と千博は思った。

「あ、この駅から乗り継いで帰ります」

梓が地下鉄の駅を指した。それから一瞬黙り込み、申し訳なさそうに切り出した。

「今度、改めてお礼します。塾のほうに伺《うかが》えばいいでしょうか？」

「いいですよ、困ったときはお互い様だから」

千博にとっては本音だったが、梓がそれでは納得できない、とばかりに俯《うつむ》く。

本当に気にしないで、と言おうとした千博は、ふと思いつく。

梓は相当、罪悪感を覚えていそうだ。

そう思った瞬間、千博は前々からトライしたかった『あること』を、彼女に手伝ってもらえればと思いついた。

「あ、じゃあ、今度いつか、貴女が暇なときに、ちょっとだけ付き合ってもらえませんか？」

最近できた、女性向けのひたすら可愛いインテリアのカフェの名を口にする。

実は千博は甘い物が大好きで、そのカフェのパンケーキは絶品だと至る所で噂になっていた。

食べてみたい。

あのピンクのクリームの正体が知りたい。

着色料となんらかの特殊な甘味料が使われていることまではわかったが、秘伝のレシピらしく材料がわからないのだ。

『本当にピンクな味がする』と評判のスイーツを自分の舌で味わい、解析し、なるほどこれがピンクの味か……と納得したいのだ。

だが、あそこにむさ苦しい男一人で入る勇気がない。

「ピンクフェアリーカフェってご存じですか？」

「え、ピンクフェアリーカフェ……ですか……はい、知ってますけど……有名だから……」

「あの店は男友達と行ったら浮くでしょう？　行きたいけど付き合ってくれる相手が見つからなくて。人に知られず、こっそり行きたいんです」

趣味と研究だけで生きてきた千博には、スイーツ巡りに付き合ってくれる女友達がいない。

正しくは、近づいてくる女性がいても、側に寄せ付けないようにしている。

お見合い結婚を望まれている身の上なので、下手に女性と仲良くなりたくないのだ。友人に『女性に冷たすぎる』と指摘されたが、付きまとわれるよりずっといいと思っていた。

けれど、梓なら、個人的な用事に誘ってもいいと思ったのだ。

理由は、そう……大人しくて真面目そうだから、だろうか。それから、近づいたらスッと消えてしまいそうな印象が妙に心に残るから。

自分のペースが乱れ始めていることをうっすら自覚しながら、千博は言葉を継ぐ。

「無理にじゃないですからね」

そう言うと、梓が考え込むように俯《うつむ》いた。

――やっぱり、唐突なお願いすぎたかな。

首をかしげる千博の前で、梓がクスッと笑った。

「……いいですよ。斎川先生って、面白い方なんですね」

その笑顔を見た瞬間、梓との間にあった薄い壁が不意に崩れた気がした。

――あれ、彼女、笑うんだ……

面談のときも、自転車が壊れて困っていたときも、梓は一度も笑わなかったのに。

こんなに人なつっこい可愛い顔もするのか、と驚いて、とっさに言葉が出てこなかった。

千博の心臓が変な音を立てる。

——綺麗《きれい》な人だな。いや、美人なのは見ればわかるけど。どうした、俺は……

突然湧き上がった思いに戸惑いつつ、千博は梓から目を逸らす。

「たまに言われます。男でスイーツ好きなのは不遇だなって」

落ち着きを取り戻そうと冗談めかして答えると、梓がまた笑った。

やはり、とても綺麗《きれい》な笑顔に見えた。

生まれて初めて、女性に対して『もう一度笑ってほしい』と思い、自分はそんな柄ではないのにとふたたび動揺する。

「いつなら行けそうですか」

「土曜日なら……」

千博は頭の中のスケジュールを確認する。

土曜日は久しぶりに京都《きょうと》に一泊し、甘味カフェ巡りついでに、紅葉前の寺院を回り、趣味のカメラで初秋の風景を撮影する予定だった。最近高性能のデジタル一眼レフを入手して、写真を撮るのが楽しくて仕方がないのだ。

だが千博は、即答していた。

「じゃあ、土曜日の十二時に、ピンクフェアリーカフェの前で待っててください」

「はい」

柔《やわ》らかな笑顔を返されて、いつも静かなはずの千博の心が、ふわりと浮き上がる。

――やっぱり、可愛い……な。変だな、俺。パンケーキを食べられるから浮かれてるのか？

生まれて初めて、女性との待ち合わせを楽しみに感じた。

千博は今まで、気が合いそうな女性に出逢ったことはなかった。自分の研究や仕事と、趣味にしか興味がなかったからだ。

正直に言えば、お見合いも行きたくなくて、毎回足を引きずるようにして出席していた。更に言うなら、趣味は一番の優先事項だったはずだ。京都へ行き、お気に入りのカメラで色々と撮影するのがとても楽しみだったのに、土曜日の約束の前にあっさりと色あせた。

――なんだか、頭の調子が変だ。

ホテルを早めにキャンセルしようと思いつつ、千博は言った。

「ありがとう。じゃあ、気を付けて帰ってください、鈴木君のお姉さん」

「梓でいいです。みんな梓って呼びますから」

何気ない口調で梓が言った。同時に、千博の心臓がどくん、と異様な音を立てる。

多分あれが、千博が梓に恋し始めた瞬間だったのだろう。

二人で逢うようになってから、千博は梓に溺れていった。

ブレーキなんて、一度もかけられなかった。

梓の細い肩を抱き寄せるたびに、自分ならばこの危なっかしくて美しい、秘密ばかりの女の子を守れるのではないか、と思うようになっていった。

実際は、なにもできなかったのに……

――多分、カフェの件も、大人しくて真面目そうだから誘ったんじゃない。もう一度逢いたかったんだ。梓のことが気になったから。いや、面談に来たときから、若いのに弟さんのことしか考えていなくて、どうしてだろう、どんな事情だろう、梓はなにを考えているのだろうって気になっていたんだ……

あれがもう、七年も前のことだなんて。

広々とした自宅の居間で、千博は、苦くて甘い追憶を呑み下《くだ》す。

昔のことを思い出すと、いつも心がひりひりする。

付き合っている間、梓が自分の家のことを言いたがらなかったのは、千博に迷惑をかけたくなかったからなのだ。

あの頃、千博は勝手に考えていた。お金に困っているなら、正人の進学費用を自分が負担すればいい、と。

その考えがどんなに梓の心の負担になるか、思いもしなかった。あの迂闊《うかつ》な言葉を取り消せればいいのにと、何度一人で髪をかきむしっただろう。

アメリカでもずっと、梓のことが忘れられなかった。住む場所も立場も変わったのに、心だけはまったく変わらないままだった。振られたのだから忘れようと、何百回も自分に言い聞かせながら、自分で撮った梓の写真を虚《むな》しく眺めていた。

——写真……好きだったけど、あれから全然カメラにも触らなくなったな……

千博は今日の別れ際、梓に頼み込んでメールで送ってもらった、一枚の画像に目を落とす。

——百花ちゃん……

学芸会の写真だという。頭に動物の耳を付けていて、本当に可愛い。

千博の母に生き写しで、間違いなく自分の血を引いているとわかる。それに、梓に大切に育てられた百花の素直な顔つきは、胸をかきむしられるくらい愛おしく感じられた。

千博のことを『ママをいじめる人だ』と怒っていた百花の姿が心を苛《さいな》む。

あの子の人生には、父親なんて存在しないのだ。千博の顔さえ見たことがなかったのだから、無理もない。

知らなかったとはいえ、この七年間の空白が恐ろしくなる。

若く非力な恋人と、その間に授かった幼い娘を放置していたのかと思うと身体が震える。無事でよかったとしか言いようがない。

——俺はなんということを。本当にごめん。梓に振られた日に戻ってやり直せたら……

あのとき、俺が変に物わかりのいい振りをしなければよかったんだ。どんなに君に突き放されても、食い下がるべきだった。

千博は自室のパソコンデスクの前で、ずっと百花の写真を見つめ続けた。

だが、ぼんやりしている時間はない。

明日からは仕事と、梓の信頼を得るための二本立てがメインのタスクになる。今度こそ失敗は許されない。

千博はスマートフォンの画面を操作し、百花と梓が写った写真をプリントアウトして、クリアファイルにそっと挟んだ。明日辺り、ネットで頼んだ写真立てが届くはずだ。

なにが一番大事なのか常に思い出せるよう、こうして飾っておこうと思った。

第三章

――はぁ……モモのパパ、予想以上のとんでもないお方になっていた……

内心途方に暮れ、梓は小さくため息をつく。

独力で調べたところ、千博は、斎川グループがガレリア・エンタテインメントを買収したからCEOになったのではないらしい。

ガレリア・エンタテインメントを創業した前社長が『別の仕事をしたいから』と退任を希望し、会社を新しく任せる相手として、数十人以上面接をした中から選んだのが、アメリカ帰りの千博だったのだ。

その後、千博は一年ほどでガレリア・エンタテインメントの収益を倍増させ、財務体制をより安定させるために、ガレリア・エンタテインメントを斎川グループに入《い》れた。

斎川家の御曹司だからグループの子会社のCEOに納まったのではない。実力でCEOになった後、実家の兄と交渉して、会社を一族のグループに加えさせた、というのが正しいのだ。

——敏腕CEOか……三十三歳の超イケメンエリート社長……モモが賢いの、明らかにお父さんの血だね……将来はもっとお利口になりそうで、よかった。

梓は床でストレッチしながら小さくあくびをした。

百花と正人に『おはよう』と言った瞬間から時間が加速度的に過ぎ、気付けば夜だ。

百花の髪を乾かし終え、歯磨きが終わった後の口の中を覗《のぞ》き込む。

「はい、モモ、オッケー」

言いながら、すかさずすーじぃに飛びつく娘に念のために言い聞かせる。

「八時には寝るよ」

百花のはーい、という返事を聞きつつ、梓はタイマーをセットしてパソコンに向かう。

今晩のうちに、ガレリア・エンタテインメントの坂本に、祖父が作った資料を転送しなければならない。送るものに間違いがないか真剣に確認する。町工場で、人が少ないからミスが多い……なんて思われたくないからだ。

祖父は職人肌で、専門のことにしか興味がなさそうだが、ビジネスマンとしてもとてもきっちりしている。

企業の担当者の言うことは全部理解し、その場でアドバイスや提案も返すし、相手に渡す資料だって毎度きっちり作っているのである。

ただし、全部手書きなのだ。

仕事で手一杯の七十過ぎの祖父に、今からパソコンを覚えろというのは酷《こく》だ。多忙すぎて休む暇がなくなってしまう。

なので、梓はそれを祖父から預かり、家に帰ってスキャンしたり、パソコンで清書したりしている。

――チェックよし。

梓にできるのは、祖父のプロフェッショナルな仕事ぶりの足を引っ張らないことだけだ。

そのとき、ちゃぶ台の前でパソコンを覗《のぞ》き込んでいた梓に、百花がぎゅっと抱きついてきた。

「ママ、ピッピッて言ってるよ」

小さな手でタイマーを指しながら百花が言った。

ご近所に響かないように小さな音のタイマーにしていたので、気が付かなかったのだ。集中すると聞き逃してしまう。

「あ、ホントだ。ありがとう、モモ」

梓はタイマーを止め、立ち上がりながら百花に言った。

「さ、モモは寝よう」

「まだ眠くない」

「駄目。はい、ママも一緒に寝るから」

梓は、スマートフォンのタイマーをバイブレーションにして、二時間後に起きるように設定する。

まだまだやることがあるのだが、百花を寝かしつけなくては。だが最近、百花が寝るのを待っていられず、梓が先に寝てしまう。タイマーがないと、気付けば朝だ。

寝室代わりの四畳半に百花と入り、山と積まれた夏物の衣装の間に敷いた布団に横たわる。

この家には和室が二つと、台所、六畳ほどの茶の間しかない。

三人で暮らすにはちょっと狭すぎるし、いまだに百花の机すら置けないのが梓の悩みだ。

まだ小さいから、ちゃぶ台で宿題をやっているのでなんとかなっているけれど。

――それより寝る場所よね。いつまでモモと一緒に寝られるか。うーん。ここをモモのお部屋にして、私が茶の間で寝るかな。……それまで、このアパート、あるかな……。ある程度モモが大きくなったら、おじいちゃんの家から離れた所に住んでも大丈夫かな？　正人もその頃は就職してるだろうし。

今後の生活について、考えることが山積みだ。

「ママ、あのね、今日、みかちゃんがね、ユミちゃんにね……」

友達との関係で百花なりに悩みがあるらしい。百花の可愛い声に相づちを打っているうち、強烈な睡魔に襲われる。

そして、いつの間にか熟睡していたらしい。梓は枕の下でスマートフォンが震えて飛び起きた。

――わっ、もう二時間経ったんだ。

傍《かたわ》らでぐっすり寝ている百花を起こさないよう、そろりそろりと布団を抜け出す。仕事の続きをしなくては。眠さのあまりしばらく朦朧《もうろう》としつつ、梓は顔を洗ったり、お茶を飲んだりと目覚めの努力をする。

ようやくすっきりしてきた頭で、ふたたび祖父の資料の整理に集中する。そして、気付けばまた二時間が過ぎていた。

そのときふと、なにかを忘れているような……と思う。

やっと横になれると思いつつ布団に入り、置きっぱなしにしていたスマートフォンをちょっと覗《のぞ》き込んだ。

——最近動作が怪しくなってきた。古いから。

タイマーに、目覚ましに、学校や学童とのやり取りに、急ぎの調べ物。

スマートフォンがないと生活が成り立たないので、できれば早く新機種にしたいと思いながら見た梓は、届いていたメールに凍り付いてしまった。

千博から何通もきている。家に着いてから何度か連絡をくれたらしい。

千博が着く九時頃には、百花はもう寝ていると教えていたので、電話は鳴らさずにいてくれたようだ。

『今日は会えなそうなので帰ります』

最後のメールは九時半。二十分以上アパートの側で待っていたようだ。

——ど、どうしよう……ごめんなさい！

なんという手間を取らせてしまったのだろう。

急いで謝罪のメールを作成して送信する。

同時に九時半に来られても辛いな、と思った。

寝かしつけから二時間ほどは、梓の貴重な睡眠時間だからだ。どうしたらいいのだろう。

――モモが小さいから夜は来なくていいよって言おうかな。それがいいよね。でも言い方が難しいから直接話したほうがいいかな……とにかく、明日もう一度メールして謝ろう。

そう思いながら、梓は気絶するように意識を手放した。

翌日。朝ご飯を作り、百花を小学校へ送り出して職場へ向かい、夕方になると百花を迎えに行って祖母に預け、祖父に頼まれてご近所に届け物をして、晩ご飯を作り……気付けばもう夜八時だ。

――認めたくないけど、熱っぽくてお腹が痛い……。いや、頑張れ私。明日はＰＴＡだし。

理由はよくわからないのだが、朝からお腹がかなり痛い。

歩くとますます痛いが、座っていると少しマシな気がする。だが、夜になるにつれて、だんだん悪化してきた。

――胃じゃないんだよな……なんだろうここ……婦人科系とか……？

寒くなったから冷えたのだろうか。

一応買った風邪《かぜ》薬を飲んだ。いつもは効くのだが、やはりまだお腹が痛い。

――今は風邪《かぜ》引けないいんだから。いや、いつもか。とにかく気合いで治さなきゃ。

百花の歯磨きチェックをしていた梓は、ハッと我に返った。

――あ、今日は千博さんを待って寝ないようにしなきゃ。一日がワープするように終わってるのが本当によくない。

お詫びのメールの文章にも悩んでしまい、昨日はごめんなさいしか返していない。もしかしたら怒ってしまって、もう来ないかもな、と思いつつ、梓は百花に言った。

「さ、寝よう、モモ」

「ママはなんでお洋服なの」

「お客様が来るからね、パジャマじゃダメなの」

「誰が来るの」

鋭い。でも聞かれて当然の内容だ。

「マ、ママの知り合いの人」

正人がなにか言いたげにじっと梓を見つめている。

コメントは控えているようだが、彼にも思うところは色々あるのだろう。いつの間に自分の塾の先生と付き合っていたのか、とか。

正人には一応、千博が毎晩挨拶《あいさつ》に来たがっている、という話はした。

千博が百花の父親だということも、祖父母を交えて話をしてある。正人は驚いていたが『そうなんだ』としかコメントしなかった。

正人がなにを考えているのかは、よくわからない。優しいのだが、あまり喋らない弟なのだ。

「モモ、今日は姉さん忙しいから、俺とばあちゃんとこ泊まりに行くか？」

「ヤダ。ママといる」

百花が小さな唇を尖らせて答えた。

無理もない。梓はいつも忙しくて相手をしてあげられない。いくら聞き分けのいい百花でも、寝るときくらい一緒がいいのだ。

梓はちょっと考えて、最悪のケースに備えて正人に頼んだ。

「あのさ、スマホ渡しとくから、もし千博さんが来たら起こして。私、モモの添い寝してると絶対寝ちゃうし、メールの着信音をオンにしてても、スマホが壊れてて鳴らないの」

「新しいスマホ、俺のバイト代で買ってやるよ」

正人は、内職のバイト代を家に入れてくれている。

プログラムのバイトだから結構もらえる、とは言っているけれど、そもそも弟からお金をもらう時点でダメだ。『お姉ちゃん』なのに。

正人が「姉さんのメール、ちょっとだけ見るよ」と断ってスマートフォンを弄《いじ》り、なにかを設定してくれた。

「はい、これで斎川さんのメール、今日だけ俺に転送されるから。それを確認して、あの人が来たら姉さんを起こすよ。スマートフォンは姉さんが持ってていい」

「流石《さすが》、ありがとう。ごめんね。お姉ちゃん、使い方がよくわかんなくて」

お礼を言うと、正人はこくりと頷いて、そのまま自分の部屋に引っ込んでいった。

正人なら、十二時過ぎまで起きているので大丈夫だろう。

あまり弟に迷惑をかけないようにしよう、と思いつつ、梓は百花の手を引いて寝室に向かう。

いつものように一緒に布団に横になる。お腹を伸ばしたせいか、不意に痛みが増した。

「いてて……」

思わず声を漏らすと、百花がびっくりしたようにピョコンと飛び起きた。

「ママ！　どうしたの！」

「大丈夫。お腹痛いだけ。さ、寝よう」

梓は百花の頭を撫《な》で、横にならせて布団を掛け直す。

「今日はママ、いっぱい寝るよね？」

「うん、寝るよ、大丈夫だよ」

温かいお陰で少し痛みがマシになった気がした。追加で飲んだ鎮痛剤が効いたのかもしれない。梓はそのまま、あっという間に意識を失った。

それから二時間が経った頃、熟睡していた梓はゆすり起こされて目を開けた。

「来たから通しといたよ」

「ありがと……」

百花が寝ていることを確認し、しばらくボーッと目をこすった。

ふたたび腹痛が復活し始める。痛みがしつこすぎるので、明日PTAが終わったら病院に行ったほうがいいかもしれない。そこまで考えて、梓は一気に覚醒《かくせい》した。

――ああっ……！　色々ダメだ！

悲鳴を上げそうになる。

あの物だらけの狭くて散らかった茶の間に、千博を上げたというのか。

しかも、梓自身も、百花のほうを向いて変な姿勢で寝ていたので、髪の毛がぐしゃぐしゃになっている。顔にも寝じわがついていそうだ。

この姿で今すぐ部屋を出て、ノータイムで茶の間の千博に「こんばんは」と挨拶《あいさつ》するなんて。

だが、千博を家に上げてくれたことは間違っていない。寒くなってきたので、外で待たせるのは可哀相《かわいそう》だ。

――うう……色々無理がある、これは、絶対に……！

そう思いながら、梓はよれよれと立ち上がった。

闇の中、手ぐしで髪を整えて立ち上がり、そっとふすまを開けて茶の間に出る。

「こんばんは」

「お邪魔してます……寝てたのか」

「ごめんなさい」

もはや取り繕《つくろ》う気力もなく、梓は頭を下げた。

「いや、俺のほうこそごめん。このやり方、梓たちには負担だったな、百花ちゃんも小さいのに」

梓は首を横に振ったが、千博の言うとおりではある。

しかも、さっき起きてから、猛烈に腹痛が悪化している。仮眠する前よりも痛みが増した。気持ち悪いし熱っぽいし、食あたりなのだろうか。いや、それとも違う気がする。

――やだな、これでPTA行くの、ちょっと辛い……

梓は無意識にお腹を押さえる。痛すぎて息苦しいほどだ。

千博がいるというのに、梓は思わず前屈みになってしまった。顔が歪《ゆが》み、呼吸が乱れる。

大袈裟《おおげさ》な振る舞いになってしまったと反省したとき、千博が驚いたような声を上げる。

「どうした」

「ごめんなさい、なんか……ちょっとお腹痛くて……冷えたんだと思う」

言いながらも、額《ひたい》に脂汗《あぶらあせ》が滲《にじ》む。寝たのに治らないなんて変だな、と思ったとき、千博が立ちあがって、梓の傍《かたわ》らに屈み込んだ。

「病院行くか？」

「大丈夫。明日ＰＴＡだから、それが終わったら行ってみる」

喋るだけで息が切れる。

――気持ち悪いし、やっぱり食あたりなのかな。モモ大丈夫かな。変なモノ食べさせたかな……

ぜえぜえ言っている梓の額《ひたい》に、千博が手を当てる。

「熱があるみたいだけど、本当に明日で大丈夫なのか」

「大丈夫。ＰＴＡは行かないと迷惑掛けるから。ただでさえ私、仕事で休んじゃうことがあって、……うぅ……」

この腹痛はやっぱりおかしいかも、と思った瞬間、千博が厳しい顔で言った。

「いや、ダメだ、病院に行こう」

様子がおかしいことを察したのか、正人が顔を出す。

「どうしたの、姉さん」

「具合が悪いみたいだから病院に連れて行きます。百花ちゃんを見ていてもらえますか」

「だ、大丈夫……ホント、明日ＰＴＡが……」

「そんな場合じゃない。わからないのか。顔色真っ青だぞ」

低い声で叱責《しっせき》され、梓ははっと我に返る。千博の言うとおりだ。確かにここまで痛くなるのはおかしい。普通にしていればそのうち治るなんて思わないほうがいい。

頷くと、千博がスマートフォンを手に立ち上がった。

「タクシーを呼ぶからちょっと待っていて」


梓の病気は、急性虫垂炎《ちゅうすいえん》だった。

どうやら、一日ずっと我慢したせいで、一気に悪化したらしい。

検査の結果、夜間診療所から救急搬送され、夜中に内視鏡手術を受けることになってしまった。

——早めに病院に行けば、こんなにおおごとにはならなかったのに……

後悔と反省と、お腹に穴が空いた痛みで、梓は麻酔から覚めた。

——イタタ……どうしよう、モモ。夜中にママがいなくなってびっくりするよね。学校にちゃんと行けるかな。

麻酔から覚めて真っ先に思ったのは、百花のことだった。まだ六歳、一年生なのだ。心配に決まっている。正人や祖父母の言うことをちゃんと聞いて、ぐずっていないだろうか……

それからすぐに、ここまで付き添ってくれた千博のことを思い出す。だが身体は管《くだ》だらけで、起きてスマートフォンを探すこともできない。

――迷惑をかけてしまった……。真夜中まで付き添ってもらって。

そう思いながら、梓はぐったりと目を閉じる。異様に眠くて、長い間、起きていられなかった。

しばらく眠り、ふたたび目を開けると朝だった。

看護師さんが来て、点滴を変えてもらう。どうやらここは、梓の家から地下鉄で二駅先の、地元の基幹病院だった。千博は夜中、手術が成功したことを確認して、家に帰ったそうだ。

それから、梓のスマートフォンは、ナースステーションでも預かってない、と言われた。

確かに、言われて思いだした。スマートフォンは家に置きっぱなしだ。お腹が痛すぎて、財布を手にするのがやっとだったのだ。

――モモは朝ご飯食べたのかしら。ＰＴＡも休むことになって、またあの怖い保護者さんにちくちく言われるなぁ。あと千博さんに早くお礼言わないと……。それから昨日の資料、おじいちゃん印刷できるかな？　正人に仕事のこと頼んでくればよかった。

やるべきことが次々浮かぶが、お腹が痛すぎて思考がたびたび中断する。

それにこの病室は個室だ。選べる状況ではなかったのだが、多分とてもお金が掛かるはず。早めに治さなければ経済的にも危険だ。

——寝ていられる状況じゃないのに。

そんな梓に、看護師さんがにっこり笑って言った。

「じゃ、鈴木さん、お昼すぎから歩く練習しましょうか！」

「え、え……と、昨日お腹に穴空けて、もう歩いていいんですか」

「歩いたほうがいいんですよ、じゃあ歩行許可が出たら声掛けに来ますね」

昨日内視鏡を入れられたのに歩くのは怖い、と思いつつ、梓はもう一度目を瞑《つむ》った。

異様に疲れていて、いくらでも眠れた。

途中昼前に祖母が来てくれ、着替えやスマートフォンを届けてくれた。正人が気を利かせて充電器も付けてくれたようだ。

——よかった……お腹痛いけどかなりよくなってきた。朝一番よりは。

おっかなびっくりの歩行訓練を終え、後はひたすら寝ていたら、もう小学校の放課後の時間を過ぎていた。

「姉さん」

顔を上げると、正人が百花を連れてお見舞いに来てくれたところだった。

いつもどおりの百花の様子を見て、心からほっとする。だが、すぐに、百花の顔がどよんとして元気がないことに気付いた。

百花がベッドサイドにやってきて、梓の腿《もも》の上にもたれ、しくしくと泣き始める。

震える小さな背中に胸を突かれた。いつもの百花なら『ママがいないからびっくりした！』と拗《す》ねるだろうに、どれだけショックだったのだろう。

「モモ……大丈夫だよ。すぐ治るから」

とても胸が痛んだ。ママが病気で帰ってこられないと説明されて、どんなに怖い思いをしたのだろうか。

そうでなくても、百花には梓しかいないのに。

いくら賢くてもまだ六歳だ。初めての『ママがいない朝』は、どれだけ不安だったことだろう。

梓は、しくしく泣いている百花の背中を撫《な》でながら正人に言った。

「ありがとう、モモを連れてきてくれて。ごめんね。でも本当にすぐ退院できるから」

正人が見かねたように口を挟んでくる。

「ゆっくりしてなって……働きすぎなんだよ、姉さんは」

「ううん、もうよくなったから。ね、モモ、ママは元気だから大丈夫よ」

だが百花は頑《がん》として顔を上げなかった。

「大丈夫だってば、モモ……」

何度大丈夫だと言って聞かせても、百花は泣き止まない。様子を見ていた正人が、困り果てている梓に言う。

「そんなのモモが信用するわけないだろ。モモは姉さんが毎日夜中にお仕事してるから病気になっちゃったって思ってるんだよ。だからこんなに落ち込んでるの」

なにも言えなくなり、梓は百花をじっと見つめた。

——ママが夜中に一緒に寝てないことに気付いていたんだ。どうしよう、ごめん、モモ……

結局寂しい思いをさせていたことに変わりなかった。

うつぶせたまま動こうとしない百花の様子に、とても胸が痛む。

仕事が終わらないのは、やることが多すぎてバタバタしてしまうからなのだ。けれど、祖父には迷惑をかけているから絶対に手伝いたいし、正人と百花にもご飯を作ってあげたいし……そう思って、毎日なんでも抱え込みすぎてしまう。

「あ、そうだ、斎川先生がもうすぐ来るよ。ここに来る途中で仕事の電話がかかってきて、外で話してるけど。今日は斎川先生が俺とモモを車で連れてきてくれたんだ。ね、モモ」

百花が姿勢を変えずに小さく頷く。

「え……？　斎川さんのお仕事は？」

「さあ、午後休取ったんじゃないかな。じゃ、俺、ちょっと飲み物買ってくる」

正人はそう言って、百花の小さな頭をポンポンと撫《な》でて病室から出て行った。

しばらくして、入れ違いに千博が入ってくる。

「大丈夫か？」

心配してくれていたらしく、真剣な顔だ。梓は申し訳なくなって、痛む腹を押さえながらできるだけ深く頭を下げた。

「大丈夫です。本当にご迷惑をおかけしました」

「いや、手遅れにならなくてよかった。迷惑なんかじゃないよ……あれ、百花ちゃん、どうした？」

石のように動かない百花を見て、千博が表情を曇らせた。

「びっくりして泣いているんだと思うの……。私、入院なんてしたことなかったから。この子にまで心配を掛けてしまって」

落ち込みつつそう告げると、千博が百花に優しい声で言う。

「違うよね。ママが帰ってきたらまた無理するかもって思って、怖いんだよね？」

梓の言葉には反応しなかった百花が、ゆっくり顔を上げた。

ずっと泣いていたせいで目が真っ赤だ。

「そう」

「百花ちゃん、さっき車の中でそう言ってたもんね」

千博の言葉に、百花はしゃくり上げながら頷いた。

「そうだよ。ママは、夜遅くまで起きてちゃダメなの。モモは一人で寝るから、十一時半までにおふとんに来て、朝まで寝てほしい」

梓は百花の意外な言葉にびっくりしてしまう。まさかそんな明瞭《めいりょう》な答えが出てくると思っていなかったからだ。

「ママはモモと一緒に早く寝て、朝早く起きればいいんだよ！　だって何回も起きるから、ママはずーっとねむいじゃん！　夜起きたときも、ずーっとあくびしてお茶飲んでるもん！　それなら、寝てほしい！　たくさん寝て早起きすればいい！　モモもママと一緒に早く起きるから！　ただ起きてればいいんじゃないの、元気に起きてないとだめなの！」

「な、なに言ってるの……かな……？」

梓は唖然《あぜん》とした。予想外の言葉が、百花の口からすらすらと飛び出したからだ。

戸惑う梓の前で、千博はよくわかった、とばかりに頷いた。

「じゃあママには、もっと早く寝て、ちょっと早めに起きてもらおうか。稼働時間は元気じゃないと増えないからね」

「ちょっ……まっ……モモにそんな話してもわからないわ、まだ一年生で……」

慌てて突っ込みを入れたが、千博は真剣に百花の様子を見守っている。

梓は戸惑って口をつぐんだ。

「かどうじかんて、なに？」

百花が鋭い声で質問を飛ばす。ハラハラと見守る梓の前で、千博が真面目な口調で答える。

「起きている時間のうち、元気で動ける時間のうち、かどうじかんは増える。だからママはモモと一緒に寝たら、朝まで起きないで！　モモは、ママにいっぱい寝てほしい」

驚くべきことに、千博と百花の会話は、しっかり通じ合っている。取り残されぽかんとする梓に、千博が笑顔で言う。

「百花ちゃんは賢いね。ママにタイムスケジュールを見直してほしいと言っているんだよ。細切れに寝てボーッとしてしまう時間が多いなら、意味がないって」

千博の言葉に耳を疑いつつ、梓は恐る恐る尋ねる。

「え、待って、あの、今の話は、そんな難しい話なの……？」

「うん。モモちゃんは普段から時間を意識して動いてるんじゃないかな」

そういえば、百花はいつも早く宿題を終わらせて、すーじぃで夢中で遊んでいる。

すーじぃで遊びたくて、学童で宿題を終わらせてくるんだろうな、教えてくれる人がいるからちょうどいいのかも、と軽く考えていたけれど……入学して半年、一度も遊ぶ前に宿題をやりなさい、と怒ったことがない。

「俺も昔、どうしてもパソコンを触りたくて、どうすれば親に怒られずに時間を確保できるか考え抜いていた。俺なりにタイムロスの削減法を考えて、隙間時間に宿題や塾の課題を進めた上で、確保した時間をパソコンに充《あ》てていたんだ。その頃に、時間は消費期限のある財産なんだと気付いたんだよね。有意義に使わなければ消えるだけだって。百花ちゃんも、俺と同じなんだろうなって思う」

千博の話で、なんとなく思い出した。

この前、祖父が買ったビジネス書に、そんなことが書いてあったような気がする。さっと読んで時間管理術は難しそうだと思い、それで終わりにしてしまったのだ。

梓の人生は、六時半にモモを起こし、七時半に学校に行かせ、五時に学童に迎えに行く。そして八時に寝かせることの繰り返し。後はもう、時間に追われてなにがなんだか……

——うーん……千博さんが言ってるとおりなら、賢すぎるんだけど、モモ。

素直に認めつつ、梓は千博に尋ねる。

「そうやって管理できるようになったのって、大学生くらいのとき？」

「いや、百花ちゃんくらいのときかな」

「そ、そうなんだ……すごい。私はまだ考えたことがないな……」

梓は二十八歳になっても、そんなことを考えたことがない。何時になったらこれをやる、というのが梓の時間管理だ。そして、なにをやるにも時間が足りず毎日バタバタしている。

頭のいい人はすごいな、という感想しか出てこない。

「ねえ、おじさん、たいむろすってなに」

大人しくしていた百花が、ふたたび鋭い質問を放った。

千博はふたたびニコニコしながら、百花に優しく答える。

「色々な意味がある。今は、『後から見ると、なにをしたのかわからない時間』『上手く使えなかった時間』って意味で言ったよ」

千博の説明で意味がわかったのか、百花が厳《おごそ》かな口調で断言した。

「ママはたいむろす、いっぱいだよ。起きてすぐ、あくびして、スマホ見て、あくびして、お茶飲んでる。モモはいっぱい寝てほしいのに！」

そのとおり過ぎて、なにも言えなくなった。

——よ、よく見てる……ね……たまに一緒に早起きするもんね……夜もママが起き出すと、一緒に起きてきちゃうときあるもんね……

ぐうの音も出ない梓に、百花がたたみかけるように言う。

「ママにいっぱい寝てほしい！　なにが大丈夫なの？　大丈夫じゃない……だってママは、大丈夫じゃないから、病気になっちゃった……」

ふたたび百花の大きな目に涙がたまる。その顔を見ていたら、胸が痛くてたまらなくなった。

——なんでこんなに心配掛けちゃうんだろう……ごめん、モモ……

お互いに泣き顔の梓と百花を見かねたのか、千博が明るい声で言う。

「ねえ百花ちゃん。ママが退院して帰ってきたら、毎日早く寝てもらう決まりを作ろう。十一時半までに寝るって紙に書いて、貼ってもらおうか」

千博の提案に、百花が泣きながらこくりと頷いた。

「入院している間、ママは病院でゆっくり寝ているよ。ここではお仕事はできないから大丈夫」

百花がもう一度頷いた。入院中はママがゆっくり寝ている、という説明で泣き止み、ほっとした顔になる。

「この、ママの手にくっついてるのは点滴。この袋の中身はお薬だ。ママの身体には、ずっとお薬が流し込まれている。ママの病気は虫垂炎《ちゅうすいえん》っていう病気。お腹の中が腫《は》れて、身体中に悪いばい菌が回ってる。だけど悪くなった部分を手術で取って、今は、お薬では悪い菌をやっつけているんだ。悪いところは取ったから、これ以上はひどくならない。後は、ばい菌がいなくなるのと、手術で空けたお腹の穴がくっつくのを待つだけだ。そしたら家に帰ってこられる。多分、四日くらいで帰ってこられるよ」

千博は曖昧《あいまい》な説明をせず、難しい話も百花に聞かせている。

だが、百花はそのほうが安心するようだ。みるみるうちに、真剣に話を聞いていた百花の表情が明るくなってきた。

「わかった」

梓の『大丈夫』とか『すぐ退院できる』という言葉では納得しなかった百花が、泣き止んでニコッと笑った。

その顔を見て、梓は悟った。

百花は千博と同じで、頭がとてもいいのだ。だから不安な想像をたくさんしてしまう分、しっかり説明してもらえば、根拠や理由が理解できて安心するのだろう。

心配しなくて平気だよ、なんて曖昧《あいまい》なことを言われても、なにを根拠に安心しろと言うのかわからないうちは納得できないに違いない。

幼い頃の梓なら、大人が大丈夫と言うなら大丈夫なんだ、とすぐ安心してしまっただろうに。

百花は誤魔化しの利かない子だと、保育園の頃から言われていた。けれどその分、難しい話も驚くほど理解できるのだ。

――きっと、千博さんの子供の頃と同じなんだ。モモは私と全然違うんだな……。

同時に、百花がなぜ不安がり泣いているのか、すぐにわかってくれた千博に、心の底から感謝した。

梓の『幼い百花を心配させないため』の説明では、百花をずっと不安にさせたままだっただろう。

けれど百花は、不安があっても、ママの具合が悪いことを気遣い、しつこくせずに引き下がってしまったに違いない。

だから、『ママは病院で休んで、こういう病気をこうやって治して、こういう状態になったら家に帰ってこられる。その目処《めど》はこのくらい』ときちんと理論立てて説明してもらい、心から安心できたのだろう。千博の説明で百花なりに納得できたのだ。

千博は、えもいわれぬ優しい顔で、ニコニコしている百花を見守っている。

百花が泣き止んでほっとした、という表情だった。

——そっか、千博さんはモモのことをちゃんと考えてくれてるんだ。毎日会いに来たいというのも、私から取り上げるチャンスを探してるとかじゃ、もちろんなくて……まだ小さいモモが心配だから……

その顔を見ていたら、突然ストンと、素直に受け入れることができた。

前触れもなく訪れた安心感に、梓はつかの間、呆然とする。

でも、わかったのだ。彼は、梓と正人を捨てて出て行った『父』ではない。

彼はあくまで百花の『父』であり、父親としての在《あ》り方も、根本的な考え方も責任感もまったく異なっていて、梓の父とはまるで違う判断をする人なのだ。

そのことが、すっきりと腑《ふ》に落ちた気がした。

第四章

無事に回復して家に戻った梓は、自宅で休みつつ、祖父のパソコン仕事を引き受けながら療養することになった。その仕事も休めと祖父母には言われたが、流石《さすが》に放置はできない。

今日は土曜日。

千博が『梓と百花ちゃんの様子が気になる』と言って朝からやってきた。

正人は『三人でごゆっくり』と言い残し、彼女の美貴《みき》とデートに出掛けていった。

美貴は、正人がプログラムのバイトを始めて程なく付き合い始めた、年上のプログラマーである。

百花は、よく遊びにくる美貴に懐《なつ》き、彼女が家に顔を出すたびに嬉しそうに話しかけている。

梓がどうしようもなく忙しい土日には、二人で百花の面倒を見てくれたこともある。姉御肌《あねごはだ》の気のいいお嬢さんなのだ。

もし千博が来なかったら、正人は病《や》み上がりの梓を案じて、美貴とのデートには出掛けなかったに違いない。そう思うと、家に来てくれた千博には感謝でいっぱいだし、正人にはいつもごめんね、という気持ちになる。

「じゃあ、ここにはなんの数字が入る？」

「六！」

梓はちゃぶ台の前に腰掛け、ノートパソコンを広げながら、目の前のほのぼのとした光景を見守った。

千博と百花は、真剣に床に広げたノートを覗《のぞ》き込んでいる。千博の大きな手にはボールペンが握られていて、即席の計算クイズを作って百花に解かせているようだ。

梓だったら一問で飽きそうだが、百花はさっきからずっと夢中である。

——千博さんは、疲れないかな……あの子、食いついたら離れないからなぁ。

そう思いつつも、二人が同じ顔でノートを覗《のぞ》き込んでいる様が、微笑ましくて目が離せない。

百花は両親のどちらにも似ていないとずっと思っていたが、考え込んでいるときの真剣な顔つきは、千博にそっくりだ。

その事実に改めて気付き、胸がいっぱいになる。

——なんかいいな、二人とも、並んでいるとよく似てるな……

梓は思わず微笑んだ。千博と百花が二人で、算数のクイズを真剣にやっている姿が、なんだかとても愛おしく感じた。

そう思いながら、梓は祖父の資料のまとめ直しに没頭する。

重要な部分はおおむねパソコンで作り終え、梓は画面の端に表示された時間を確認した。もうすぐお昼ご飯だ。かなりの時間、夢中で仕事をしていたらしい。

——ここで姿勢を変えずにパソコン作業をしてると、お腹がまた痛くなるからな……

病《や》み上がりに無理すると治りが遅くなる。それに、入院中、千博に何度も念を押されたように、今後は身体を酷使《こくし》しないようにしなくては。梓はそんなに丈夫ではないし、百花の相手で毎日ヘトヘトになってしまうくらい体力がない。

身体は壊れてからでは取り返しが付かないのだと、緊急手術を受けて、痛いほど実感した。もう百花を祖母に預けて入院するなんて嫌だ。

様子を伺うと、百花と千博はまだ真剣になにか問題を出し合っている。

「百花ちゃん、そこは違う数字のほうがいいんじゃないの？」

千博の質問に、百花はボールペンを握りしめながら考えている。どうやら百花が作った問題に、千博が意見を言っているようだ。

——もう一時間半もやってるのに、全然飽きないんだ。すごいな、二人とも。

感心しつつ、梓は二人に声を掛けた。

「ねえ、ご飯作るけど、もう食べるでしょ？」

梓の声に、ノートを一心不乱に見据えていた二人が、同時にはっとした顔になる。

「なに、ママ、ごはん？」

百花が立ち上がって、笑顔でちょこちょことやってきた。どうやら自分の空腹にようやく気が付いたらしい。

座っている梓にぎゅっと抱きつきながら、百花が言った。

「モモは、コンビニのツナマヨおにぎりでいいよ」

百花はまだ、梓が忙しくしている姿を見るのが不安のようだ。それと、コンビニのツナマヨおにぎりが好きなのである。家で作ってあげても、味が違うと言われてしまう。

「だーめ。野菜食べなきゃ。焼きそば作ってあげるから」

「ツナマヨはやさいだよ！」

真剣な顔で言われて、梓は言い返す前に笑い出してしまう。だがふと不安になった。本気でそう思っているなら、ちゃんと教えなくては。

「ちょっと待って、あれはお魚だよ、モモ」

百花がぺろっと舌を出して、千博の所へ走って行った。どうやら冗談だったらしい。

「ちひろさん、ママと一緒におにぎり買いに行こう」

千博が切れ長の目を細めて、梓ですら聞いたことがないような、優しい声で言う。

「百花ちゃんはツナマヨのおにぎりが好きなのか？」

「うん、美味《おい》しいから。あまい海苔《のり》と合うところも好き」

「今日は別のお昼ご飯でもいい？　俺が行きたいところがあるんだけど」

「ママが疲れないなら、いいよ」

百花の答えに、ふたたび千博が微笑む。

その顔は百花を見守っているときの祖父にそっくりだった。梓が知っている中で、一番愛情深い大人の男性の顔に。

「俺の車で行こう。近くの駐車場に停めてある。行きたいところは車で十五分くらいだよ。あまり時間は掛からないし、ママも歩かないで済むけど、どうかな？」

具体的に説明されて安心したのか、百花はニコニコしながら、千博に頷いてみせた。

「いいよ！　いこう！」

笑顔の百花に、梓は声を掛けた。

「じゃモモ、お出かけする前にお手洗いに行っておいで」

百花は素直に頷き、弾《はず》むような足取りでお茶の間を出て行った。

「……ねえ、梓」

「なあに？」

梓はせめてもの身だしなみと、仕事用鞄からリップクリームを取り出して、塗り直す。

「百花ちゃんに俺が父親だと説明してもいい？」

突然の問いかけに、梓は一瞬強ばる。

「前にも言ったけど、俺は梓と結婚したい。だから早めに百花ちゃんにも、俺が何者なのか説明させてほしい。いいよね」

「待って。気持ちはありがたいのだけど、本当に一緒になれるかはわからないでしょう。祖父が言ったとおり、私と千博さんじゃ、色々と格差があるもの。モモに説明して、その後また貴方に会えなくなったら……モモが可哀相《かわいそう》で……」

口にするだけで胸が痛い。

親だと認識している相手に捨てられるのは、言葉にできないくらい、とても悲しいのだから。

「会えなくなることはないよ。君が百花ちゃんを連れて、男子禁制の場所に逃げでもしない限りは。いや、それでも追いかけていくだろうな……。やっぱり回答を変更する。君に接見禁止を出されない限りは、そのパターンはあり得ない、と答えさせてくれ」

そう言って、千博が梓の手をそっと取った。

「まだ信用できない？　俺は君に、軽々しく妻子を投げ出す男だとでも思われてる？」

形のいい黒い目に見据えられ、梓は思わず頬を染めた。照れているような状況ではないのに、昔よりはるかに男らしさを増した千博に見られていると落ち着かない。

「君と百花ちゃんのことは、もう俺の両親と兄たちに話してある。君に申し訳ないと皆言っているし、もちろん俺に責任を取れとも言っているよ」

「そ、そうなの？　お金持ちのおうちから見たら、私みたいな立場の人って日陰者とか思わない？」

　梓の問いに、千博が愕然とした表情で首を振る。

「君はなにも悪くないのにか？　あり得ない。君を未婚の母にしてしまった俺のほうが悪いに決まってる。俺の父母や兄たちは、俺の不品行を責めているだけだ」

　梓は頷いて、正直な気持ちを口にする。

「ごめんなさい。貴方を信用できないわけじゃないわ。ただ、モモに関しては些細《ささい》なことでも心配すぎて……私、モモに可哀相《かわいそう》な思いをさせたくなかっただけなの」

「それは理解しているし、早く法的な手続きをしようと思ってる。一日でも早く百花ちゃんを認知して、その後結婚して、改めて戸籍上も実子にするのが一番かなって、うちの弁護士と話していたところだ。書類がちゃんと整えば、梓もひとまず安心してくれるだろうし」

「認知……」

　一瞬どうしようと思い、怯《ひる》んでしまったが、百花のうしろ盾が増えるならありがたいと思い直した。

　プロポーズを受けるには悩ましい部分もあるけれど、百花を守ってもらえるなら、とても助かる。

「ありがとう。百花のことを考えてくれて。でも、あの子、パパだって言われても意味わかるかな？　どうして一緒に暮らしていなかったのかとか、どうやって説明したらいいのかしら」

「ちゃんとわかるように説明する。多分、俺と頭の構造が似てるから伝わると思うよ」

言い終えた千博が、なんとも幸せそうな笑みを口元に浮かべる。百花の話をするときは、いつもこんな優しい顔をするのだ。

「え、ええ、わかったわ。モモが変なこと言い出したらごめんね。あの子、好奇心旺盛《おうせい》だから」

若干の不安を感じつつも、梓は千博に任せてみることにした。

「ママ！　お待たせ！」

頭に飾り付きゴムを結んだ百花が戻ってきた。梓が百円ショップで買ってきたレースの花だ。お出かけなのでお洒落《しゃれ》してきたらしい。

「おいで、モモ。結ぶ位置を直してあげる」

素直にすぐ側に座った百花の髪の毛を結び直しつつ、梓は目を細める。大して着飾らせてあげられないけれど、女の子のママで楽しいなと思えるひとときだ。

「可愛いね、そのゴム」

千博の不器用な褒め言葉に、百花が嬉しそうに微笑んだ。

「ママがくれたの」

誇らしげな百花の言葉に、梓と千博は同時に顔をほころばせた。


車で訪れたのは、この前千博が連れて行ってくれた、隠れ家レストランだった。

百花は素敵なお店の様子に、うきうきしてスキップせんばかりだ。だが、他のお客様もいるから静かにね、と言って聞かせたら、すぐに大人しくなった。

こういうとき、百花の聞き分けがよくて本当にありがたいと思う。

――またしても、そぐわない服装で来てしまったわ……

梓は紺のブラウスにベージュのスカート。百花は白のブラウスに、赤いチェックのジャンパースカートだ。

一応、千博が来るので身綺麗《みぎれい》にしていたとはいえ、商店街で買った安い服である。セレブリティな雰囲気満載《まんさい》のレストランに入るのは気後《きおく》れする。

だが店員は『ごひいき』の千博を見て笑顔になり、丁寧に梓と百花を迎え入れてくれた。

「いらっしゃいませ、斎川様。いつものお席をご用意しておきました」

「ありがとう」

支配人の言葉に、自然な仕草で千博が頷く。いかにも常連客の雰囲気だ。

――ご家族でよく来るお気に入りのレストランに、私とモモを連れてきてくれたのよね。

梓は改めて、その事実に気付いた。同時に、その気持ちがとてもありがたく思えた。自分の属する世界で、百花のことを隠すつもりがないという意思の表れだと思ったからだ。

席に着くと、すぐにジュースが運ばれてくる。

桃のシロップを弱い炭酸水で割り、ミントの葉をのせた品らしい。

「斎川様、お飲み物のほうはこちらで大丈夫でしょうか？」

小声で尋ねるギャルソンに、千博が笑顔で頷いた。

「ええ、そうです。これを料理の待ち時間に子供に飲ませたくて。ありがとう」

千博は、外食に慣れていない幼い百花が飽きないように、到着したらすぐ飲み物を出してほしいと頼んでおいてくれたようだ。

なにからなにまでスマートで気が利いていて、本当に感心してしまう。

ジュースを真剣に飲む百花を見て、千博が顔をほころばせる。彼の手には同じジュースのグラスが握られていた。

「百花ちゃん、この飲み物は美味《おい》しい？　俺も好きなんだ、これ」

どうやら、彼は昔と変わらず、甘い物が好きらしい。

「うん、美味《おい》しい。この葉っぱ食べていい？」

添えられたミントの葉を見て、百花が率直に尋ねた。

「齧《かじ》ったら、スースーするよ」

悪戯《いたずら》っぽく千博が囁《ささや》くと、百花は器用にストローで葉っぱをすくい取り、端っこを齧《かじ》った。

「ほんとだ……はみがきこの味がする」

無邪気な百花の答えに、千博が引き締まった口元をほころばせる。そして、少し緊張した面持ちになり、言った。

「あのね、百花ちゃん、聞いてくれるかな」

百花がミントの葉を呑み込み、素直に千博を見上げた。

千博は目を細め、意を決したように口を開く。

「俺は百花ちゃんのパパなんだ」

百花は大きな黒目がちの目を丸くしたまま、なにも言わない。見守っている梓は、ちゃんと意味が通じているかハラハラしてしまう。

「一緒に暮らしていなくてごめんね。百花ちゃんが生まれたのを知らなくて」

百花は返事をしない。まだ六歳の百花がなにをどこまでわかっているのか、心配になってくる。

「俺の言っている意味わかる？」

千博の問いに、百花がこくりと頷く。そして、真面目な顔で言う。

「わかる。けど、パパってなんなんだろう？　ママはモモを産んだ人。じゃあパパは？　ゆきちゃんのママは『お金持ってくる人』って言ってたけど？」

シリアスな空気が別の意味で凍り付く。

——ゆ、ゆきちゃんのママ……らしい……答えだね、モモ……

子だくさんで夫婦げんかの多いお友達のママだ。きっと百花にも、どうせわからないだろうと、なんとなく愚痴《ぐち》っただけに違いない。口は悪いが、よい人なのだ。

「それは、ちょっと違うかもしれないね」

さしもの千博も動揺を隠せない様子だ。

「そうなんだ。みんな、パパはパパなのよって言うだけだし、モモにはよくわからない」

確かに、梓も説明に窮《きゅう》して『パパはパパ。ママと同じようなものだよ』と言い聞かせてきた。

だが百花は、そんなふわふわした回答では完全に納得できなかったのだろう。

だから、一番具体的だったゆきちゃんのママの言葉を採用しているのだ。

「百花ちゃん、あのね、パパというのは……ママと同じで、子供の材料になった人間のことだ」

──そ、それもまた、すごい解説……間違ってないけど……

息を呑んで見守る梓の前で、千博が真剣な声で言って聞かせる。

「僕は百花ちゃんが生まれる前、百花ちゃんのママが好きだったんだ。だから材料を出し合って百花ちゃんを作った。だけど、梓さんのお腹に入れた材料で、百花ちゃんをちゃんと作れたかわからないうちに、一人だけでアメリカに行ってしまったんだ。本当に俺が悪かった。梓さんと百花ちゃんを置いていったりして。……百花ちゃん、ごめんね」

じっと話を聞いていた百花が、率直に尋ねる。

「どうやって作ったの？」

百花は、後半の謝罪にはあまり興味がないらしい。千博は一瞬真顔になり、しかし即座に切り返す。

「それは法律で、大きくなったら学校で教えるって決まりになってる。赤ちゃんは大人にならないと作っちゃいけないから。子供には育てられないからね」

法律と学校。百花を妙に納得させる言葉選びだ。なるほどそうやって説明するのか、流石《さすが》似たもの同士……と固唾《かたず》を呑んで見守る梓の前で、しみじみと百花が言う。

「へえ……パパって、こどもの材料なんだ……！」

緊張のあまり息を止めていた梓は、ほっと息を継いで、力を抜いた。

百花は妙に感心しているようだ。

「そうだよ。百花ちゃんは、俺と梓さんの二人からできてるんだ。だから俺は、半分俺でできている百花ちゃんと一緒に暮らしたい。俺が作った俺の一部だから、会えなかった期間もあるけど、これからは大事にしたい」

百花が小刻みに頷く。なるほどフムフム、と言わんばかりの仕草だ。

「そっか……モモは、ママとちひろさんから作られたんだ……そっか……じゃあ、ママと、材料使って、またあかちゃん作ってくれる？　モモ、おとうとか、いもうとがほしい」

——うっ、モモ、前からほしいって言ってたもんね……だけど今は頼まないで、お願い……

梓の全身に変な汗が噴き出す。どうかその話題は忘れてと念じながら、話の行く末を見守る。

千博がふたたび真顔になり、すぐにぱっと明るい笑みを浮かべて百花に言う。

「今度ね。準備に時間が掛かるから」

百花はじっと千博を見上げ、まあいいか、と言わんばかりに頷く。千博と梓の困惑ぶりをうっすらと悟って、今日の所は引いてくれたようだ。

「パパがなんなのか、俺の説明でわかったかな？　じゃあ、俺の所に来てくれる？」

「モモは、学校があるからむりです」

——ちょっ……モモ、もうちょっと千博さんに優しくしてあげて。

梓は百花の珍回答に、心の中で必死で突っ込みを入れた。

色々と語弊《ごへい》はあるものの、六歳の百花に理解してもらいたいポイントは、半分くらい伝えられたような気がしなくもない。

千博はすげなくされて悲しそうだったが、すぐに態勢を立て直し、笑顔で続ける。

「学校には行けるよ、今のおうちの側に、皆で一緒に住むおうちを買う。そこに住もう」

百花がなにかを考えるように上目遣いになる。だが、だいたい納得できたらしく、ストローをくわえて美味《おい》しそうにジュースを飲みながら言う。

「そうなの……？　じゃあ別にいいよ」

——待って、今聞き捨てならないことを聞いてしまったような？

梓は内心焦りつつ、小声で千博に尋ねる。

「あの、千博さん、家を買うってなんのこと？」

「百花ちゃんの小学校の近くに公園があるだろう。あそこの側の分譲マンションを買う予定だ。いつまでもあの家に君たちを住まわせておけないからね」

——待って。あの辺りは、もう超高級住宅街になっちゃってるんです……けど……

どうにかして千博の好意を無下《むげ》にせずに、そんな恐ろしい無駄遣いをやめさせる手立てはないものか。手術跡がチクチクしてきた。

かといって『今の家に一緒に住む？』という提案も無理だ。

大人二人と幼児一人で定員オーバーなのに。正人も二十歳だし『姉の旦那さん』と暮らすなんて辛いだろう。

梓は、またしても考え込む。

——モモは今の学校と学童が大好きだから、ママの都合で振り回さずに通わせてあげたいし、千博さんがモモと一緒にいたいなら、一緒に住むくらいのことはできればとも思うし……でもこの辺、本当に私が生まれた頃から爆発的に発展しちゃって……正人もせめて卒業までは私が……

頭がぐるぐるしてきた。

悶々《もんもん》とする梓の前にお皿が置かれる。

——とりあえず、食べよう……手術後だし、今は風邪《かぜ》引けない。また入院なんて絶対駄目。

梓は悩むのをやめ、頭を切り替えた。

秋のアラカルトということで、焼き目を付けた鮭《さけ》のムースに、琥珀色《こはくいろ》のビネガーのジュレとキノコのマリネ、キャビアを散らしたディル風味のクリームが添えてある……とメニューには書いてあった。

美味《おい》しそうだ。こんなの絶対に家では作れないので、百花にはめいっぱい味わってほしい。

「なにこれ？　お肉？」

百花は満面の笑みを浮かべて千博に尋ねる。

「お魚。かまぼこみたいなお料理だよ」

「すごい、お肉に見える。モモはお肉だと思った！」

大喜びする百花の様子に、千博が愛おしくて仕方がないと言わんばかりの笑みを浮かべた。

料理を運んできたギャルソンの説明を、百花は目をキラキラさせて聞いている。

新しいものや知らないことが大好きだから、きっととても嬉しいに違いない。ギャルソンもすごく親切で、百花に笑顔で説明してくれた。

――よかったね、モモ。珍しいお料理、楽しいね。

梓は真剣に説明を聞いている百花を見守りながら、そう思った。

千博は、梓では与えられないものを百花にくれる。色々な知識や経験、数字のパズルで一緒にいっぱい遊ぶ時間。

それだけではなく、千博は百花の質問に対して、納得する答えを的確に返してくれる大人だ。

食事中、千博は、料理でも庭の景色でもなく、ずっと百花を見つめていた。

目を細めて百花の一挙手一投足を見守る千博は幸せそうだ。一口食べては手を止め、必死にご馳走を食べる百花を微笑んで見つめていた。

――親馬鹿かもしれないけど、モモは可愛いもの。一緒に暮らしたい……よね……

千博の気持ちを思うと、梓の心はひりひりと痛むのだった。


その日の夜。正人からは友達と合流して皆でカラオケに行く、と連絡が来た。久々に、幼い姪《めい》や病《や》み上がりの姉を心配することなく羽を伸ばしているのだろう。

思えば正人にも苦労ばかり掛けている。

正人は二十歳だが、同い年の男の子よりもはるかにしっかりしている。

プログラミングのバイトも、クライアントの評価がいいらしく『学生で、課題もあるから、そんなに大量に引き受けられない』と断るくらいのリピートオーダーをもらっているらしいのだ。

認めるのは寂しいけれど、多分、正人にはもう姉の保護は必要ない。むしろ、助けられているのは梓のほうだ。

正人は『姉さんは俺のせいで大学も行けなかったし、結婚もしなかった』と思い、懸命になんでも手伝ってくれているのである。

梓はスマートフォンをちゃぶ台に置き、そっと寝室を覗《のぞ》き込む。薄暗い部屋では、千博が百花の丸い寝顔を見守っていた。

「寝たよ」

小声で言って、千博がそっと寝室から出てくる。

時計を見ると、もう九時だ。楽しい一日に興奮した百花は、布団に入った後も、枕元の千博相手に一生懸命楽しかったことを喋り続けていた。

なにやら梓には内緒の話もしていたようだし、すっかり仲良くなれたのだろう。そう思うと、なんだか、心からほっとする。

「今日はありがとう」

「いや、俺のほうこそ楽しかった。明日ゴルフの約束なんか入れなきゃよかったな。大事な取引先とはいえ」

言いながら千博が立ち上がり、名残惜《なごりお》しげに寝室のふすまに視線を投げかけた。

「帰る前にもう一回顔を見てくる」

足音を忍ばせて歩み寄り、少しだけふすまを開け、中で寝ている百花の様子を確認する。

「……じゃ、今日は帰る」

そっとふすまを閉じて、千博が暗い顔で言った。

なんだか目もうつろで、帰りたくないと思っているのはありありと伝わってきた。

きっと、百花と離れたくないのだろう。

――ごめんなさい。うちがもうちょっと広かったら泊まっていってもらえるんだけどな……

振り返らずに玄関まで歩いて行く千博を、梓は慌てて追いかける。

「気を付けてね。本当にありがとう、あんな素敵なお店に連れて行ってくれて。モモがすごく喜んでたから嬉しかった」

狭い玄関で立ち止まった千博が、意を決したような表情で振り返った。

黒い目に思いつめたような光が宿っている。

――どうしたのかな……

驚いて、梓は笑顔を収める。千博の整った顔が近づいて、梓の唇を奪った。

突然のことになにが起きたのかわからず、動けなかった。

キスされるのなんて、百花を授かった夜以来で、とっさのことに動くことすらできない。

だが、滑らかな唇の感触に、だんだんと状況が理解できてきた。

昔、一途に千博に恋をしていた頃の記憶が、身体中に一斉に芽吹《めぶ》く。

柔《やわ》らかな匂いも、息づかいも、掌《てのひら》の感触も、あの頃の千博と同じだ。

かつて梓の胸を騒がせた恋のときめきが、鮮やかに蘇《よみがえ》った。

淡々と暮らして忘れようとしてきたけれど、やっぱり自分は、千博がとても好きだったのだ。

その事実を改めて思い知らされて、膝が震え出す。

千博の唇が離れ、かすかに震える梓の身体を抱き寄せた。

「梓」

千博の低い声が梓の耳をくすぐる。突然抱きしめられ、梓の頭の中は真っ白になったままだ。

「今日は百花ちゃんの話しかできなかったけれど、重要なポイントを曖昧《あいまい》にしたくないからはっきり言っておく。なによりもまず、俺は梓が好きなんだ」

どきどきして、胸が苦しくてなにも言葉が出てこない。

ひたすら身体を震わせる梓に、千博は更に告げた。

「七年前も今も変わらずに好きだ。百花ちゃんは俺の新しい宝物だけど、梓のことは昔から好きで、アメリカでも忘れていなくて、今も変わらずに好きなんだ。子供がいるからとか関係なく、俺は梓の恋人になりたい。だから一緒にいたい。どうか俺の気持ちを受け取ってほしい」

せつなげに一つ息を吐き、千博がもう一度梓の顔を上向かせた。ふたたび唇を奪われ、心臓の鼓動が激しくなる。

――ど、どうしよう……こんな風に、キスなんてされて……

ほんのわずかに唇を離して、千博は膝をかくかくさせている梓に言う。

「平日、なるべく早い時間に顔を出せるようにする。正人君のお邪魔にならない程度に土日も来るから。梓と百花ちゃんと会う以外の予定はしばらく入れない。妻子がいるからって、ちゃんと断りの理由を言うようにするよ。じゃあ……帰るから、気を付けて。なにかあったらすぐ電話を」

顔が熱くてたまらない。梓は火照《ほて》った顔を意識したまま、うわずる声で言う。

「わ……わかった……気を付けて……よかったら、モモの写真送るね」

こんな答えでいいのだろうか。だが、梓の提案に、千博は形のいい目を細めて頷いた。

「ありったけ全部くれないか、小さいときの写真とか」

意外なリクエストに、梓は慌てて頷いた。確かに赤ちゃんのときの写真なんて、とても可愛いから見て楽しいかもしれない。

「わかった。後で保存しておいたのを探して送るわ」

「楽しみに待ってる。じゃあ、お休み、梓」

未練を振り切るように出て行く千博を、梓は玄関の前に立ったまま見送る。

再会以来、彼の姿をこんなに別れがたい気持ちで見送るのは初めてだ。

梓はなかなか引かない顔の熱を持て余し、千博が見えなくなった後も、しばらく夜風に当たって立ち尽くしていた。

～千博　Ⅱ～

梓たちの家から帰宅した千博は、豪華なマンションの一室で、スマートフォンを片手にソファに座り込んでいた。

ここは、外資系企業の役員や、有名企業の社長、それから一流芸能人が住まう『特別な』マンションだ。会社からは自家用車で二十分くらい。敷地のすぐ側に広い公園があって景観も抜群という、都内でも指折りの好立地である。

斎川グループの都市開発会社が手がけた物件なので、優先的に入居できたけれど、千博はこの家を売って梓の現在地の近くへ住もうと思っていた。

もちろん、梓と無事結婚できたらの話だが。

――ここから電車で小学校に通うのは危ないな。少なくとも俺は、心配で行かせられない。

もしくは、百花が学校を卒業するまで、ここを誰かに貸してもいい。これ以上のロケーションを誇るマンションは、待っていてもなかなか新しく建設されないからだ。

――でも、梓たちと一緒に住めるなら、希少価値の高いマンションなんかどうでもいい、って気分になるな。不思議だ。入居できたときは嬉しかったのに。

今後のことを考えつつ、もう一度スマートフォンに目を落とす。

百花が生まれた日の写真や、三歳の七五三で、着物を着せてもらった写真、それに、近所の動物公園に梓と出かけた去年の写真が送られてきている。

千博は滲《にじ》んだ涙を拭った。しばらく涙が止まらず、無言で目元を拭い続ける。過ぎた時を惜しんでいても仕方ない。けれど、できれば、自分も赤ちゃんの頃の百花の側にいたかった。

——本当に、可愛いな。

千博はスマートフォンを操作し、それらの写真も印刷して大事にクリアファイルに挟み込む。

同時に、それらの写真をインターネットから『写真印画サービス』に発注した。これで、クリアにプリントされた百花と梓の写真が、綺麗《きれい》な額に入れられて届くだろう。

なんとなく、しまい込んだ一眼レフをまた取り出そうと思った。かつて梓の写真を撮ったカメラを見るのは辛かったけれど、これからは愛しい二人をたくさん撮ればいい。

——さ、次の週末は、百花ちゃんをどこに連れて行こうかな。梓の予定も聞かないと。彼女が休めて、百花ちゃんが遊べるような場所はあるかな……

千博はせつない気分を切り替えて、さっそくパソコンに向かい、週末の計画を練り始める。

それから、購入予定のマンションの担当者からの連絡を確認し、入居を早めさせてもらう交渉にも着手した。

たとえ梓に結婚を断られても、百花の父親として、新しい家くらいは用意するつもりだ。もちろん一緒に暮らしたい。可愛くて仕方がないし、自分もあの子を守りたいからだ。

今日は初めて百花を寝かしつけて、『寝る前のお話』にも付き合えた。

百花は『これはママには内緒』と前置きして、『ちひろさんがママに優しくしてくれるから、モモはうれしいですよ』と小声で教えてくれた。

貴《とうと》い時間だったと思う。他愛ない内容とはいえ、色々な話ができて楽しくて、嬉しかった。

『ねえ、モモのいもうとか、おとうと、いつ作ってくれる？　ママに何回たのんでも、いつもだめっていわれた。でも、いまは材料があるからできるよね？』

耳元で囁《ささや》かれた台詞《せりふ》を思い出し、千博は柄にもなくかすかに頬を染めた。どうやら百花は、きょうだいを諦《あきら》めてはいないらしい。

――俺の説明がまずかった。材料があればすぐ作れると思ってるんだろう。困ったな。

考えておく、と答えたが、百花の大きな目は期待で輝いていた。

百花は、お友達にきょうだいがいるのがうらやましかったようだ。これまで一人で寂しかったのだと思うと、とてもせつなくなるし、無邪気なお願いの内容に落ち着かない気分にもなる。子供の思いつきだから、すぐに忘れるだろうけれど。

大きく息を吐き出したとき、机の上に置いたスマートフォンが鳴った。

実家の母からだ。

――ん？　母さんか……どうしたんだろう。

メールを開くと、そこにはこう書かれていた。

『いつ会わせてもらえるのですか。時間が掛かりすぎです。のんびりしていたら許しません。お母さんは待ちきれず、人に調べてもらいました。お若いお嬢さんと幼い娘をあんな古いアパートに住まわせておいて、平気でいる貴方が理解できません』

昔交際していた女性との間に子供がいたと報告したとき、母はショックのあまり青ざめていた。

初めは動揺していたものの、息子の相手が玉の輿狙いの詐欺《さぎ》などではなく、まともな女性だと理解した後は、一刻も早く引き取って手厚く保護して、なにかある前に早く手元に呼び寄せて、の一点張りである。

社会的弱者の支援を長年続けている母は、色々と悲惨な事例を見聞きしているのだろう。

だがそんなことは千博もわかっているし、急ぎたいとも思っている。

『どんな事情であれ、お母さんは貴方の無責任さがショックだ』と大泣きされ、千博もかなり落ち込んだ。そのとおりだからだ。

肉体関係を持った相手と、その後、一度も連絡を取らなかった自分が悪い。拒まれていたとしても家を探し、一時帰国のときに会いに行けばよかったのだ。

梓は自分の助けなど必要としていないのだと勝手に傷つき、『梓の意思を尊重しよう』なんて、理解ある男のフリをした自分が馬鹿だった。

その結果が七年も恋を引きずった挙げ句の、このていたらくだ。

『現在今後の関係について話し合っています。今のところは俺と結婚して、百花ちゃんをきちんと夫婦の子として育てる予定です。家は彼女の希望する場所に新しく用意します』

千博は母を落ち着かせようと、そう返事をした。だが、すぐに怒りの声が返ってくる。

『そんなの当たり前、いつお嬢さんとお子さんをうちに連れてくるのか予定を聞いているの！』

――そんな話、書いてないじゃないか。もしかして『いつ会わせてもらえるのか』って文章がそれに該当するんだろうか？　……曖昧《あいまい》すぎる、理不尽だ。

だが頭に血が上《のぼ》った母になにを言っても無駄だ。千博はため息をつき、母にこう返事をした。

『話し合いの結果が出次第、すぐに連絡します。彼女は俺の実家に遠慮しているので、ゆっくり話を進めないと不安にさせてしまいます。しばらくお待ちください』

すぐに母から立て続けにメールが返ってくる。

千博は冷たいとか、心配で眠れないとか、孫に毎日食べ物を届けてあげてくれとか……細切れにやたらと送ってくる。感情のままに送ってきているのがわかる。電話をかけてこないのは、いくら実家が広いとはいえ、夜中に大声を出すのを憚《はばか》っているからだろう。

つまり、母は激怒している。それが現在のステータスだ。

『食べ物には困っていないようですので、別の支援をします』

『どうしてそんなに平然としていられるの。父親の自覚はあるのですか。貴方は自分がなにをしでかしたか、わかっているの』

母の怒りは収まらない。

どうやら母も気が動転しているようだ。

普段は優しい人なのだが、弱い立場の人……特に女性や子供が困窮《こんきゅう》していると知ったが最後、着火してしまうタイプなのだ。

しかも今回の場合、困っているのは自分の孫で、長い間支援も受けずに放置されていた。そんな真似《まね》をした息子が不甲斐《ふがい》なく、孫が可哀相《かわいそう》でたまらず、パニック状態に陥っているに違いない。

『心配を掛けて申し訳ありません。もう一度話を整理します。俺は必ず梓さんと結婚し、百花ちゃんを実子として引き取って、夫として、父親として生涯養います』

そう返事すると、ようやく母の怒りが落ち着いたようだ。

『それを聞いて安心しました。急いでお願いします』

本当のところ、まだプロポーズの返事はもらっていない。確約できないことで母を誤魔化すのは好ましくないが、血圧が上がりすぎてひっくり返られても心配だ。

ほっとした千博がシャワーを浴びようと立ち上がると、ふたたびメールがきた。

『親戚には、貴方に子供がいて結婚すると、事前に私から話をしておきます』

――母さんに任せて大丈夫かな……まあ、父さんもいるから滅茶苦茶《めちゃくちゃ》にはならないか。

更に、母からは追記がきた。

『お母さんは、どうしても早くお二人に会ってみたいのです』

やっと頭が冷えてきて、一番言いたいことを言えたようだ。

――それならば、初めからそう言ってほしいんですが、母さん。

そう思いつつ、千博はため息をつく。

しびれを切らした母が梓の実家に突撃などしたら、事態が更に混乱する。熟考の末、千博は最後に母にこう書いて送った。

『わかりました。近いうちに。どうか、なにもせず待っていてください』

第五章

梓が退院してから、二週間経った。

体調はほぼ回復している。昨日行《おこな》った病院の検査も、問題なかった。

梓は、千博から預かった一眼レフカメラを膝に乗せたまま、ベンチに腰掛けて千博と百花の姿を見守っていた。

「ママ、さむくない？」

千博とバドミントンで遊んでいた百花が、羽根の打ち合いを止《や》め、梓のところへちょこちょこと走ってきた。

「大丈夫よ。ここ日向《ひなた》だから」

そう答えると、百花が真面目な顔で梓のショールを直してくれた。

「もっとあったかくして」

「ありがとう、モモ」

今日は千博が車で、郊外のリゾートホテルに連れてきてくれた。土日で一泊するらしい。

梓は、百花をほとんど旅行に連れて行けないことを引け目に思っていたので、ありがたい気持ちでその誘いを承諾した。

それに、千博とまる一日一緒に過ごして、どんな結果になるか確かめたかったのだ。

――楽しく過ごせるといいな。私たちが一緒に暮らし始めても、ちゃんと上手く行く確信が持てれば。モモがいるから、どんなことも軽々しく判断したくないのよね。千博さんを信用してないとかじゃなくて、私が慎重になりすぎているのだけど……

周りには美術館や公園があり、遠くには海が開けて見える。

梓の住む場所からは車で二時間ちょっとかかったが、千博の車は大きくて乗り心地がよく、三人で他愛もないことを喋っていたら、あっという間に到着した。

免許を持っていない梓が、小さな百花を連れてくるのは大変な場所だ。

周囲には裕福そうなカップルや家族連れをたくさん見かける。薔薇《ばら》の垣根に囲まれたレストランも、芝生《しばふ》の上に白いティーテーブルを並べたカフェも、美術館エリアに置かれた現代アートの彫像も、なにもかも綺麗《きれい》で、夢のようだ。

「ママ、この布、ふわふわ」

梓のショールを気に入ったらしい百花が、小さな手で撫《な》でまわしながらニコッと笑う。

これは車から降りるときに『寒かったら使って』と千博がくれたものだ。

事前に用意してくれたらしい。なんという素材なのだろう。手触りは柔《やわ》らかく、薄くて軽くて、本当に暖かい。色も淡いピンクベージュで、とても綺麗《きれい》だ。

「ちひろさんがママにくれたんだよね」

「そうよ、どうして？」

首をかしげると、百花がニコニコと笑った。

「この色、ママににあう。ママが可愛くみえて、すごくいい」

なぜか最高にご機嫌な表情だ。妙に照れくさくなり、梓は小声で「ありがと」と返す。

「どうしたの、百花ちゃん。バドミントンはもう休む？」

千博が笑顔で歩いてきて、百花の頭を撫《な》でた。

「やめない。モモ、いまから一人で羽根つきやる！」

先ほど千博が見せてくれた、ラケットで羽根を弾《はず》ませる技を、百花が真似《まね》し始める。

だが、二、三回弾《はず》ませると、羽根はどこかへ飛んでいってしまった。

百花は素早く羽根を拾うと、ふたたび同じ技の練習に没頭し始める。

どうやら、すっかり一人で羽根を打つ遊びに夢中のようだ。

百花を見守る梓の隣に、千博が腰を下ろす。そして梓の膝上のカメラを手に取った。

「天気がいいから綺麗《きれい》に撮れそうだ」

ひとしきり百花が遊び回る写真を撮った後、カメラを下ろして千博が微笑む。

背が高くて姿勢のいい彼は、座っていても綺麗《きれい》に背筋が伸びている。

絵から切り取ったような完璧な横顔に、梓は一瞬見とれてしまった。何度見ても、この美しい男を見慣れることがない、とちょっぴり思う。

「晴れてよかったな。百花ちゃんも楽しそうでほっとした」

千博が、百花の様子を気にしつつも、梓に視線を向けて微笑む。梓は心から頷いた。

「この前のレストランも、こんな素敵なところも、私一人じゃなかなか連れてきてあげられないから……バドミントンも学校で人気があって、上級生が用具を独占してて、なかなか低学年は遊べないらしいの。だからモモがすごく喜んでて、嬉しい」

梓の言葉に、千博がますます笑みを深めた。そして、怖いくらいに整った顔を近づけてくる。

明るい陽の光の下で千博の顔が迫り、梓は思わず頬を熱くした。

距離が近くなるだけで恥《は》ずかしくてドキドキするのだ。

もう自分は一児の母で、相手は娘の父親なのに……

「梓は楽しい？」

「えっ？　え、ええ……普段はほとんど家の側から離れないから、こんな場所来たことがなくて」

「この後、梓はどこに行きたい？」

梓は驚いて目を丸くする。まさか自分にリクエスト権があるなんて思わなかったからだ。

今日は百花が行きたいところに行き、百花をいっぱい遊ばせる日だと思っていた。

「モモが行きたいところに行きたいわ」

「いや、梓が行きたいところも行こう。俺はここに何度も来てるから、今日は君と百花ちゃんが回りたいところに付き合うよ」

ますます困惑し、梓は熱い頬を意識して俯《うつむ》いた。不意に梓の肩に手が伸び、千博のほうにぐいと抱き寄せられる。

「モモちゃんに食べたいものを聞いたら、アイスって答えるだろうな。俺もそうだった」

耳元で囁《ささや》かれた意外な台詞《せりふ》に、頬を火照《ほて》らせていた梓は、顔を上げて笑った。

「本当に、モモならそう言いそう」

千博が小さく笑い声を上げ、明るく言った。

「せっかく来たんだから、梓も行きたい場所を考えて。俺は、君がなにが好きなのか、なにをしたいのか、なにを食べたいのか、もっと色々知りたいから」

寄り添い合った姿勢のまま動けず、梓の顔がますます熱くなる。

そのとき、夢中でバドミントンのラケットを振っていた百花が、ぱっと振り返った。

――へ、変なところ見られちゃった……

百花が、動揺している梓を大きな目でじっと見つめる。『なぜママはちひろさんとくっついて、真っ赤になっているのか』と言わんばかりの、不思議そうな表情だ。

——恥《は》ずかしい。こんな風に照れてる顔なんて見られて。

片手でそっと千博を押しのけようとしたとき、不意に百花がニコッと笑った。

最高に機嫌のいい笑顔だ。なぜ百花はこんな風に笑っているのだろう。

「どうしたの、モモ」

「いいえ、なんでもありません。ママたち二人、なかよくしてて。いっぱいなかよくどうぞ。モモ、もうちょっとこれ練習するから」

ニコニコしながら百花は言い、ふたたびラケットを振り回し始める。

——な、なにそれ……どういう意味なの、モモ。

梓は当惑しきったまま、夢中で遊んでいる百花を見つめた。

「お昼はなにがいい？　夜はレストランを予約してあるから、昼は軽めにしようか？」

長い腕で梓を抱き寄せたまま、千博がそう尋ねてきた。距離が近い。ドキドキし過ぎて、胸が苦しい。

「え、ええ……」

頷きながら、梓はますます頬を熱くする。

この間、『俺は梓が好きなんだ』と囁《ささや》かれたことを不意に思い出し、ますます心臓の鼓動が速まった。

落ち着かなければと自分に言い聞かせても、千博の気配を感じるだけでオーバーヒートしてしまう。

「じゃ、じゃあ、あのテラス席のあるカフェは？　テラスでお昼を食べることって滅多《めった》にないし」

先ほど通りすがりに見かけたメニューを思い出し、梓は百花に尋ねる。

「ねえ、モモはお昼になに食べたい？」

「アイス。いっぱい運動したから、つめたいのがいい」

千博の予想どおりの答えが返ってきた。

一瞬目が点になり、続いて笑いが込み上げてくる。小さな声で笑い出した梓に続いて、千博も広い肩を揺らし始めた。

「な？　俺が言ったとおりだろう。百花ちゃんは俺が小さいときと同じなんだ。可愛いよ、ときどき俺の変わったところまで遺伝しすぎてて、申し訳なくなるけど」

優しい千博の声に、梓は焼けるように熱い耳を意識しながら頷いた。

なんだか、千博が百花の優しいパパであることに関して、どんどん違和感がなくなってきた。彼が百花を傷つけたり、裏切ったりすることはないだろうと思え、ほっとする。同時に、昔、千博に対して抱いていたせつない恋心が鮮やかに蘇《よみがえ》ってきて、落ち着かない気分になる。

「じゃ、百花ちゃん、お昼を食べよう」

千博がそう声を掛けて、百花から受け取ったラケットと羽根を大きなトートバッグに入れる。千博の車の後部座席には、他にも外で遊べるような道具がたくさん積んであった。全部、百花が広い場所で楽しく遊べるように用意してくれたのだと思うと、感謝の思いで胸がいっぱいだ。

賢い百花はママの状況がわかっていて、同い年の子に比べておねだりをしない。けれど今日、嬉しそうにバドミントンで遊ぶ様子を見ていたら、自分も予算の許す範囲で気付いて買ってあげたかったな、と思った。

その後は三人で食事を取り、美術館と薔薇園《ばらえん》を見て回った。

百花は、色々な珍しい現代アートを、口を開けてながめていた。

そして、その中の一つの作品が気に入ったらしく、売店で絵はがきを一枚ねだってきた。

百花が気に入ったのは巨大な金属を捻《ひね》ったような彫像で、梓の目にはなにを表す物なのか、まったくわからない美術品だ。

だが千博と百花は口を揃えて『あんなに曲がってるのに、支えなしで立っているのがすごい』と言っていた。多分、理系父子の心に刺さる物があったのだろう。

今日たくさん撮った写真は、後でアルバムにすると千博が約束してくれた。

百花も大きなレンズの付いたカメラに興味を示し、重い機体を落とさないよう千博に支えられながら、何枚も写真を撮っていた。カメラが気に入ったようで、とても楽しそうだった。

その日、千博が予約してくれたホテルは、びっくりするほど広かった。ベッドルームが二つあり、リビングも台所も、お風呂まで別にあるとても豪華な部屋だ。

百花の喜びようは半端《はんぱ》ではなく、部屋を何周もして扉を開けたり閉めたりしている。

――モモの知ってる家よりずっと広いもんね。絨毯《じゅうたん》もふかふかだし。

一度『探検』から戻ってきた百花は、落ち着きなくソファに座り、またちょこちょこと歩き回って、一つ一つの部屋を確認しだした。

「ここに泊まるの？」

「そうだよ」

「じゃあ、おこめ買いに行こう」

百花が台所に目をやり、真面目な口調で言う。台所があるので、今からここでご飯を作るのだと思ったようだ。

「ううん、あそこではお茶を淹《い》れるだけ。今日の夕飯はレストランで食べるんだよ」

千博の言葉に、百花がニコッと笑う。

「ほんと？　しゃけのテリーヌたべられる？」

この前のレストランで食べた、前菜のテリーヌが気に入ったらしい。

「今日はどうだろうな。でも、もしなくても別の美味《おい》しい物が出てくると思うよ」

百花は千博の言葉に素直に頷き、明るい声で言う。

「ありがとうございます。美味《おい》しいごはんに連れてきてくれて、うれしいです」

突如《とつじょ》神妙になった百花に、千博が笑い出す。そして大きな手で、小さな頭を優しく撫《な》でた。

「……俺も嬉しいよ。百花ちゃんと色々な場所に行けて」

その声には万感《ばんかん》の思いがこもっているように聞こえ、梓の胸は、何度目かわからないせつなさにしめつけられた。

もし過去に戻れたら、一刻も早く連絡を取って百花と逢わせてあげたい。一人で閉じこもる道を選ばずに……。そうは思うものの、それは叶わぬ夢なのだ。

――これからは、どうすれば千博さんと一緒にいられるか前向きに考えよう。この人は、百花を大事にしてくれるもの。

梓はそう思いながら、笑顔で話し続けている千博と百花を見守った。

「あの、梓」

ふたたびスイートルームの探検を始めた百花を見送り、千博が真面目な顔でソファの隣に腰を下ろしてきた。

「頼みがあるんだけど」

真剣な声音に、梓の背筋が自然と伸びる。緊張した顔の千博が、考え込む顔で切り出した。

「もしよかったら、俺の実家に顔を見せてもらえないか」

予想外の内容に、梓は硬直した。

――どうしよう、そんなの怖い……

千博がいないときにこっそりと調べた、斎川グループのことを思い出す。

梓の知識では完全には理解できなかったけれど、千博の実家、斎川家は、日本有数の大企業のオーナー一族、つまりは創始者の子孫なのだ。

企業の株の多くを有し、一族からは政治家や有名な大学教授なども輩出している。輝かしい名門一族であり、おいそれとは近づけないオーラを感じてしまうのだ。

もちろん千博とは一緒にいたいが、あの名門一族の一員になるなど考えられない。

「あ、あの、私は行かないほうがいいんじゃないかしら」

自信なく呟くと、千博はそんなことはない、とばかりに首を横に振る。

「いや、来てほしいんだ、来てもらうにはどうしたらいいのか、最近ずっと考えてて……ストレートに頼むしかないなと思い至ったところだ」

どういう意味だろうと梓は首をかしげる。千博はなんだか悩ましげな表情で、腕組みをしてしまった。

「来てもらわないと、俺の実家でどんな大騒動が起きるかわからない状況で」

「だ、大騒動……って……わ、私たちのせいでなにか……？」

瞬時に萎縮《いしゅく》した梓の様子に、千博がはっと我に返る。

「いや違う、語弊《ごへい》があった。ごめん。うちの母が早くお嫁さんと孫を連れてきてくれって、エンジン全開フルスロットルで……もう抑えが利かないというか……多分このままだと暴走するというか……ごめん、うまく説明できないんだけど、平和のために来てくれないか」

「平和の……ため……？」

予想外の言葉に、梓はぽかんと口を開けた。

「な、なんだかよくわからないけど、困ってるなら行くわ。千博さんのご実家の方々が、私たちが伺《うかが》ってもご気分を害されないなら」

「いや、それは大丈夫だ。絶対に。意地悪な人たちではないんだ、変わってるけど……母が……。だけど梓と百花ちゃんを歓迎したがっているのは間違いないから」

困惑しつつも梓は頷いた。

なんにせよ千博と一緒にいたい気持ちがあるのなら、早めにご挨拶《あいさつ》に伺《うかが》うべきだ。もう体調もよくなってきたし、緊張するけれど頑張ってみよう。なにか困ったことが起こっても、きっと千博が百花を庇《かば》ってくれる……今の梓には、そう思えた。

「わかったわ。来週の土曜日でいいのかしら」

「ああ、ありがとう梓。土曜日で大丈夫だ。両親もすごく喜ぶと思う」

若干の不安を覚えつつも、梓は千博の言葉に頷いて見せた。


初めての旅行は楽しく終わり、千博の指定した『斎川本家への訪問』の日が来た。

百花には入学式のときの服を着せた。少し小さいが、なんとかなった。梓は、いつもの黒のスカートスーツだ。クリーニングに出したお陰か、まだパリッとして見える。

——う、うぅ……緊張する……

目の前に広がるのは、長い長い飛び石の路《みち》。左側は竹をあしらった美しい壁で、右側は低い垣根越しに見事な日本庭園が見える。

なんという広さだろう。ここは、都内の一等地なのに。

——こ、こんなに広いお宅が、こんな場所にあるなんて……

緊張が最高潮に高まり、梓は盲腸《もうちょう》の手術の古傷の辺りを無意識にさすった。

「ママ！　池にニシキゴイいるかな？」

千博と梓に挟まれて、飛び石の上をぎこちなく歩いていた百花が振り返る。

「後で見せてもらおうね、モモ」

今は百花のマイペースな質問に適当な相づちを打つ余裕もない。だが百花は諦《あきら》めず、今度は前を歩く千博に尋ねた。

「あの池、ニシキゴイ、いる？」

「いるよ。後で見せてあげる。百花ちゃんが好きそうな大きなのもいるよ」

振り返った千博が微笑んだ。いつもどおりの、可愛くてたまらないと言わんばかりの笑みだ。

「ほら、おいで。飛び石から落ちないように気を付けて」

千博に手を取られた百花の後に、ガチガチになった梓が続く。

しばらく歩くと、瀟洒《しょうしゃ》な平屋の邸宅が見えた。

横開きの扉が付いていて和風の作りだが、全体的にとてもモダンな建物だ。建てられたのは最近で、最新の設備を備えているように見えるシャープさだった。

——美術館みたいなおうちだなぁ。お洒落《しゃれ》……

感心した梓の前で、千博が扉に手を掛けた。カチリ、という音が辺りに響く。

「把手《とって》に指紋認証機能が付いてるから、家族はそれでロックを外せるんだ。物理的な鍵とあわせて二重に施錠できるんだけど、そっちは開けておくからってメールが来てて。なにかを準備して待っているらしいんだよね。……準備か……嫌な予感がするな」

千博が真剣な顔でなにかを呟きながら、扉を開けた。

早速、好奇心旺盛《おうせい》な百花が扉と千博の間に割り込み、扉の把手《とって》を覗《のぞ》き込もうとする。

梓は慌てて百花を捕まえ、後にしようねと言い聞かせた。

扉の奥も、想像を絶するモダンさだ。ここは個人宅ではなく、美術館や超高級ホテルではないのだろうか。

「うちは俺が末っ子で、もう子供部屋とかも要らないだろう？　だから去年、母の趣味で改築したんだ。わりといい趣味だよな」

千博の説明に頷きはしたが、家の中が別世界過ぎて、緊張がおさまらない。

だが千博にとっては見慣れた家なので、瀟洒《しょうしゃ》な廊下をスタスタと歩いて行ってしまう。

百花はキョロキョロしながら、千博の後を追いかけていった。

――私、気が弱いから、ずっと脚が震えてる……！

梓は己を叱咤《しった》し、二人の後に続いた。廊下の先のシンプルな白木《しらき》の扉に千博が手を掛けた。

「ただいま。梓と百花ちゃんを連れてきました」

緊張が最高に高まる。

そのとき、突然バサバサとなにかが降ってきた。梓がびくっとなって身構えるのと、百花が歓声を上げるのは同時だった。

「お花だぁ！」

目の前をふわふわと花びらが散っている。多分パーティ用の紙吹雪をカットしたものだろう。百花は両手を開いて嬉しそうだ。

真剣な顔で投げつけてくるのは、六十過ぎと思われる気品溢《あふ》れるご婦人と、その夫とおぼしき威厳ある男性だ。ちなみに女性の顔は百花と同じである。本当に、怖いくらい同じだ。

――な、な、なにが……起きて……

絶句する梓の耳に、几帳面《きちょうめん》で淡々とした女性の声が飛び込んできた。

「歓迎来臨《らいりん》です。ようこそ、梓さん、百花ちゃん」

唖然《あぜん》としていた千博が、気を取り直したように言った。

「なにしてるんですか、母さん……」

花吹雪を投げつけてきたのは、千博の両親のようだ。千博の母は紙吹雪の入れ物を手にしたまま、品のいい落ち着いた口調で答えた。

「サプライズな歓迎にはなにがふさわしいかと考えた末、二年前ハワイの空港で体験した、フラワーシャワーを行《おこな》おうと思ったのです。適当に投げていたのに、ずいぶん豪華に見えましたから。そのために紙吹雪の形状を事前に検討し、回転数および滞空時間が増えるよう試作を繰り返しました」

「いえ、あの、説明になってないです、全然」

息子の抗議などどこ吹く風で、千博の母が言葉を続ける。

「私たちがなにを言っても、梓さんは警戒してしまうでしょう？　わかります、無理もありません。ですから、度肝を抜くような形でお迎えするしかないと思ったのです。これで私と主人が意地悪な気持ちや悪意を持っていないことを、端的に証明できたはずです」

千博の母の口調は、千博に似ていた。抑揚《よくよう》が薄く理屈っぽいが、質問には律儀《りちぎ》なくらいに丁寧に対応する。

「父さん、なんで母さんを止めてくれないんです。それどころか一緒にこんな真似《まね》……」

千博の苦情に、千博の父は苦渋《くじゅう》の表情で答えた。

「私が諌《いさ》めた程度で聞くと思うか」

梓は挨拶《あいさつ》すらしていなかったことを思い出し、慌てて頭を下げた。

「鈴木です。お邪魔いたします」

言いながら、百花の小さな頭に手を添えて、同じように頭を下げさせる。

百花は掴《つか》んだ花びらを真剣に見ていたが、挨拶《あいさつ》を促《うなが》されているとわかったのか、素直に深々と頭を下げた。

「ママ、この花びら、もらって帰っていい？」

「しっ、後でね」

小声で静かにするよう合図をすると、百花は大人しく口をつぐんだ。

一方の千博は、疲れたように目の辺りを覆《おお》っている。

「梓さん、こんにちは。千博の母のゆり子です」

ゆり子が身にまとっているのは、テレビで芸能人が自慢していたのと同じブランドのツイードジャケットだ。

くるみボタンにブランドのロゴが入っているので、梓にもわかった。

デパートで見かけたとき『この値段、0が二個くらい多く間違って付いてない？』と何度も見直したような、高価な服。

それをさらりと普段着にしている上流階級の奥様が、突然紙吹雪で歓迎してくれて……現状に頭が付いていかない。

ゆり子は身を屈め、百花の顔を覗《のぞ》き込んだ。その彼女の、完璧に手入れされ、磨き抜かれた美しい頬の上を、不意に涙が伝った。

驚く梓の前で、ゆり子が大きな目からボロボロと涙をこぼす。

「百花ちゃん。初めまして。貴女の祖母です。千博の母親ですよ。わかりますか？」

じっとしている百花の手を取り、ゆり子が涙を流しながら微笑む。

なにも言えなくなった梓の前で、百花が真剣な口調で尋ねる。

「ちひろさんの材料？」

――モモ……それは、ママと千博さん以外の人に言っちゃ駄目って言ったでしょう……

梓は思わず、ぎゅっと拳《こぶし》を握った。いきなり珍妙かつ緊迫した状況になり、息苦しくなってくる。

「ええ。そこのおじさんと一緒に、昔、千博を作りました。四つ作ったうちの、四つめです。最新作ね。百花ちゃんのパパは、私とそのおじさんからできています」

――えっ、すごい、よどみのない答え。

横目で千博を見ると、口の動きだけでごめん、と返してきた。どうやらこの言動は、ゆり子の通常運行らしい。

「なんで泣いてるの？」

不思議そうな百花の言葉に、ゆり子が我に返ったようにハンカチで涙を拭う。

「貴女に会えて嬉しいからよ。私は自分で作った千博が大事です。だから、千博が作ったあなたのことも大事なのです。わかりますか」

百花がちょっと考えて頷いた。

「うん。モモもママがだいじ。だってママはモモを作って、ずっとだいじにしてくれた。だから大好きでだいじ」

――モモ……。

けなげな言葉に、梓の目にも涙が滲《にじ》みそうになる。

ゆり子もふたたび、ハンカチで目を押さえた。百花は、泣いているのを気の毒に思い、話を変えようとしたのか、掴《つか》んでいた花びらをゆり子に差し出した。

「これ、なんでずっと地面に落ちないの？」

『モモが妙なこと言い出したらどうしよう』とハラハラする梓をよそに、目元を拭い終えたゆり子は笑って、百花の手から花びらをつまみ取った。

「重心の位置に工夫をしましたから。待って、ここで話すのもなんですね。さ、皆座って。お父さんがお茶を淹《い》れてくれますよ」

ゆり子の明るい声に、千博の父が渋い顔になる。よく見ると、彼は千博にそっくりだった。

「その前に私のことも梓さんと百花ちゃんに紹介してくれ」

「この人は百花ちゃんのおじいちゃんです。名前は孝夫《たかお》。覚えてあげてね。さ、いらっしゃい」

あっさりした紹介に、孝夫が噴き出した。眉間《みけん》を押さえ、必死に笑いを堪《こら》えている。

どうやら、この素っ気ない態度は普段からのようだ。夫婦仲はいいらしい。

百花の手を引いて、ゆり子がいかにも高級そうなソファに座らせる。百花はお尻を乗せた瞬間に、ぱっと目を輝かせた。

ゆり子は、もこもこと身体を弾《はず》ませている百花を、優しい顔で見つめている。

その顔を見ていたら、なんだか申し訳なくなってしまった。

千博の家は無情なお金持ちで、梓を迷惑がるかもしれない、百花を取られるかもしれない。きっと、自分たちは歓迎されないで、嫌な顔をされるに違いない。

何度打ち消しても思い込みが完全には消えず、心のどこかで不安がっていた。

だが、事実はそうではなかった。

——私、千博さんやその家族から、百花を勝手に取り上げていたのかもしれない。彼と偶然再会しなかったら、永遠に百花を奪ったままでいたのかも。

梓の目に、ふたたびかすかに涙が滲《にじ》んだ。

「ごめんなさい。ご挨拶《あいさつ》が遅くなってしまって」

罪悪感に駆られ、梓は深々と頭を下げる。ゆり子は笑顔で首を横に振った。

「いいのです。貴女の状況を思えば、今日来てくださっただけで感謝すべきなのですから。うちの息子が大変な思いをさせて、本当に申し訳ありませんでした」

ゆり子の優しい表情は、千博が百花を見守っているときとそっくりだ。想像していたような梓への悪意やさげすみなど、欠片《かけら》ほども感じられなかった。

「昨日はごめん、母が変わった人で驚いただろう。昔からああなんだ。外では抑えている分、家では色々炸裂《さくれつ》してしまうらしくて……」

今日は日曜日。

家の近くの路地を千博と肩を並べて歩きながら、梓は正直な意見を口にする。

「千博さんにそっくりだったわ」

「えっ、誰が？」

「ゆり子お義母様。千博さん、すごく似てるって言われない？」

千博からもらったふわふわのストールの位置を直し、梓は微笑んだ。

生真面目な感じじゃ、ちょっと不器用そうだが理知的な言動が、千博によく似ていると思う。理系っぽいところもそっくりだ。

「……いや……最近は滅多《めった》に言われない」

不本意そうに千博が首を振るが、どうやら図星だったようだ。

千博の母は数百年の歴史を誇る名家のお嬢様で、周囲の反対を振り切って国立大学の数学科に進学し、その後、斎川家の跡継ぎの孝夫と結婚。四人の息子を育てる傍《かたわ》ら、様々な財団法人の理事として、経理責任者や、施策決定を担当してきたという。

ただの奥様ではなく、その筋では『切れ者』として有名な女性らしいのだ。

勤め先ではキリッとしているものの、家では昔から自由人らしい。

頭はいいけど、根が子供のままなんだ、と千博は言っていたが、その表情はちょっぴり優しかった。変わってはいるが、いい母親だったのだろう。

——やっぱり、モモも千博さんも、ゆり子お義母様に似てるよね。

そう思い、梓は黙って微笑む。

今日は、千博が購入したというマンションを見に行くことになった。ずいぶん急いでもらって、契約が素早く済んだのだという。後は諸々《もろもろ》、残りの手続きを済ませれば、その家にいつでも引っ越せるらしい。

――千博さんのご実家に迷惑は掛けないってわかったから、いいかな。

ようやく梓の中でも、三人で暮らそうという決意ができた。

百花は家で、正人と、その彼女と一緒に遊んでいる。

デートなのに遊んでもらって悪いから……と連れ出そうとしたが、正人の彼女の美貴に『モモスケとクッキーを焼く約束してるから、今日一緒にやるんだ。大丈夫だよ。お姉様は彼氏さんとデートしてきて』と言われてしまった。

二人はずいぶん前から、『モモスケ』『親分』と呼び合っている。

いったいどういう関係なのだろう。ただ美貴は派手で怖めな外見に似合わず、とても優しくて面倒見がいい。聞けば、弟と妹が五人いるので小さい子に馴《な》れているらしい。

――私に自由時間があんまりないから、美貴ちゃんも気を使ってくれてるのよね。

帰ったら、台所は貸す前よりもピカピカになっているのだろう。

家事万能の美貴は、百花や正人とお菓子を作った後、いつもとても綺麗《きれい》に掃除してくれるのだ。美貴は『お借りした物を原状回復させただけ！』と元気に答えてくれるのだが、それもまた、ありがたくて申し訳ない。

祖父母や正人をはじめ、色々な人に支えてもらって生活できていることを改めて実感する。

多分、一人では頑張ってこられなかっただろう。

「あの赤い髪の子が、正人君の彼女なんだな」

「そう。美貴ちゃんって言うの。二十四歳なのよ。正人よりけっこう年上なんだけど、若く見えるわよね」

「なんで百花ちゃんは、美貴さんを『親分』って呼ぶんだろうね？」

やはり千博も同じことが気になっていたらしい。梓は噴き出して、首を振った。

「わからないわ。だけど美貴ちゃんが初めてうちに来た日からそうなのよ。可笑《おか》しいでしょう？」

その答えに、千博も広い肩を揺らして笑い出した。

切れ長の目を細めたまま、千博が梓をじっと見つめる。他愛ない会話で笑っていた梓の胸が、不意にドキンと弾《はず》んだ。

「……梓、俺が先走って買ったマンションの立地は気に入りそう？　スーパーも近いし、小中学校もすぐ側だし、悪くないと思うんだけど」

不意に話題を変えられ、梓は頬を染める。

「え、ええ……ありがとう。千博さんにばかり、色々負担をかけてしまってごめんなさい」

経済的なことではまったく千博にかなわない。申し訳なくて俯《うつむ》く梓に、千博は笑いかけた。

「マンションを内覧した後、俺の家で新しい家具を一緒に探そうか。今のマンションを買ったときの家具のカタログとか、捨てずに取ってあるし。もしくは今の家を見てもらって、気に入った家具があったら新居に運んでもいい」

そう言って千博が梓の手を握る。

梓は勇気を出してそっと手を握り返した。

緊張して顔が熱い。

「なんか、七年前に戻ったみたいだ」

千博が形のよい口元をほころばせた。

甘い声に、ますます梓の耳と頬が熱くなる。

「え、ええ……そうね」

それだけ返事をするのにも決死の覚悟がいる。なんだか調子が狂ってしまう。

固くなりながら、梓はつま先を見てぎくしゃくと歩いた。繋ぐ手が強ばり、汗ばんでくる。

「梓、俺のこと好きか？」

さらなる恥《は》ずかしい質問に、梓はびくりと肩を震わせた。繋いでいないほうの手でトールの前を掻き合わせ、梓は蚊《か》の鳴くような声で答えた。

「す……好き……よ……」

「仮に百花ちゃんが生まれていなくても？」

羞恥《しゅうち》が限界を超えて、梓は千博の手を握る指に力を込めた。

相手が同じとはいえ、恋心を意識するのは七年ぶり、かつ人生で二回目なのだ。いい歳して初心者の反応しかできなくても許してほしい。

「え、ええ……百花を産んだのは、千博さんの子だからだし……あ、あの、でもそれは、私が育てたいって勝手に思っただけなの。千博さんに恩着せがましくするつもりじゃなくて、えっと、うまく言えないんだけど……」

今までぼんやりと頭の中にあったけれど、口にしたことはない気持ちだ。予想以上に意味不明の言葉になってしまった。梓はしどろもどろになって唇を噛む。

手を繋いでいた千博が、ふと足を止めた。

「どうしたの」

顔を上げた梓の身体が、強い力で抱き寄せられる。

驚いて思考が止まり、続いて顔にますます血が集まった。

――ま、まって、ここ、ご近所の路地……！

先ほどから人通りはほとんどないけれど、恥《は》ずかしくてたまらない。

当惑して動けない梓の耳元に、千博のうわずった声が降ってくる。

「そんなこと言われたら、ここでキスしたくなる」

「な、なに言って……だめ……」

脚が震えだした。どうやら梓だけではなく、千博の調子もちょっとおかしいらしい。

「俺を喜ばせすぎる梓が悪い。これでも日々、全力でブレーキをかけてるんだけどな」

ますます抱き寄せられ、梓は非力ながらも抗《あらが》ってみた。

「あ、後でね」

肩を抱き寄せる千博の力がほんの少しだけ緩んだ。

梓がほっとしたとき、傍《かたわ》らでキキッと耳障《みみざわ》りな自転車のブレーキ音が響く。

「また男といちゃついて。まー、懲《こ》りない女なんだねぇ。やだやだ」

七十歳くらいの女性が、自転車にまたがったまま梓に軽蔑《けいべつ》の視線を投げかけている。

――あっ、波野山《はのやま》さん……またってなによ、またって……一度もそんなことしてないのに！

ちょっとげんなりした気分で、梓は千博の腕から逃れた。

「こんにちは。失礼します」

彼女は、梓の近所に住む主婦だ。ちょっとでも文句を言える対象を見つけると、全力で悪口をまき散らすタイプのお喋りおばさんである。

最近までは離婚した近所の若夫婦のことをワイドショー並みに拡散していたけれど、次のターゲットは梓に決まったようだ。何度目のご指名だろうか。

ターゲットになるのは『事情があって特殊な立場にいる人』『目立つ行為をした人』であれば全員。彼女が飽きるまで無視するしかない。もちろんママ一人で子育て中だった梓なんて、これまでも好き放題言われまくりだった。

「なんですか、貴女」

千博が庇《かば》うように梓の肩を抱き寄せ、ムッとしたように波野山を睨《にら》みつける。

聞き捨てならない、と言わんばかりの顔をしている。千博は、中傷をうずくまってやり過ごそうとする梓と違って、強い人間なのだ。そう思うと彼が、ちょっぴりうらやましい。

でも、千博のそんなところは嫌いではない。

「お兄ちゃんさぁ、あんたは騙《だま》されてるって。その女、シングルマザーだよ？」

とっておきのネタを出した、とばかりに波野山がにやりと笑う。これで梓がフラれでもしたら楽しいのだろう。

――ホント、困ったおばさんだな。もう……旦那さんも匙《さじ》を投げてるし、このままじゃ一生ご近所のトラブルメーカーだよね。

梓が眉根を寄せるのと、千博が波野山に向かって薄く微笑みかけるのは同時だった。

「ご心配なく。さ、行こう、梓」

千博は一切自分の情報を出さずに、波野山を切り捨てるように言い切った。貴女などに語る話はなにもない、と言わんばかりの冷淡さだった。

――ま、負けん気が強いな……実はモモもそうなのよね。やっぱり、似てる。

梓は波野山に一礼し、千博に手を引かれて、早足で彼を追いかけた。

波野山は眉をビクビク痙攣《けいれん》させていた。いじめの対象が幸せになるのが不満なのだろう。同時に、千博がなにも喋らないので、ゴシップのネタを仕入れ損《そこ》ねて面白くないのだ。

だが、彼女に実力行使に出る度胸はないことも知っている。

悪口以上のトラブルを起こしたら完全に危ない人認定されて波野山の立場はなくなるからだ。

下手すればアパートの大家さんに見放され、夫と暮らす家から叩き出されかねない。

いくら『悪口中毒』でも、最後の一線をこえない理性は残っているらしい。だから、波野山はひたすら悪口を言うだけだ。

スタスタと歩いて行く千博に、梓は小声で声を掛ける。

「あの人は昔からいつもあんななの。悪口ばっかりで困った人だと思われていて……だから気にしないでね。私も道に迷ってる男性を案内しただけで、滅茶苦茶《めちゃくちゃ》な話を言いふらされたし。彼女がなにを言ったところで、誰も信じないわ」

「あまり失礼な真似《まね》をされるようなら弁護士を入れようか」

千博はまだ怒っている。梓に対する言動が腹に据えかねたようだ。

「あまり意味ないと思う。皆に嫌われても、町内会長さんに怒られても止《や》めないもの。それに慰謝料も払えないと思うの……」

放置するしかないのだ、と言外《げんがい》に匂わすと、千博がようやく表情を和《やわ》らげた。

「わかったよ。今日のところは」

そう言った彼の目はいつもの優しい光を湛《たた》えていて、梓はほっと肩の力を抜いた。


新居の内覧を終えた後、梓は千博に連れられ、彼の現在の自宅を訪れた。

千博の現在の自宅は、都内の一等地にある、とても広いマンションだった。

梓は心の中で呆然とする。やはり、御曹司様なのだ。あまり考えないようにしているが、ちょっぴり気が遠くなってしまう。

「どうだった、今日の物件。あそこなら気に入りそうか？」

千博の自宅をそっと見回していた梓は、我に返って頷いた。

今日内覧させてもらったマンションは、築数年の浅い、広い部屋だった。完成前に完売したという富裕層向けの人気の高級分譲物件だ。

急遽《きゅうきょ》持ち主が海外転勤することになり、泣く泣く売りに出したらしい。

千博の買った部屋は最上階でとても広く、一階下のエリアとメゾネット構造になっていた。

あんな家に住むかと思うと気が遠くなる。千博の今の自宅も素晴らしいが、あの家も同じ。梓の目から見れば甲乙《こうおつ》付けがたい豪邸だ。

「うん、すごく広くてびっくりした。日当たりもいいし気持ちよさそう。ありがとう……でも、この家もあるのにもう一軒マンションを買うなんて、もったいなくない？」

「ここから百花ちゃんが今の学校に通うのは危ない。俺は、一人で地下鉄で通わせるのは反対だ。たまに電車通学の小学生もいるけど、俺は心配。六歳の娘を一人では行かせられない。この家の近所の学校に入れてもいいけど、梓は今の小学校に通わせたいんだろう？」

――えっ。本当にそれだけの理由でマンションを買ったの……？

梓は、しばし言葉を失う。確かに転校させるのは可哀相《かわいそう》だ。学校や学童にお友達がたくさんいるし、祖父母も側にいて、百花はあの場所が大好きだから。しかし梓と正人も転校を経験している。母が亡くなったときだ。それで耐えられないほど嫌な思いをした記憶はないし、親の都合であれば、転校くらいは仕方がないと思うのだが。

「それに梓は、今後もお祖父様の仕事を手伝いたいんだろう？　だったら余計に、遠くに引っ越すべきじゃない。気にしなくていい。俺は梓と百花ちゃんの環境を整えたいだけだから」

「ありがとう。気を使ってもらってごめんなさい。確かにモモは好奇心旺盛《おうせい》だから、違う駅まで勝手に遊びに行っちゃうかも。心配よね」

なかば呆然としながらお礼を言うと、千博が微笑んだ。

「じゃ、お茶を飲んだら一緒に新居の家具を選ぼうか。それともこのソファを持っていく？　結構いい品だった気がする。どっちでもいい、梓が好きなほうで」

生活の激変についていけない。広い場所に住むのは何年ぶりだろう。

――お母さんが生きてた頃は、そこそこ広い家に住んでたけど……

ふと、せつない記憶が蘇《よみがえ》り、梓は慌ててそれを打ち消した。

辛かったことは忘れて、前を向かなければ。

「本当に色々ごめんなさい。私、これからもっとお仕事を増やして、なるべく負担が平等になるようにするから……」

お茶の準備をしている千博からは返事はない。もちろん家事も全部やるし、本当にお荷物にならないようにしようと思いつつ、梓は改めて千博の部屋を見回す。

斎川家の本邸も素晴らしい家だったが、この家も驚くほど広い。窓の外には都心の大公園が広がり、ルーフバルコニーにはティーテーブルが設《しつら》えられていた。

この居間も、何畳あるのだろう。

革張りのソファに、梓のコートより肌触りのいい幾何学《きかがく》模様のラグ。梓の目の前のローテーブルには何冊もの難しそうな本が積み上げられている。

——企業リスク分析ってなんだろう……?

梓はそっと本を手に取った。だが、ぎっしりと文字と数式で埋め尽くされた本だったので、無言で閉じた。

付箋《ふせん》が貼ってあるところを見ると、千博はこの難しい本の内容を理解し、仕事に生かすこともあるのだろう。

改めて彼は別世界の人間だと感じる。

斎川家の御曹司としてアメリカで華々しく活躍し、日本に帰ってきてもガレリア・エンタテインメントを一年足らずで業界トップクラスの企業に押し上げて……

「はい、お茶どうぞ」

目の前に置かれたのは銀で縁取《ふちど》りされたシンプルなティーカップだった。透《す》き通るような白が綺麗《きれい》で、クリーンで知的な千博のイメージに合っている。注《つ》がれた紅茶もいい香りがする。

「ありがとう、美味《おい》しそう」

だが、カップに伸ばそうとした手に、千博の手が重なって握りしめられてしまった。

「仕事を増やすってどうして？　お祖父様の会社が忙しいのか」

「そうじゃないけど、千博さんの家にただ置いてもらうのは申し訳なくて。そうでなくても私、貴方の負担になってしまっているから」

「……それだと、梓が俺と過ごす時間が少なくなる気がするんだけど」

梓の手を掴《つか》む指に力がこもった。

「俺は百花ちゃんが生まれたから梓と一緒になるんじゃない。そう言ったよな？」

とにかく『千博のお荷物』にならないようにしなくては。もう切り捨てられたくない……無意識にそう思っていたことに気付き、梓は我に返る。

「どうせ頑張るなら、俺との暮らしを楽しむほうに時間を割いてくれないかな。百花ちゃんだってあと数年したら、自分の世界が確立されて、お友達や習い事のほうが好きになる。いつまでもパパママが独占できる可愛い幼児じゃない。いつか巣立っていく。だけど、その後の人生も、俺は梓と一緒にいたい。だから結婚したいって言ってる。この説明で理解してもらえるか？」

毎日必死でいっぱいいっぱいの梓には、意識したことのない視点だった。

——そうか、モモは大きくなって、いつか出ていくんだ。わかってたけど実感できなかった。

心のどこかで、正人と百花さえ無事に家から送り出せれば、自分はその後どうなってもいいと思っていたことに気付かされる。

――百花を大人にできたら、私の人生も終わりくらいの感覚だったなぁ……

新しい道を見つけたような気分で、梓は思った。

千博が一緒に暮らそうと言ってくれて、とてもほっとしたのは事実だ。

彼なら、必ず百花を大切にしてくれると確信できて嬉しかった。

でも、一方で、梓自身の未来予想図の描き方は曖昧《あいまい》だった。

『百花のためだけに生きていく』

そこには、梓自身がどうなりたいかを示す線は、一本も引かれていなかったのだ。

「なにを驚いているの？　俺、変なことを言ったかな」

「う、ううん、私、千博さんが私にまで親切にしてくれて、なんだか迷惑をかけて悪いなって、ずっと思ってて……確かに、私の人生、モモ以外になにもなかったなって、びっくりして……」

「それだけ必死だったんだから、当たり前だ。だけどこれからは俺もいるから、ちょっと力を抜いてくれないか。そもそも経済的に不安があるなら、新しくもう一軒家なんか買わないし。俺はそこまで阿呆《あほ》じゃないから心配しなくて平気だ」

「あ、ありがとう」

千博のまなざしは、百花だけでなく自分にも向けられていたのだ。

その事実がようやく、身体に染み渡る。

千博は百花を助けるついでに、梓を助けてくれるのではない。

百花を必死で守っている梓に手を差し伸べ、共に百花を守ろう、百花が巣立った後も一緒に生きていこうと言ってくれたのだ。

「私、本当に、自分のこととか、全然考えてこなかった……ありがとう……」

言葉の途中で、ぼろぼろと涙がこぼれた。

「知ってるよ。梓は昔からそうだった。俺はあの頃から、そんな梓をどうにかしたかったんだ。今だって力不足だけど、あの頃よりは、俺も少しはましになったはずだよ」

ますます涙が溢《あふ》れて止まらなくなる。

千博の胸に抱き寄せられ、梓は声を殺して泣きじゃくった。

今まで、祖父母や弟から何度も『一人で背負い込むな』と言われてきたけれど、背負った物のおろし方がどうしてもわからなかった。

だけど、今はとても身体が軽い。

自分の名前は『正人の姉』でもなく『百花の母』でもなく、『世間知らずのシングルマザー』でもない。鈴木梓という人間なのだと思い出せた気がする。

「ありがとう、千博さん」

そう口にすると、抱き寄せる腕にますます力がこもる。温かい腕に抱かれ、梓は涙を流し続けた。

七年前にもっと素直になれればよかった。

父と千博は、まったく違う心の持ち主なのだと、気付ければよかった。

だからこれからは、間違えないようにしよう。

大きな手で頭を撫《な》でられながら、梓はそう決意した。

「土曜日の朝は……千博さんが好きなパンケーキ作ってみる。モモも、好きだし」

しゃくり上げながら言うと、腕を緩めて千博が顔を覗《のぞ》き込んでくる。

「ありがとう。二枚までにしてくれるか？　俺は甘いと、つい食べ過ぎるから」

その声も笑顔もとびきり優しくて、梓の胸は幸福感でいっぱいになった。

昔一緒に食べにいったピンク色のクリームのパンケーキを思い出す。あのとき舐《な》めたクリームより、ずっと甘い。

「これから歳をとっても、自由に楽しく生きられるよう、お互い頑張ろう。うちの母さんレベルまで行くと、若干自由すぎな気もするけど」

千博の言葉に、梓の涙がようやく止まった。

千博の母が、モモと一緒に『よく飛ぶ紙吹雪』の検討をしていた姿を思い出して、笑いが込み上げてきた。最終的には千博の父まで巻き込み、一時間近く頑張っていたのだ。

あれは、可愛らしくて笑いを誘う光景だった。

「私も千博さんのお母様みたいに、自分の好きなことに夢中になってみたい」

そう言うと、千博の大きな手が梓の顎《あご》にそっと触れた。

「じゃあ、まず初めに、俺に夢中になってくれ。そう簡単に飽きはしないはずだ」

どきどきと胸を高鳴らせる梓の唇に、柔《やわ》らかな唇が重なる。幸せな気持ちで梓はそのキスを受け止めた。

自分の心臓の音が、こんなに大きく聞こえたことがあっただろうか。昔、初めて千博にキスされたときのことを思い出す。

三回目のデートのとき、もう家に帰ると言った梓を引き留めて、千博がこんな風にキスしてくれた。あのときもドキドキしたけれど、今はもっとだ。

身体がパンと音を立てて弾《はじ》けてしまいそうな気さえする。多分、きっと、あの頃以上に千博のことが愛おしいからなのだろう。

しばらくして唇が離れ、千博がポケットからなにかを取り出す。

「目を瞑《つむ》って」

言われたとおりに目を閉じると、手首の辺りでなにやら気配がした。

「はい、目を開けて」

触れられていた手首に目を落とすと、そこには細いキラキラしたバングルがはめられていた。小さくて透明な石が一列に並べられ、梓の手首をくるりと一周している。

ブレスレットと違って硬いので、手の甲のなかばまで落ちてきたりもしない。どうやら、留め金を外すと、輪の途中にある金具の部分でバングルが曲がり、簡単に手から取り外せるようだ。

こんなに華やかなアクセサリーを付けるのは生まれて初めてだ。

驚く梓に、千博が微笑みかけた。

「一方的に宝飾品を贈るなんて、ただの男の自己満足だろうと思っていた。相手の趣味に合う物を贈らないのは非効率なのにって。だけど、やってみると意外と嬉しいな」

バングルをはめた梓の手を取り、千博が真剣な声で言う。

「改めてお願いする。俺と結婚してくれ。俺は梓と一緒になりたい。君のお祖父様が許してくださったら、すぐにでも入籍したい。百花ちゃんを宙ぶらりんのままにするのは嫌だし、梓と曖昧《あいまい》な関係では、俺が落ち着かない」

ふたたび梓の目に涙が滲《にじ》んでくる。だが今度は、なんのためらいも感じなかった。求婚の言葉を嬉しく思いながら、梓ははっきりと答える。

「はい」

千博の端整な顔に、優しい笑みが広がった。

お互い吸い寄せられるようにキスを交わしながら、梓は握られた手を握り返す。だんだんと身体が熱くなってきて、キスしながら落ち着かない気持ちになってきた。

多分千博の手が熱いからだ。それに、いつの間にか背中に手が回されていて、身体の自由すら利かなくなっている。

「だめだ、まだ全然落ち着かないな……」

――千博……さん……？

まるで戒《いまし》められるように抱きすくめられ、身じろぎしながら梓はひたすらに口づけを交わす。

抱き寄せられすぎて、身体を押し付けるような姿勢になっていた。

「俺の気持ち、落ち着かせてくれる？」

冗談めかした声が含んだ色香に、梓の身体がぞくりと震えた。

「あ、あの、どうすれば……落ち着くの？」

頬を染めて梓は目を逸らす。妙にそわそわする。気を抜いたら、頭からぱくりと食べられてしまいそうな気がした。

身を縮こめる梓を腕の中に捕らえたまま、千博が低い声で囁《ささや》きかける。

「……抱いたら落ち着く。梓をずっと抱きたかったから。七年お預けで飢え死にしそうだ」

思い違いのしようがない、率直な誘いの言葉だった。

緊張と恥《は》ずかしさで梓の身体が震え出す。

「あ、あの、でも、モモを預けてるから……お迎えに……」

蚊《か》の鳴くような声で抗《あらが》ってみせたが、千博の腕は離れない。

「まだ十一時だよ。迎えに行くのは四時。だけど梓が嫌なら、またにするよ」

少し残念そうな千博の言葉に頷く寸前で、梓ははっと動きを止める。

七年前のプロポーズを断って傷つけ、百花が生まれたことを内緒にして傷つけ……どれだけ自分の都合で振り回せば気が済むのだろうか。

『百花のママ』以外の存在になってはいけない、という思いが梓を強く戒《いまし》める。けれど、千博を突き放し続ければ、いつかまた彼を傷つけてしまう。

梓は勇気を振り絞り、小声で答える。

「い、いい……よ……」

答えた瞬間、緊張のあまり変な汗が噴き出してくる。

だが、梓のか細い返事は、千博をとてつもなく喜ばせたようだ。突然身体が抱き上げられ、梓は短い声を上げて千博の身体にしがみついた。

「軽いな」

冗談めかした口調だが、ものすごく機嫌がよさそうだ。

「あ、あの、下ろして」

お姫様抱っこなどされて頭の中が真っ白だ。だが千博は梓を軽々抱いたまま歩き出してしまう。

「本当に軽いな、飯食ってるか？」

「あ、当たり前でしょう、モモと一緒に食べてる」

「ふうん……まあ、梓は小さいからな。軽すぎてびっくりした。ちゃんと掴《つか》まって」

そう言われ、梓は素直に彼の首筋にしがみついた。

「こ、こんなの、なんで、恥《は》ずかしい……っ……」

「そういう反応が可愛いんだけどな」

千博が半開きだった寝室の扉を脚で押し開けた。

あまり物が置かれていない、広い寝室だ。大きなベッドと鏡と、いくつかの服を掛けるハンガーラックが一つ。それだけだ。千博は眠る場所に余計なものを置かないのだろう。

梓の身体が、そっとベッドの上に下ろされた。千博がセーターを脱ぎ、シャツのボタンに手を掛ける。

一方の梓は緊張のあまり動けない。ベッドの上にへたり込んだまま、千博を見ているだけだ。

「どうした？」

梓は無言で首を横に振った。そうだ、自分も服を脱がなければと思い、カーディガンのボタンを外そうとした。けれど信じられないことに、手が震えて上手く外せない。動揺した梓は、ぎゅっと唇を噛んだ。

大人の余裕綽々《よゆうしゃくしゃく》の千博の前で今更怖いなんて言えなかった。

「な、なんでもない、待って」

シャツの前をはだけた千博が手を伸ばし、梓の服に指を掛けた。

「そんなに緊張しなくていいのに」

「だ、だって、あの、久しぶりで……ごめんね……」

「七年ぶり？」

笑いながら尋ねられ、梓は目を伏せ、こくりと頷いた。恥《は》ずかしいし、挙動不審で呆《あき》れられたかもしれないと思うと、顔を見るのが怖い。

「そ、そう……私……あの一回しかしたことなくて……」

真っ赤な耳に気付かれたのではないかと思うと、更に恥《は》ずかしさが増す。

そのとき、下を向いたままの梓の身体が、急にベッドに押し倒された。

「あんまり可愛いことばっかり言うと……俺、おかしくなるからな」

「え……？」

身をすくませた梓の唇が、のし掛かった千博の唇で塞《ふさ》がれた。

初めて抱かれた夜のことが頭をよぎり、ますます身体が強ばる。震え続ける梓のスカートの中に、千博の手が滑り込んだ。

「悪い、全部脱がせる余裕がない」

苦しげな千博の声が、すぐ側で聞こえる。梓は震えながら頷いた。唇を貪《むさぼ》られると同時に、ストッキングとショーツが引きずり下ろされ、脚から引き抜かれた。千博がつかの間身体を離し、彼らしくもない乱雑な動作でベッドサイドのチェストを開ける。なにかを取り出し、それを手に握りしめたまま覆《おお》い被さってきた。

無防備な脚の間に、千博の身体が割り込んでくる。あっという間に、カーディガンとブラウスの前ボタンが外される。肌が冷気に触れて、ぎゅっと身体が縮こまった。

「本当に……変わらず可愛いな、ずっと梓に触りたかった」

千博がうわごとのように呟き、露《あら》わになったブラジャーに唇で触れた。

梓の身体がびくんと跳ねる。

赤ちゃんの頃の百花以外、こんな場所に顔を寄せられたことはなかった。

身体中に汗が滲《にじ》み出す。

「これ、ずらしてもいい？」

「う……ん……」

顔中が熱くなるのを自覚したまま、梓は頷いた。

もうスカートの下のお尻は丸出しにされてしまったのだし、更に脱がされたところで……

そこまで考えて、ますます羞恥心《しゅうちしん》が高まって、息苦しささえ感じ始めた。

千博がブラジャーのホックを外し、上に持ち上げて、梓の胸を露《あら》わにさせる。乳房の先端がひやりと冷えて、きゅうっと収縮した。

「あ、み、見ないで……やだ……」

梓は焼けるような頬を持て余し、ふいと横を向いた。

「見るに決まってる、真っ白で綺麗《きれい》だ、七年前より、俺の妄想よりずっと綺麗《きれい》だ」

ブラウスとカーディガンに袖《そで》を通したままで、ブラジャーを外せない。衣装を身体に絡みつかせたまま、梓は次になにをされるのかと身構えた。

「……ああ、本当に可愛くて、駄目だ、もう」

千博の声が甘く掠《かす》れる。同時に、梓のスカートがたくし上げられた。

「きゃぁ……っ！」

一糸まとわぬ下腹部を露《あら》わにされて、梓は思わず悲鳴を上げる。千博が薄い腹の、おへその辺りにキスをした。それから身を乗り出して、胸の先端を小さな音を立てて吸った。

「んぁ……っ、ダメ……なにして……あ、くすぐった……やぁんっ」

舌先で乳嘴《にゅうし》を転がされ、梓は逃れようと手足をばたつかせる。だが、巧みに組み敷かれた身体には、自由はなかった。

千博の手が、大きく開かされた脚の間に伸びた。

「やぁ……っ！」

冷たい指先が、火照《ほて》った秘所に触れる。

「濡れてる」

耳元で囁《ささや》かれた言葉に、梓の身体がひくりと反応した。指先は裂け目の縁《ふち》をなぞって、その先端にあるなにかに触れた。

「……っ、あ……っ……」

そこに触れられただけで、脚の間がむずむずして耐えられなくなる。

「や、あ……だめ、そこ……っ……！」

快感を逃しきれずに、梓は痩《や》せた脚でシーツを蹴《け》った。指先が熱を帯《お》び、その敏感な部分を執拗《しつよう》に撫《な》でさすり、押しつぶす。そのたびに梓の背がびくびくと反り返った。

「あ……あ……なにして……あぁ……ン……っ」

「なにって、そのエロい声をもっと聞きたくて」

千博が笑って、梓の首筋にキスをした。滑らかな唇が、優しく肌を食《は》む。

くすぐったいはずなのに、梓の身体の芯が別の意味でざわついた。

脚の間を弄《もてあそ》ばれ、首にキスされて、身体の奥から熱いものが湧き上がってくる。

「ち、ちひろ……さん……首……やぁ……っ……」

お腹がぞわぞわしてきた。落ち着かない。これ以上甘ったれた声を上げたくなくて、梓は涙目でもがいた。だが梓の抵抗など、千博にとっては蝶《ちょう》の羽ばたき程度の力でしかないようだ。

「ひゃうっ！」

泥濘《ぬかるみ》に指が押し込まれ、梓は思わず脚を閉じようとした。だが、千博の身体に阻《はば》まれて、それは叶わない。

中の感触を味わうように、指の背が梓の粘膜を緩やかにこすった。

「あぁ……っ、やだ、やだ……ぁ……」

千博の腕を両脚で挟み込みながら、梓は涙目で首を振る。濡れてしまって恥《は》ずかしいのに、どうしていいのかわからない。

「ああ、指を入れるだけで、すごく気持ちいい」

千博が陶然《とうぜん》と呟き、今度は耳朶《じだ》に歯を立てる。

「ん……う……っ」

中を弄《もてあそ》ぶ指をぎゅっと締め上げながら、梓は震える手を上げた。

さっきから頬に触れる彼の髪が、さらさらで気持ちがいい。これ以上気持ちよくされて、訳がわからなくなる前に、別のことを考えたかった。

梓は、千博の柔《やわ》らかい髪を震える指先で撫《な》でた。

――モモと同じ手触りだな……

鼻先をくすぐる匂いも、なんだか百花に似ているような気がする。

——違う、モモが千博さんと同じなんだ。生まれたとき、同じ匂いだなって思ったもの。

そう思った刹那《せつな》、えも言われぬ愛おしさが湧き上がってきた。梓は思わず千博の頭を抱き寄せた。不埒な指が、驚いたように止まる。

「どうした？」

梓は答えずに、形のよい唇に自分の唇を押し付けた。

もう離れなくていいのだと思うと、なんだか安心する。どんなに愛しても大丈夫、あのときとは違う。別れねばならない未来は、二度と来ない。

梓からの突然の口づけは、千博のなにかに決定的な火を点《つ》けたようだ。

「なんだよ……そんなことされたら、俺はおかしくなるって教えたよな？」

言いながら千博が身体を起こした。ベルトを外し、ズボンをずり下ろすと、昂《たかぶ》る肉槍を引きずり出した。力強く、濃く色づいたそれを目にして、梓は真っ赤になって目を逸らす。

反り返る怒張に避妊具を被せ終え、千博がふたたび覆《おお》い被さってきた。

激しい、食い尽くされるようなキスだった。

口内をまさぐられ、梓は思わずぎゅっと目を閉じた。千博の手が膝裏に掛かり、片方の脚が持ち上げられる。露《あら》わになった秘裂に、熱い塊《かたまり》が触れた。

「夢みたいだ。夢なら、このまま昏睡《こんすい》状態でいい……梓……」

「な、なに言ってるの……?」

突拍子もない言葉に、梓は火照《ほて》った顔で尋ねた。彼が時々、面白くて突拍子もないことを言うのは知っていたけれど、久しぶりに聞いたので驚いてしまった。

「夢なら覚めたくないいって君がいないって言ってるんだ。俺はこの七年、ずっと梓がいたらってシミュレーションして、君がいない現実に絶望して、それをひたすら繰り返してた。だから、もう頭の回路が焼け焦げたのかもなって……なにか、変か?」

「へ、変じゃない……けど……」

不覚にも涙が出そうになった。過去の自分が負わせた心の傷を垣間見《かいまみ》たような気がして、梓は思わず千博の背中を力いっぱい抱きしめた。

「夢でもなんでもいい。梓の中に入りたい」

覆《おお》い被さった千博が、呻《うめ》くように独りごちた。梓の腰を抱き寄せて、鋼のような昂《たかぶ》りを力強く押し込んでくる。

受け入れるのが苦しいほどの大きさだった。

「ん……っ……」

こじ開けられるような違和感に、梓は思わず声を漏らす。大丈夫かな……と不安になった瞬間、身体中に汗が滲《にじ》み始めた。

「痛いか」

全身を強ばらせる梓を気遣ってか、千博が隘路《あいろ》のなかばで動きを止めた。

千博の呼吸も乱れていた。梓は広い背中にしがみついたまま必死に首を振る。

「大丈夫……このまま来て……」

言い終えたとき、ふと思った。

——痛いけど……嬉しい……

身体中に千博の体温を感じられて幸せだった。

あの日ガレリア・エンタテインメントに行かなければ、二度と会うはずがなかった人。

梓が間違えて手を離してしまった昔の恋人。

その人の腕にしっかり抱きしめられているのが夢のようだ。

梓は腕の位置をずらし、千博の髪をもう一度撫《な》でた。耳元をくすぐる千博の呼吸が、ますます荒くなる。粘着質な音を立てて、固く閉じていた秘窟が広げられていく。

「あ……あぁ……っ……」

こじ開けられる違和感が、痛みと共に甘い疼《うず》きに変わっていくのがわかった。

この痛みをもたらしているのが千博の情欲なのだと思うと、苦しさより愛おしさのほうが勝《まさ》る。

ずるりと音を立てて、濡れた粘膜が怒張を呑み込んだ。

「んっ……う……っ……」

開かされた脚が震え始める。やはり初めてのときと同じで、受け入れるのが苦しい。喘《あえ》ぐ梓の唇に、千博の唇が重なった。

奪うようなキスだった。かすかに汗の味がする。唇の端から荒い呼吸が漏れているのがわかる。千博の激しい鼓動が伝わってきて、梓の身体の奥にどろりとした炎が生じた。

同時に、剛直が、路《みち》の奥の深いところを力強く突き上げた。

「ふ、ぅ……っ……」

梓は衝撃に耐えかねて、思わず脚を千博の腰に絡めた。彼の身体は燃え上がりそうに熱くなっている。梓の唇に、千博の舌が割り込んだ。

激しく貫かれ、乱され、口内を嬲《なぶ》られて、梓の目尻から涙がこぼれ落ちる。

乱暴なくらいにきつく抱擁《ほうよう》され、唇も塞《ふさ》がれて……苦しいはずなのに、梓の身体はどんどん潤《うる》んでいく。もっと乱暴に奪われても構わないと思えた。

梓は、千博のシャツの背中を掴《つか》んだ。

「……梓……っ」

千博が唇を離し、絞り出すように梓の名を呼んだ。梓の手首を掴《つか》む力が強くなる。

身体を割る肉槍が、我慢できないとばかりに、ずるりと前後に動いた。

「あん……っ、あっ、あぁ……っ……！」

身体が揺さぶられるほどに激しい抽送だった。千博の両腕に繋ぎ止められ、梓は叩きつけられるほどの激しい行為に翻弄《ほんろう》される。

「梓、好きだ、ごめん、止められない、梓……」

こんなに冷静さを失った千博の声を初めて聞いた。梓は無我夢中で千博にしがみついたまま、うわごとのように「大丈夫」と答える。

痛みは薄れ、千博を呑み込んだ部分は痺《しび》れたように熱くなっていた。

肉杭に押し上げられるたびに、下腹部が弱々しく波打つ。

ぐちゅぐちゅという生々しい音が、否《いや》が応《おう》でも梓の羞恥心《しゅうちしん》を煽《あお》り立てる。

「あ、あぁ……っ、ちひろ……さ……やぁんっ」

抜き差しのたびに、蜜口から熱い雫《しずく》がしたたり落ちるのがわかる。こんな風にしたら、綺麗《きれい》なベッドを汚してしまうとわかっているのに、身体の反応を制御できなかった。

梓のつま先が、無意識にぎゅっとシーツを掴《つか》んだ。

千博の呼吸が、激しく乱れ始めた。視界の端に、引き締まった顎《あご》の先に留まる汗の雫《しずく》が見える。

「梓の匂いがする。夢じゃないんだな」

千博がそう言って、ふたたび唇を重ねてくる。

彼を受け止めている部分は、もう、ほころびてぐずぐずになっていた。

これ以上翻弄《ほんろう》されたら意識がどこかに飛んでいきそうだ。だから、なにかにちゃんと掴《つか》まらなくては。けれど、激しく揺さぶられ続ける梓の手足からは、どんどん力が抜けていく。

「ひ……っ、やぁ……っ、あぁぁ……っ」

目の前が白く霞《かす》んでいく。千博の熱狂が身体中に染み込んで、いつしか梓の身体まで燃え上がりそうに熱くなっていた。

蜜窟がどうしようもなく震え出す。

「ん、っ……あぁ……っ、あぁ……ん……っ……」

唇を噛んでも、押し寄せる官能の波をやり過ごせはしなかった。

梓の中が、千博に絡みついてビクビク震え出す。

「あ……あぁ……」

強い絶頂感と共に全身が弛緩《しかん》した。

もう、自分の顔がなにで濡れているのかわからなかった。びくびくと蠢動《しゅんどう》し続ける下腹部を持て余し、梓は指先で弱々しく千博のシャツを握る。

「梓、もういなくならないで」

いつになく強い力で梓を抱き寄せ、千博が短くそう告げた。同時に濡れそぼった梓の中で、千博自身がますます硬く反り返る。

「……っ、もう駄目だ、梓……っ……」

しがみつく梓の奥をえぐるように、執拗《しつよう》に結合部がすり合わされる。その刺激で、果てたはずの梓の身体がふたたび弱々しく痙攣《けいれん》し、とろりと蜜を溢《あふ》れさせた。

千博の胸元に顔を埋《うず》めたまま、梓は皮膜越しに吐き出された熱を受け止めた。

愛しい人にもみくちゃにされ、汗の匂いに包まれて感じたのは、どこまでも果てしなく続く、真っ白な幸福感だった。

熱い胸を上下させ、千博が理性を取り戻した声で告げる。

「本当にごめん……乱暴にしすぎた……」

梓は、小さく首を振る。

「ううん……大丈夫」

逞《たくま》しい腕に抱きしめられたまま、梓はそう答えて目を瞑《つむ》った。

第六章

三人で過ごす幸福な週末は、あっという間に終わってしまった。

「それでねママ、あのねママ」

「もう、そんなに慌てて喋らなくて大丈夫」

百花の手を引きながら、梓はすっかり暗くなった道を歩いていた。

まだ一年生なので、暗い道を学童から一人で帰らせるのは怖くて、毎日仕事上がりの十七時に作業場を出て迎えに行っている。

百花はママと歩くのが好きらしく、色々喋ってくれるので楽しい。やはり百花とゆっくり喋る時間は必要だなとしみじみ思う。

——千博さんの言うとおりよ。きっとモモもあっという間に大きくなって、ママにこんな風に喋ってくれなくなるものね。

「それでモモは、折り紙の係になった！」

百花は遊びのグループの係に就任したらしく、大変な張り切りぶりだ。

梓は笑いながら相づちを打ち、百花に尋ねた。

「そういえば来週……なんだっけ……なにを見に行くんだっけ、モモ」

「ハシビロコウ！」

「ああ、そう。それ、ハシビロ……コウ……って動物公園にいるの？」

モモが真剣な顔で頷く。

『ハシビロコウ』なる鳥を見に、正人と美貴が土曜日に動物公園へ付き合ってくれるのだという。

どうやら百花が行きたいとねだったところ、美貴が自分も行くと言いだし、三人で出掛けようという話になったらしいのだ。

正人に『モモを連れていってデートの邪魔じゃないの？』と聞いたところ、美貴との会話が妙に面白いので別にいい、と言われてしまった。

――どんな話をしているのかな。美貴ちゃんとモモ。

ちょっぴり気になる。だがこれからは、梓の知らない百花がどんどん増えていくのだろう。

大きくなったなと思う反面、けっこう寂しい。ずっと梓にべったりだったのに、と思う。

「親分とハシビロコウと一緒に、写真撮ってもらう」

ワクワク顔の百花に、梓もつられて微笑んだ。

これからは梓以外の人とも、たくさん楽しく過ごしてほしい。

梓には祖父母以外の親戚がほぼおらず、百花にお金のかかる習い事などもさせられずに来た。

そのせいで、百花の世界は狭かったと思う。だけど今は、百花にはパパがいる。それに、美貴が相手をしてくれるのも、とてもありがたい。

「ねえ、ちょっと、話があるんだけど」

しみじみと百花に視線をやったとき、ふと背後から呼び止められた。

吐き捨てるようなキツい声だ。誰だろうと不思議に思いつつ、梓は振り返る。

——どこかで会ったことがあるような……

梓は心の中で首をかしげる。綺麗《きれい》な女性だ。メイクも髪形もきっちりしていて、服装は派手で高級そうに見える。

彼女の視線から敵意を感じ、梓は慌てて百花を背後に庇《かば》った。

美しい女性は、マスカラをたっぷり塗った目で、百花をじろりと睨《にら》む。

「いい身分ね。そんな子を一人産んだくらいで、斎川家の御曹司の人生に『寄生』できるなんて。何様かしら」

毒気の強い言葉に、梓は眉をひそめた。どこで会った女性なのか思い出す。

千博と再会した直後、レストランに招かれたときに道で会った女性。

たしか、千博が梓と出会う前にお見合いし、お断りを入れた相手だったはず。

結婚してほしいと、もう一度頼まれているとかなんとか……その後に色々ありすぎて、梓も詳細は覚えていなかった。

「すみません、夕飯の準備があるので」

「子供を産んだくらいで婚約者面《づら》はやめてと言ってるの。聞こえませんでしたか？」

そう言いながら、彼女は梓の手首に収まったバングルに目をやった。それから、肩に掛けたショールも一瞥《いちべつ》する。

「それ、どうしたの。千博さんに買わせたの？　貴女には到底手が届かないお品ばかりよね。両方今年の新作だし。貴女、大人しそうな顔に似合わず男を転がすのがお上手なのね」

梓は俯《うつむ》く。ショールもバングルも高級そうなのはわかっているが、あえてどんなブランドなのかは調べていない。ただ純粋に、千博が選んでくれたことが嬉しかったからだ。それに彼女には余計なことはなにも言いたくない。これまでの苦労で、沈黙は金《きん》、という言葉が身にしみている。

――困ったな。今はモモがいるし……早くこの場を離れよう。

ひどい言葉を投げつけられるのには充分馴《な》れている。意地悪な人は必ずどこにでもいるから。

中傷に対しては、無視するのが一番いい。

貴女の言葉くらいで傷つかない、と態度で示すのが効果的なはずだ。

「待ちなさいよ！」

百花を庇《かば》って歩き出した梓に、女性が鋭い声を浴びせる。

「たかが子供一人産んだくらいで、斎川さんに寄生するなんてどういうつもり？　ああいう立派な立場の方には、ふさわしい相手がいるの。貴女たちが必死にやってる会社なんてね、うちみたいな規模の企業から見れば、いくらでも取り替えが利く存在に過ぎないのよ？　何百何千も同じような会社はあるんだから！　わからないなら、思い知らせてあげましょうか」

梓は無表情のまま、百花の手を引いて歩を速めた。

――確かに小さな会社はたくさんあるけど、祖父と同じような技術を持ってる人ってあんまりいないんです、って言い返したい。だけど相手しちゃ駄目よね。それに『うちみたいな規模の企業』って言われても、貴女がどこの誰なのか知らないし……ほんと、早く離脱しよう。

万が一、百花に手を上げられでもしたら大変だから、絶対に相手をしては駄目だ。ほぼ初対面の相手に大声を出す時点で少しおかしいと思う。

そのとき、一方的に喚《わめ》き散らす女性を不審に思ったのか、パトロール中の警察官が、梓たちのすぐ側で自転車を止めた。

「どうかしましたか？」

警察官の声に、梓は振り返った。

女性はぎょっとした顔になり、慌てたように口走る。

「と、とにかく、いいこと？　身の程をわきまえない人間がどうなるか覚えておくことね」

吐き捨てるように言うと、彼女はピンヒールをカツカツ鳴らしながら、素早く逃げてしまった。あんなに威勢がよかったのに、警察のことは怖いらしい。ため息をつく梓の傍《かたわ》らから、百花がピョコンと顔を出して、警察官に言いつける。

「おまわりさん、あのおばさん、一人で叫んでた」

百花の言葉に、警察官が眉をひそめた。

「知らない人だった？」

「うん、知らない人。いきなり怒ってきて怖かった」

おおごとになったら困ると思い、梓も遠慮がちに口を挟む。

「友人の知り合いの方で、私はよく知らない人なんですけど、情緒不安定みたいで……。怒鳴られた理由はよくわかりません。後で友人に、彼女の様子がおかしかったと伝えておきます」

梓の適当な説明に、警官は頷いた。

「わかりました。あまり帰りが遅くならないように気を付けて。お母さんも早めに娘さんを迎えに行ってあげてね。あ、貴女、鈴木製作所さんのお孫さんだよね」

昔からここで暮らす祖父母や梓のことは、警察官も知っているようだ。

「はい、そうです。なるべく暗くなる前に迎えに行きます。ありがとうございました」

警察官に頭を下げながら、梓は心の中でため息をついた。

――千博さん狙いの女性……いないわけないよね。あんなに素敵なんだもの……それにしてもあんな剣幕の人、怖いなぁ。関わりたくない。

また出くわしたら嫌だなと思いつつ、警察官と別れて、梓は百花と一緒に歩き出した。

今日は金曜日。

梓は、保証人欄に祖父の名前が記された婚姻届を持って、千博の自宅を訪れていた。もちろん、百花も一緒だ。

今日は、『ちひろさんの家』にお泊まりの日。

明日、ハシビロコウを見に行く百花を正人たちに預けた後、千博の実家で保証人欄のサインをもらい、区役所に婚姻届を出しに行くのだ。

ただ、千博が買った新居への引っ越しは、半月ほど先になる。

なのでそれまでの間、週末は三人で過ごすことに決めた。平日は百花の小学校が遠くて負担が大きくなってしまうため、金曜の夜から日曜の夜まで、『家族三人』で暮らす。

もうすぐ家族になるのだから、百花にもパパがいる暮らしに慣れてもらわなくては。

一人暮らしになる正人のことは心配だったが、『なにも問題ないよ。むしろ姉さんとモモを守ってくれる人がいて、ホッとしてる』と言われてしまった。思い返せば、ここ数年は正人に支えられ、庇《かば》われる日々だったと痛感する。

千博のほうは、定時に帰って来るのがなかなか大変だったようだ。ガレリア・エンタテインメントのＣＥＯともなると、金曜の夜は会食の予定でぎっしりらしい。

だが、千博は予定を調整し、待ち合わせ場所に梓たちを迎えに来てくれた。

千博は『事情があって離ればなれだった子供と奥さんと一緒に暮らせることになった。子供が小さいので、落ち着くまでの間、会食はモーニングかランチでお願いしたい』と周囲に正直に話をしたらしい。

突然の告白に皆は仰天《ぎょうてん》したようだが、流石《さすが》は優秀な人材が揃うガレリア・エンタテインメントやその取引先だけあって、みな余計な詮索《せんさく》はせずに理解してくれたそうだ。

そのことに対して千博は、『今回は自分が配慮される側になったが、もちろん他の人の事情も、相談されるたびに斟酌《しんしゃく》している』と言っていた。

——頭がいい人たちは、無理は続かないってわかってるのかも。

無理をしすぎて倒れたり、モモの持ち物準備を忘れてしまったりする自分を思い浮かべる。やはり、自分だけががむしゃらに頑張っても、上手くはいかないのだ。

そう思いながら、梓は百花の様子に目を配った。

千博の家があまりに広くて素敵なので、百花は嬉しそうだ。だが、勝手に物を弄《いじ》っては駄目だと言い聞かせたので、大人しくすーじぃで遊んでいる。

「峰倉さんが……あの、俺の元お見合い相手の人が、梓たちの所に来たんだよな？」

ネクタイを緩めながら千博が言った。遭遇当日にメールで報告した内容を、まだ気にしているのだろう。梓はソファに腰掛けて、こくりと頷いた。

「ええ、初めて貴方にお食事に誘われたときに、追いかけてきた女性だった。びっくりしたわ。すごい剣幕で怖かった」

梓の答えに、千博が難しい顔になる。

「梓と百花ちゃんになにかあってからでは困るな」

「えっ、あの方、そんなに危ない方なの？」

ぎょっとした梓に、千博が慌てて首を横に振った。

「暴力とかは振るわないと思うけど、ちょっと……。うちの母は見合いした当日の夜時点で『あれはなし』と言い切ったくらい……なんというか、自己中心的で幼いというか……。それが最近ますますひどくなっていて。彼女が君たちに暴言を吐いたりしたら、少なくとも俺は不愉快だ」

そんなに心配しなくても、と思う梓の傍《かたわ》らで、すーじぃで遊んでいた百花が顔を上げた。

「ぼうげんってなに？」

「いいのよ、モモは気にしなくて。大丈夫だから」

百花に心配をかけたくなくて、梓はいつもの調子で返す。だが千博は真面目な顔で歩み寄り、外したネクタイを手にしたまま、百花の隣に腰を下ろした。

「悪口や傷つくようなことを言うことだよ。よくない言葉を使うこと。暴言はいけない。品がないし、最終的には自分の評判まで下げてしまうんだ。だからムッとしても、そういう言葉を言ってはダメなんだ。わかる？」

あくまで、百花の『なんで、どうして』に真摯《しんし》に対応するのが千博のモットーらしい。律儀《りちぎ》な性格の彼らしいなと微笑ましくなる。

「あのおばさん、ぼうげんしてた。おまわりさんがびっくりしてたもん。でも難しくて、モモは、おばさんがなに言ってるのかわからなかった」

百花の告げ口内容に、梓はほっとする。『子供ができたおかげで、斎川家の「御曹司」に寄生できる』なんて、絶対に小さな子供に聞かせたくない言葉だ。

「もう少ししたら俺と一緒に暮らすから、怖い人には会わなくなる。大丈夫だよ」

「ママのほうが可愛いのになぁ……ワカッテナイ……」

千博に頭を撫《な》でられながら、百花が妙なことをぼやく。

なにを言っているのだろう、と首をかしげる梓の前で、千博が相好《そうごう》を崩した。

「うん、ママは可愛いな。可愛いっていうか美人かな？　綺麗《きれい》だ。少なくとも俺にとっては世界一だな」

――ちょっ……やめ……

突然満面の笑みを浮かべる千博の様子に、梓は絶句する。子供になに言ってるの、と突っ込むゆとりすらない。

「ママ、昔も綺麗《きれい》だった？」

真剣に尋ねる百花に、千博もまったく同じ顔つきで頷く。

「ああ、昔から綺麗《きれい》だった。ドキドキするくらい」

「そうなんだ。そうだよね。ママは綺麗《きれい》」

なぜ突然そんな話になるのだろう。褒められ馴《な》れていないから落ち着かない。梓は気配を殺して、そっと立ち上がった。台所に行って、水でも飲んでこよう。

「やまぐち先生も、鈴木さんのママ、すごく綺麗《きれい》だねって言ってた」

あの独身男性教師か……と、背後から聞こえる話を聞きつつ、梓は遠い目になる。

ちょっと若い母親を見ると距離を詰めたがる先生で、あまり好きではない。

ああいう態度は改めてほしいと思うし、にじり寄られて気分がよくない。

一応教師なので、ぐいぐい迫ってこないから許せるが、百花の担任になったらどうしようと内心思っていた。

ちなみに仲のいいママ友には根回し済みで、皆『あー、わかる。若いお母さんに馴《な》れ馴《な》れしいよね。ちょっと気持ち悪い』と同意してくれている。

なにかトラブルが起こって、『誘ったのは鈴木さんのほうだ』なんて言われても、ママ友ネットワークで対処できるだろう。

——家庭訪問に来てほしくないタイプ。私が弱い立場なのをわかった上で、ぐいぐい来そうな感じだったし。これからは大丈夫だけど……

コップに水を注《つ》いだとき、千博の低い声が聞こえた。

「ふうん、山口《やまぐち》先生ってどこの先生？」

梓にはなんとなくわかるが、不機嫌な声音だ。だが百花は、大好きな千博に相手をしてもらってご機嫌なので、ニコニコしながら素直に答える。

「となりの組のせんせい。まだおにいさん」

「へぇ。山口先生か。覚えとく」

「なんで？」

「……別に。覚えておくだけだよ。他にママのことをなにか言っていたら教えて」

梓はコップを片手に、ちらりと二人の様子をうかがった。

優しそうな顔をしているが、目だけが怖い。百花はもちろん気付いていない。

梓の気配に気付いたのか、千博がちらりとこちらに目をやった。

千博は薄い唇に笑みを湛《たた》え、梓に向けて目を細める。

瞬《まばた》きした直後、梓は悟った。

――な、なに、その俺に任せとけみたいな顔……！　なにもしなくていいからね。

七年前はクールで穏やかな人だとばかり思っていたが、そうでもない。千博は、梓に関わることについては妙にアグレッシブだ。

「あの先生は若い女性が好きなのよ。確かにどうかと思うけど、気にしなくて平気」

さりげない風を装《よそお》いつつ、梓はソファに戻って残りの水を飲み干した。

「そう。梓がなにかされたのなら、正式に苦情を入れようと思ったんだけど」

千博は、真っ正面から切り込んで、法律の力で殴り合う正統派らしい。だが本当にそこまでしなくていい。妻がちょっとセクハラぎみの対応をされたくらいで、毎回弁護士さんを召喚《しょうかん》しないでほしいと思うのだ。

「あの、本当に大丈夫よ」

「わかった。俺が面白くないだけだ、ごめん。あまりムキにならないようにする」

二人の話を真剣に聞いていた百花が、小さな声でボソッと言う。

「ママがいじめられるの、いやだもんね」

千博はその言葉にくすっと笑い、身をかがめて百花のおでこにキスをした。

「そのとおりだ、賢い。俺はママをいじめたり、妙な真似《まね》をする人間は絶対に許さない」

「モモもだ！　モモもゆるさない！」

なんだか妙に意気投合しているし、顔は似ていなくても表情はそっくりだし、『よくわかる』とばかりにうなずき合っているし、本当に、血の繋がったパパと娘なのだな……としみじみ思う。

——私がもっとしっかり者になったら、二人とも安心してくれるよね。

そう思いつつ、梓はなんとも居心地悪いような、むずがゆいような気持ちになった。

翌日。百花を正人と美貴に預け、梓は千博と二人で千博の実家に向かった。婚姻届の保証人欄に、千博の父の署名をもらうためだ。

この期《ご》に及んで、やはり結婚は認めないと言われたらどうしよう。

そんな心配をしていたが、杞憂《きゆう》だった。

自由人のゆり子は今から稲刈りに行くと宣言し、孝夫は丁寧に『結婚おめでとうございます。これからは二人の力で頑張ってください』と頭を下げてくれた。

本当に、息子に任せると決めているらしい。

「これで子供たちは全員、自分の所帯を持って生きていくことになった。私たちの親としての役目も終わったな」

微笑んで見つめ合う義両親の姿に、梓の胸はいっぱいになる。

いつか自分と千博も、同じような笑顔で、あんな未来を迎えたいと思う。

晴れ晴れした顔の孝夫とゆり子に見送られ、梓たちは千博の自宅のある区の区役所へ向かった。

――ほ、ほんとうに結婚するんだ……信じられない……

緊張の面持ちの梓は、千博と一緒に窓口に婚姻届を提出した。

担当者には「書類に不備があったら月曜にご連絡しますね」とあっさり言われ、拍子抜けした気分で区役所を後にする。

「書類、間違いがないといいな」

ちゃんと書いたから大丈夫だろう、と思っている梓と違い、生真面目な千博は心配そうだ。

「別に、間違いがあっても受理されないわけじゃないと思う。後で直しにきて下さい、って言われるだけよ」

「……それもそうだな。ちょっと気合いが入りすぎてるみたいだ」

梓の笑顔に、千博もようやく硬い表情を緩めた。

どうやら緊張していたらしい。意外な態度に、梓は内心驚いてしまう。

「千博さんも緊張するのね」

「するに決まってる。表向きは堂々としてたつもりだけど……いつ梓が『やっぱり結婚しない』って言って、ふわっといなくなるか不安だった」

そう言って、千博はせつなげに微笑んだ。大きな感情の塊《かたまり》を呑み込むように口元をぎゅっと引き締めている。梓もつられて、唇を噛みしめた。

「昔、プロポーズしたら、俺の目の前からいなくなっただろう？　意外と、あのとき振られたのがトラウマだったのかもしれない。ごめん、でももう安心した」

千博が大きな手で、梓の手をぎゅっと握る。

「私も、千博さんは私に背中を向けて……私とモモを捨てて、去って行かないって思えたの」

正直に口にすると、千博が驚いたように梓の顔を覗《のぞ》き込んだ。

「なんのこと？　当たり前だろう」

目を丸くしている千博に、梓は小さく頷きかける。

「そうだよね。当たり前なんだけど、私も、千博さんと同じで、トラウマって言うのかな……父が出て行っちゃった後から、誰かに見捨てられるのが怖くて……ごめんなさい。七年前に貴方と別れたのも、根本的な原因は、そのせいだったと思う」

初めて、父の話を口にしていることに気付く。

梓は今まで『自分は父に捨てられた人間だ』と誰にも言えなかった。

普通の男なら、妻を亡くしたときに『我が子を捨てて不倫相手と一緒になろう』なんて思わない。あの勝手な人は、なんだったのだろう。彼を父と慕《した》っていた自分たちはなんだったのだろう……

そう思うと喉がつかえて、どうしても言葉にならなかったのだ。

理由はわからない。あれは悪夢だ、現実ではない、と思いたかったのかもしれない。

「母のお葬式が終わったとき、父が、今日からおじいちゃんの家に行けって言い出して……それから帰ってこなかったの。私たちを捨てて再婚したから。不倫してた人と」

千博は、なにを言っているのかわからない、と言わんばかりの、不思議そうな顔をした。

無理もない。千博の知っている父親の姿は、梓の父親とは全然違うから。

「優しい父だったの。好きだった。だから、あの人を信じてた自分は馬鹿だと思うようになっちゃって……それで、誰のことも上手く信じられなくなったんだと思う。七年前は、貴方のことも信じてなかった。本当にごめんなさい。あのとき、その父がちょうど亡くなったのよね。それで父からの送金が途切れることが決定して、祖父の会社も危なくて、私、パニック状態だったから」

絶句する千博に、梓は微笑みかけた。

「貴方にこのことを言えばよかったんだけど……話せなかったの、父のこと。なにをどうやっても、どうしても言葉にできなくて」

「梓、あの……なんだそれ、俺は聞いたことなかった……」

あまりの話に青ざめた千博に、梓は首を振った。

「父親のことは、モモにも一度も話したことがないの。本当に声に出して話せなくて。だからあの子は、私の祖父を、自分のおじいちゃんだと思ってるのよ。まだ小さいからよくわかっていないだけだけど。反省してる、私は色々いびつだったなって、だから……千博さんに謝りたくて」

呆然としていた千博が、我に返ったように強い口調で言う。

「俺は梓と百花ちゃんを絶対に裏切らない」

梓は無言で頷いた。

千博が梓と百花を裏切らないことは、とっくにちゃんとわかっているし、信じている。愛した人が父親とはまるで違ったからこそ、梓の心の傷はゆっくり塞《ふさ》がっていったのだ。だから、今頃になって、やっと言葉に出して、父のことを語ることができたのだと思う。

「本当に裏切らないからな」

目に涙を溜めて、梓はもう一度頷いた。

「ごめんなさい。変な話しちゃって。別れた理由、ちゃんと話してなかったから」

小声で言う梓の手をぎゅっと握り、千博が真剣な声で言う。

「俺は、梓のお父さんと違う。全然違う人間だって証明してみせる。時間はかかると思う、そうだな、五十年くらい……もっとかな。一生かかるけど、梓にずっと証明し続けてみせるから」

「そんなこと、してくれなくてもわかってるよ」

梓は涙を指先で拭い、千博に微笑みかけた。

「私はもう逃げないし、千博さんは誰かを裏切るような人じゃない。だから、神様がまた出逢わせてくれて、夫婦になれたんだと思う」

握りしめた梓の手を、千博がぐいと引き寄せた。

「俺は基本的に無神論者だけど、そんな神様がいるなら感謝しておくよ」

そう言って、千博がかすかに顔を歪《ゆが》めた。

笑顔のような、泣くのを堪《こら》えているような表情だった。

「これからよろしくな、梓。百花ちゃんにも言われたんだ。俺が梓を大好きになって、大事にしてくれるならお嫁さんにしていいって。だから……その……愛してる」

千博の形のよい耳がうっすらと赤くなる。梓もつられて、ほのかに頬を染めた。

「愛してるから、梓と結婚できて嬉しい。それに、今みたいに、なんでも話してほしい」

そう言って、千博がゆっくりと顔を近づけてくる。キスされると思った瞬間、彼は我に返って、小さな声で言う。

「いや、ここじゃなくて……どこかで二人きりになって、もっと梓にキスしたい」

恥《は》ずかしさのあまり、梓は赤くなった顔を千博の肩の辺りに押し付ける。無言で頷くと、千博は美しく整った顔に、かすかに笑みを浮かべた。

「一度俺の家に帰ろう」

甘い声で優しく囁《ささや》かれ、もう一度梓は頷いた。

なにに誘われているかくらいはわかる。百花が最優先だけれど、二人で抱き合う時間も、とても大事だということも、もうわかっている。

「うん……」

小声で返事をすると、千博は梓の手を握りしめて、ぐいと引いた。

振り返った『旦那様』は、整いすぎた顔に柔《やわ》らかな笑みを浮かべている。その顔を見るだけで、自分がどれだけ愛されているか、梓にも充分すぎるほど理解できた。

千博の寝室には、明るい光が差し込んでいる。

宙に投げ出された自分の脚が、レースのカーテン越しの光に照らされて、妙に真っ白に見えた。

「……っ……あ……」

梓は一糸まとわぬ姿で、千博の肩に脚を担《かつ》ぎ上げられ、恥《は》ずかしい姿で抱かれていた。

まだ抵抗を感じるけれど、千博の艶《つや》めいた声で誘われると、甘い時間に引き込まれてしまう。それに『夫』と肌を重ねる時間は、怖いくらい貴《とうと》くて幸せだ。抱き合い始めたばかりなのに、もう身体中が潤《うる》みきっていた。

くちゅ、くちゅという水気のある音が、小刻みに耳に届く。

「この前は、乱暴にしすぎて本当にごめん」

屈曲した梓の身体にのし掛かりながら、千博が言う。彼が身体を揺するたびに、下腹部にえも言われぬ甘い疼《うず》きが走る。

「大丈夫……ん……っ……」

声を呑み込もうと、手の甲で唇を押さえる。

だが、その手は千博にあっさり押さえつけられてしまった。

自由の利かない体勢で快感を刻み込まれながら、梓はぎゅっと口をつぐんだ。

「少し馴染《なじ》んだ？」

焦らすように肉槍を前後させながら、千博が大胆な質問を投げかける。身体を貫く熱から必死に意識を逸らそうとしていた梓は、たちまち赤くなってしまった。

「な……馴染《なじ》んだ……けど……んぅ……っ！」

言い終えるのを待たずに、千博が蜜口に肉槍の付け根をざりざりとこすりつけた。

強い刺激に、身体がひくひく反応する。

梓はシーツを掴《つか》んで、焼かれるような快感を堪《こら》えた。繋がりあった場所から、絶え間なく熱い雫《しずく》が垂れ落ちていくのがわかる。

「こうやって動くと、中がすごく締まるな」

千博が口もとをほころばせて言った。恥《は》ずかしすぎて返事ができない梓の反応を引き出そうとしたのか、千博が更に強く、付け根を押し付けてくる。

「はぁんっ……！」

蕩《とろ》けた身体が、淫《みだ》らな咀嚼音《そしゃくおん》を立てて肉槍を貪《むさぼ》った。

下腹部だけ別の生き物になったように貪欲で、ぺちゃぺちゃと恥《は》ずかしい音を立てて彼のものにむしゃぶりついていく。どんどん呼吸が熱くなり、目に涙が滲《にじ》んだ。

「な、わかるか？　俺は食いちぎられそうだ」

「そんなこと……してな……」

意地悪な笑みと共に、夢中で味わっていた杭が引き抜かれる。どろどろの熱い蜜をまとったそれが、入り口の辺りで止まってしまった。

「そうかな、結構欲張りな反応になってきたと思うけど？」

梓の両手首をシーツに繋ぎ止めたまま、千博が薄く笑う。中途半端《はんぱ》に繋がり合うもどかしさに、梓は身じろぎした。

「もう……終わり……？」

か細い梓の問いに、千博がますます笑みを深める。

「挿れてって言って」

瞬《まばた》きをした梓は、千博の言葉の意味を理解して、たちまち赤面した。

「な、なんで……やだ……っ……」

視線を逸らし、細い声で言い返すと、千博の指が繋がりあった場所のすぐ側をぎゅっとした。

「やぁん……っ！」

梓の腰が強い刺激に反り返った。千博の指戯は止《や》まない。ぬるぬるになったその場所を、繰り返し指先でこする。

「あんっ、や、っ、だめ、あぁんっ！」

梓は息を弾《はず》ませ、腰を引こうともがいた。

だが囚われた身体は動かせない。

蜜をまとった指先が、ますます鋭敏《えいびん》さを増すその部分を押しつぶす。雄を咥《くわ》え込んだ隘路《あいろ》が蠢《うごめ》き、ぬるい蜜を多量に溢《あふ》れさせた。

「ほら……続きしていいんだよな？　こんなに反応してるのになんで黙る？」

「あ……あぁ……なんで、そんな、恥《は》ずかしいこと……ん……っ」

羞恥《しゅうち》で目がくらみそうになりながら、梓は歯を食いしばった。濡れそぼった裂け目が、更なる刺激を欲して、はくはくとわななないた。

「一度くらい言ってみて、俺が欲しいって」

視線を彷徨《さまよ》わせていた梓は、真正面から千博の美しい瞳を見つめ返してしまった。胸の高鳴りが増し、恥《は》じらいが頂点に達する。

「い、いや、恥《は》ずかしいから……っ……」

「言ってよ」

濡れた指先で、千博が硬く尖った乳嘴《にゅうし》をつまんだ。梓の身体が意思とは裏腹にびくんと揺れた。脚の間の疼《うず》きに耐えられなくなって、梓は聞こえるか聞こえないかの声で、千博に懇願《こんがん》する。

「……挿れて……っ……」

言葉が終わると同時に、千博が身を乗り出した。

脚を肩から下ろし、梓の身体に覆《おお》い被さってくる。

浅い場所をこすっていた肉槍が、散々焦らされた蜜窟の最奥を、ぐちゅりという音と共に突き上げた。

「ああ……っ……」

梓は身体を焼く熱を持て余し、千博の大きな身体に縋《すが》り付いた。

潤《うる》みきった中をこすられる快感で、だんだん息が熱くなっていくのが自分でもわかった。

「前より気持ちよくなってきた？　俺は気持ちいい、どうにかなりそうなくらい……いい」

「ッ、あ、私も……いい……から……っ……」

半泣きで梓は頷いた。この前とは違う、いたわるような優しい動きに、与えられる快感は高まる一方だ。

ともすればこぼれそうになる喘《あえ》ぎを堪《こら》え、梓は千博に掴《つか》まったままこくりと頷いた。

「そっか、だからこんな風に自分で腰を動かしてるんだ」

からかうような言葉に、梓の中がぎゅっと締まる。千博の言うとおりだ。気持ちよくて身体が勝手に動いてしまう。

「だ、だって……だって……あっ、あぁ……っ……」

身体の奥深くまで呑み込んでいるのが愛しい夫なのだと思うと、繋がりあった場所から溶けてしまいそうになる。

彼の身体は梓に快感を教え込むように、わざとらしいほどゆっくりと動き続けた。

強すぎない刺激を、ひたすら与えられ続けるのは苦しい。

溢《あふ》れそうで溢《あふ》れないコップのようだ。

大きくかさを増した肉杭が行き来するたびに、ほぐされた粘膜が収斂《しゅうれん》し、白濁した雫《しずく》が絶え間なくこぼれ落ちた。

「ああ……変なこと、言わせるから……っ……」

千博の肉槍を食い締めながら、梓の下腹部が繰り返し波打つ。さざ波のように広がった快感が、濡れそぼった粘膜を小刻みに収縮させた。

「……っ、は……っ……ん……っ……」

突然訪れた絶頂に、梓は脚を震わせる。

咥《くわ》え込んだ昂《たかぶ》り越しに、その感触が伝わったようだ。千博が目を潤《うる》ませる梓の額《ひたい》に触れ、乱れた髪をそっと払った。

「俺もイっていい？」

耳元で囁《ささや》かれ、梓は頷く。刹那《せつな》、千博が身体を起こし、梓の脚を、Mの字に大きく開かせた。

——全部、見えちゃう……！

朦朧《もうろう》としかけていた梓の意識に、電流が流れたように感じた。

「や、っ、だめぇ……っ！」

「顔も胸もここも全部見せて、梓が全身でイくところが見たい」

「う……なんで、本当に……はずか……あぁ……っ！」

梓は快楽に蕩《とろ》けた顔を見られたくなくて、思わず両手で顔を覆《おお》った。

くたりと開いた両脚の間に、勢いよく千博の身体が叩きつけられる。先ほど絶頂を味わった身体に、ふたたび抑えがたい疼《うず》きが生まれる。

ぐちゅぐちゅと音を立てて突き上げられながら、梓は両手で顔を隠して啼《な》いた。

「だめ、また変に……あぁぁ……っ……！」

口づけのように結合部がこすり合わされる。梓は千博の視線を感じながら淫《みだ》らに脚を開かされ、腰を浮かせ、髪を乱してのけぞる。

「いや、見ないでぇ……こんな……っ、ひぅ……っ……」

「なんで？　見せてくれよ。俺は梓の乱れる姿を見ながらイきたいのに」

ふたたび、いっぱいに満たされた隘路《あいろ》が痙攣《けいれん》する。涙がこぼれた。気持ちよすぎて、勝手にこぼれてくるのだ。

「見ないで、お願い……いや……」

裸で、大きく脚を開いて、快楽に悶《もだ》えて果てる瞬間を見られるなんて。

そう思うと疼《うず》きが強まり、ますます下腹がひくひくと揺れる。

顔も耳も熱くてたまらなかった。身体に、まったく力が入らない。

「見るに決まってる」

千博が陶然《とうぜん》とした口調で言い、性急な仕草で梓の腰を引き寄せた。

繋がりを深め、一番奥に己自身を強く突き立てながら、ほんのわずかに呻《うめ》き声を漏らす。

お腹の奥深くで、愛しい彼の分身が、のたうつように震えている。

滾《たぎ》った劣情を吐き尽くすまで、長い時間震え続けていた。千博の荒い呼吸が、部屋の中を満たしていく。

梓は少しだけ手をずらし、逞《たくま》しい肩を上下させる千博を見つめた。

「……こっちに来て」

小さな声で呼ぶと、千博が汗だくの身体でのし掛かってきた。果てた余韻を共に分かち合いながら、肌を重ねて抱きしめ合う。

どきどきと脈打つ心臓の音が伝わってくる。

千博の肌の感触がとても好きだ。肌だけじゃない。温もりも重みも匂いも全部……。

これからは腕の中の美しい男性が自分の夫なのだ。そう、しみじみ思った。

～千博　Ⅲ～

婚姻届の提出とつかの間の逢瀬《おうせ》を終えて梓の自宅へ戻ると、家には明かりが点《つ》いていた。正人や美貴と一緒に出かけた百花は、もう戻ってきているようだ。

千博は時計を確かめる。三時過ぎだ。

迎えに行くと約束した時間は四時。動物公園は早めに切り上げたのだろう。

「あれ、モモたち帰ってきてるんだ」

傍《かたわ》らの梓が笑顔で言い、自宅の扉を開けたときだった。

「おめでとう！」

複数の明るい声と共に、ぱたぱたと駆け寄ってくる足音が聞こえる。驚く二人の前に、突然花束が差し出された。

見れば、百花と美貴が、白と赤の花束をそれぞれ持って立っているではないか。

「お姉様、今日入籍したんでしょ？　そのお祝い。正人に聞いてサプライズしようと思って」

美貴の明るい声に、梓がぱっと白い頬を染める。

家の中を覗《のぞ》き込むと、正人も、更には梓の祖父母もいるようだ。おそらく梓を祝うために、皆ワクワクしながら待っていたのだろう。

「はいママ、お花もらって」

百花の無邪気な声に、梓が驚きの顔のまま手を差し出す。百花から赤い花束、美貴から白い花束を受け取り、梓は大きな目を潤《うる》ませた。

「いやだ……びっくりしちゃった。ありがとう……」

梓の言葉に、家の中に立っていた正人が明るい声で言う。

「じいちゃんたちと俺らからのお祝い」

梓が涙ぐんだまま、こくりと頷いた。頬が薔薇《ばら》色に輝いていて、とても嬉しそうだ。

そんな梓をにこにこと見守りながら、美貴が明るい声で尋ねた。

「お姉様たち、結婚指輪はしないの？」

「入籍を早めたから、指輪はまだ探していないの」

楽しげに話をしながら、美貴と梓が家の中に入っていく。正人が入れ違いに家から出てきて、千博に微笑みかけた。

「俺、コンビニで皆の飲み物買ってきますね。予想より早く戻ってきたから間に合わなくて」

確かに待ち合わせは四時だった。千博は微笑み、正人に提案した。

「よかったら、一緒に行くよ」

飲み物くらいは買わせてもらおうと思いながら、千博は正人と一緒にアパートを後にした。

――二十歳か……梓がつきっきりで面倒を見なくても大丈夫だよな。

若くほっそりした正人の背中を見ながら、千博は思う。

梓の話では、正人はこのアパートに残って大学を出るまで暮らすと言う。

家賃は、父母の遺産、それから正人自身のアルバイトの給料でなんとかなるらしい。

だが、義兄として援助はするつもりだ。その気持ちは七年前から変わっていない。

「正人君、あの……よかったら、俺の実家が所有しているマンションに住まないか。一人暮らしになって、家賃も大変だろうから」

いつ切り出そうかと迷っていたが、正人と二人になる機会を得られた今、話すのがちょうどいいと思った。物件なら斎川家が所有しているものがいくつかある。家賃も払ってもらう必要はない。

前を歩いていた正人が振り返り、梓によく似た整った顔に笑みを浮かべた。

「嫌ですよ。これ以上他人に面倒見てもらうなんて」

意外な返事に、千博は言葉を失う。

「俺はこれからは、自分一人でなんとかやっていきたいです。今まで散々姉さんに迷惑かけてきたし。そうでないと、男らしくないなって思うから」

「だけど、学校の勉強もあるだろう。学生が大人に面倒を見てもらうのはいけないことじゃない」

千博の言葉に正人が首を振る。

「大丈夫。できないことをできるなんて言ったりしないので。自分で自分の面倒を見られる算段は付いてるんです。ありがとうございます、斎川さん」

正人が言いながら足を止めた。

「七年前はごめんなさい。俺がいたから、姉さんは貴方と結婚しなかったんですよね」

「いや、君は……なにを……」

千博は反射的に首を振る。だが正人は、ゆっくり瞬《まばた》きをして話を続けた。

「俺んちのオヤジ、ほんと最低な男で、姉さんはそのお陰で、俺のためにすごい苦労したんです。貴方と一緒にならなかったのも、俺の面倒を見るためだったんだ。正人は、お姉ちゃんが、大学に……行かせてあげるからって……」

不意に正人の顔がくしゃっと歪《ゆが》む。彼は腕で目を隠して、涙声で言った。

「俺のせいでごめんなさい。七年も、離ればなれにしてしまって。姉さんが斎川さんを連れてきた日から、ずっと、どうしていいかわからなかった。本当に、ごめんなさい」

嗚咽《おえつ》を堪《こら》えながら正人が言う。千博は慌てて、正人の痩《や》せた肩に手を置いた。

「違う。それは違うから、気にしなくていい。子供だった君になんの罪があるんだ。強いて言うなら、七年前に梓の信頼を得られなかった俺が悪い。だから正人君が謝ることなどなにもない」

正人は腕で顔を隠したまま、かすかな声で言う。

「……姉さんは、俺を責めるようなこと、絶対に言わなくて……ただの一度も……」

千博は頷いて、できるだけ穏やかな声で答える。

「梓は正人君のことが大事なんだ。弟だから。七年前も今も変わらない。梓が君を可愛がっていることは、俺から見てもよくわかる」

しばらくしゃくり上げていた正人が、ようやく落ち着いて、静かな口調で言った。

「俺、どうやって、あの七年を姉さんに返せばいいのかわからない」

ああ、正人は梓と同じで誠実なのだ。お互いをこれ以上ないくらい大事にしていて……。

そう思いながら、千博は微笑んだ。

「その七年は、これから俺が取り返すから大丈夫だ、本当に、君の責任なんてなにもない」

だんだんと日が暮れていく。すっかり冷たくなった風を受けながら、千博は正人の涙が止まるのを黙って待った。

数分くらい経っただろうか。正人が腕を下ろし、気まずそうな顔で言う。

「……すみません。俺、ちょっと取り乱しました」

どうやら、千博の言いたいことは正人に伝わったらしい。

――本当に、十三歳だった君にはなんの罪もない。そんな気持ちにさせていたことが、むしろ申し訳ないくらいだ。

心の中でそう繰り返し、千博は正人に言う。

「構わない。気にしていたことを話してくれて嬉しい。言いたいことがあれば、きちんと相手にぶつけるべきだ。俺には、君のどんな不安に対しても答える義務がある」

真面目に答えたのに、なぜか正人が赤い目で笑う。

「……やっぱ、斎川さんて先生みたいだ。昔の塾の授業もそんな感じだった」

自分の受け答えを思い出し、千博も思わず軽く笑った。

「そうだね。俺はいつもこんな喋り方をしてしまうんだ。癖があるとは言われるよ」

「斎川さんとモモって、やっぱり似てますね。モモの話も理屈っぽいんです。あの小さい頭で、いろんな論理をこねくり回してるんだなぁって思うと、いつも可愛くて。……モモのお父さんが斎川さんでよかった。モモが変なことを言っても、斎川さんなら頭ごなしに怒らなそうだし。姉さんとモモをよろしくお願いします」

正人の明るい声に、千博は頷いた。

少年の面影が残る正人の顔は、すっかり穏やかさを取り戻していた。

第七章

入籍を無事に済ませ、正人や祖父母、それに美貴からも祝ってもらい、幸せな週末はあっという間に過ぎた。

今日は月曜日。自宅に戻り、いつもどおりに祖父の会社を手伝っているうちに、一瞬で日が落ちた。

役所からはなんの連絡もなかったので、婚姻届も問題なく受理されたようだ。

梓は、夕飯を終えるやいなや、早速半月後に控えた引っ越しの準備に着手する。夏物だけでも先に箱詰めしてしまおう。

「ママ、ちひろさんと結婚したね」

百花がニコニコと笑いながら、梓の隣にちょこんと腰を下ろした。

小さな手を伸ばし、段ボールに詰めた服を上からぎゅっと押してくれる。

「ちひろさんはモモのパパ。材料だから……」

自分自身に言い聞かせているらしい百花の言葉に、梓は微笑んだ。

来週末には、千博が用意してくれた新居に移ることになった。

広さは千博が住んでいるマンションより少し狭いらしいが、梓にとっては『あんなに広いと置く物がない』と言いたくなるくらい広い。

家具は、千博が今使っている物を運んでくれるらしい。

「モモ、おじいちゃんのおうちからちょっと離れちゃうけど、いつでも来れるからね。正人もここにいて、いつでも会いに来られるから」

不安のないよう言い聞かせると、百花は素直に頷いた。幼いなりに母の状況がよくなったことを理解し、聞き分けよくしてくれているのが伝わってくる。

「ちひろパパさん、よろこんでた。ママがだいすき、あずさだいすきって」

――あっ、今度は全部くっついた。

無理にパパって呼ばせると、すごい呼び名になってしまうかも……と思いつつ、聞き捨てならない娘の話を聞きとがめる。

「いつ話してたの、そんなの」

「ママがいないとき。えー、ママがコンビニ行ったとき」

百花はそう言いながら、不器用な手つきで夏服を畳んでくれた。

とはいえ、この前手伝ってくれたときより上手になっている。丸い頭を撫《な》でて、梓は赤い顔で尋ねた。

「なんでそんなこと言うんだろうね。恥《は》ずかしいのに」

「えー、そう？　モモは、ちひろパパさんが、ママを大好きなのがいい。ママを大好きな人がいっぱい、たくさん、二の五乗くらいいてほしい」

「にの……ごじょう……？」

百花がなにを言ったのかわからず、梓はあやふやな口調で問い返した。

「二を五回かけ算した数！　三十二だよ！　ちひろパパさんにならった。三の五乗は、二百四十三。二の五乗よりすごく大きいでしょ、モモびっくりした」

「かけ算できるの？　パパに教えてもらった？」

恐る恐る尋ねると、百花はこくりと頷いた。どうやら千博が遊びついでに教えてくれたようだ。

――ありがとう千博さん……お陰でモモが、ますますお利口になりそう。私だと、こうはいかない。

親馬鹿な喜びが胸にこみ上げてくる。やはり、千博と一緒になれてよかった。

「四の五乗は千二十四！　もう、大きすぎて、モモは、どうしていいのかわからないよ！」

そう言って百花が、段ボールの中の服をポスポス叩く。

「とにかくモモは、ママを好きな人がいっぱいふえてほしい。それだけ」

百花なりに、両親もなく、親戚も祖父母以外はほぼいなかった梓を案じていたのだろう。こんなに小さくても、母親の状況はわかっているものなのだな、と思った。

梓はため息混じりに、しみじみと百花の愛らしい横顔を見つめた。

「あのさ、ママ……ママはお嫁さんの服着るよね？」

『とても重要な話です』と言わんばかりの深刻な口調で百花が言う。どこかで花嫁衣装の知識を仕入れたようだ。大きな目が期待で輝いている。

「うーん、どうしようかな。ママはもういいかな、モモがいるし」

梓の言葉に、百花が唇を尖らせる。

「ダメ！　お嫁さんの服、ママも着て。なんで着ないの？」

「あれはウエディングドレスって言うのよ」

そう教えると、百花が素直に復唱した。

「ウエディングドレス。着てください」

熱心に頼まれてちょっと困ってしまう。もう子供が大きいのに恥《は》ずかしい。

「考えておくね」

曖昧《あいまい》な返事でお茶を濁《にご》すと、百花は頷かずに大きな目でじっと梓を見つめてきた。口約束には誤魔化されないぞ、という気迫が、可愛い顔には滲《にじ》み出ていた。

翌日、いつものように千博に百花の写真付きのおはようメールを送り、梓は祖父の会社へ向かった。まだ朝早いが、祖父の友人で、近所で金属加工を請け負っている山沢《やまさわ》が、祖父と深刻な顔で話し込んでいる。

――なんだろう？

梓は作業場の隅のパソコンの前に座り、様子をうかがう。

「やっぱり峰倉産業は担当者が変わってやりにくくなった。すみませんね、変な相談に来ちゃって。鈴木製作所さんの名前が出たからさぁ……」

梓はかすかに眉をひそめた。

最近はぐんと減ったものの、梓の祖父や、今祖父と喋っている知人は『下請けいじめ』のような真似《まね》に何度もあってきた。だが、大手の取引先を失えば、銀行の融資が滞《とどこお》る。泣き寝入りするしかない場面も幾度もあったのだ。

梓の視線に気付いたのか、祖父が難しい顔になる。

手招きされ、梓は祖父たちの所へ歩み寄った。

「どうしたの？」

「山沢さんのところに変な通達がきたらしいんだよ」

祖父は困り顔だ。山沢が、かすかに怒りを湛《たた》えた表情で祖父の言葉の続きを引き取った。

「梓ちゃん結婚しただろう？　その再婚話がなくならない限り、峰倉産業は、うちとの取引を停止するって電話があって。それだけじゃなくて、役員の人からも今後の取引は再検討したいとかいうメールがきちゃってさぁ。タイミングが同じで気持ち悪いんだよ。でも、梓ちゃんの結婚話なんて、うちと峰倉さんがやってる仕事とはなんの関係もないよな……？」

梓はあっけにとられて頷く。山沢の言うとおり、なんの関係もない。

——おじいちゃんの会社に嫌がらせがくるなら、まだわかる。千博さんと結婚したい人は多いだろうから、私に嫌がらせをするのは、ありえるな、って。

困惑しつつ、梓は思い返す。峰倉産業は五年前に立て続いた製品トラブル隠蔽《いんぺい》で、がくっと株価が下がった。オーナー一族出身の社長は退任せず、何人かの取締役の首を切って自分だけは難を逃れたはずだ。

だがそのせいでまともな人材が流出し、会社の質自体が下がったと囁《ささや》かれている。

——峰倉……峰倉……うーん、他の場所で、その名前を聞いたような……

「うちとしても苦しいけれど仕方ない。なんとかあの会社とは距離を置くようにしないと」

話を聞いていた梓は、はっと我に返って山沢に言う。

「その電話って、直接取ったんですか？」

「いや、留守電だよ」

「消す前に保存させてもらっていいですか。一応、主人に相談してみます。私の結婚について匂わせていたなら、私に対して恨みがある人かもしれないので」

梓の脳裏に、口を極めて罵《ののし》ってきた『千博の元婚約者』の顔がよぎった。

記憶にあまり自信がないが、千博は彼女を『峰倉さん』と呼んでいたように思う。

――まさかあの人が？　常識はずれすぎて……信じられないけど……まさか、私と千博さんを別れさせるための嫌がらせなの？　よその人も巻き込んで……？

まだ想像に過ぎないけれど、頭がくらくらする。

梓への嫌がらせのために、他人の仕事や生活を気軽に脅《おびや》かすなんて、にわかには信じがたい。

――だけど、あの人、変なこと叫んでたよね……

『うちみたいな規模の企業から見れば、いくらでも取り替えが利く存在に過ぎないのよ？　わからないなら、思い知らせてあげましょうか』

毒気を滲《にじ》ませた、あの女性の声が脳裏に蘇《よみがえ》る。

ショックでぼんやりしていた梓は、すぐに気持ちを切り替えた。起こっていることが非現実的すぎて、なにをどうしたらいいのか途方に暮れる。

小さな会社が大手の取引先を突然失うというのは大変な事件なのだ。

一企業の存続に関わる決定を、個人の結婚を邪魔するために行《おこな》うなんてありえなさ過ぎる。

梓は軽く唇を噛み、困惑したように顔を見合わせる人々に向かって言う。

「すみません。私のほうで状況をまとめたいので、役員の方からのメールの文章のコピーをください。社外秘の部分は消して構いません。もし電話の録音が残っていたら、それもお貸し頂けませんか？」


——はぁ……忙しい千博さんに迷惑をかけたくないんだけどな。

千博に、今朝の状況を報告し終え、梓は立ち上がった。時計を見ると昼の一時。朝からとんでもないトラブルでドタバタしていたが、そろそろお昼を食べよう。

梓はいつものスーパーにお弁当を買いに行こうと思い、お財布を片手に作業場を出た。

スーパーは近所に一軒しかない。いかにも下町の古いスーパー。昔からある、ちょっとごちゃごちゃしたお店だ。

——ん？　どうしたのかしら。

スーパーが提供してくれている小さな掲示板の前で、店員が腕組みしている。

貼られたポスターを眺めながら、なにかを考え込んでいる様子だ。

梓は何気なく、彼の肩越しに掲示板を覗《のぞ》き込む。

探し猫のポスターや、子猫をもらってください、要らないソファを差し上げますなど、いつもながらの内容ばかりだ。その中に真新しい紙が一枚貼られていた。

『泥棒《どろぼう》猫探してください』

そのポスターの内容に、梓は愕然《がくぜん》とした。

——私の……写真……じゃないの！

顔はぼかされているが、梓の写真だ。

いつ撮影されたのかわからないが、財布、鍵、スマホしか入れていない小さなバッグを肩に掛けているので、百花を迎えに行く途中の姿だろう。

千博からもらったショールとバングルに矢印が書き込んであり、ブランドの名前と思われるカタカナと、六桁の値段が注記されていた。

ポスターの最下部には『注意！　人の男に貢《みつ》がせたブランド品です』と赤字で書いてある。

しばらく放心してしまった。なぜこんなポスターが貼られているのか、わからない。

「あっ……こんにちは」

梓と顔見知りの店員が、ポスターと、梓の姿を見比べる。気まずそうな顔だ。

「こんにちは。そのポスター頂けますか」

店員が慌てて、Ａ４用紙に印刷したポスターを剥《は》がして、梓に手渡してくれた。

「お客さんから、変なモノが貼ってあるという報告を受けて、確認に来たんですけど……これ、他の場所にも貼ってあったらしいですよ。これを見つけた人が教えてくれました。

なんなんでしょうね、気持ち悪くて。気を付けてくださいね」

小声で教えてくれた店員に頭を下げ、梓はポスターを見つめてそっとため息をつく。

──他って、どこ……？　もう明らかに私に対する嫌がらせじゃない。

回収に回ろうかと思ったが、時間がないので諦《あきら》めた。ポスターが貼られそうな場所は、近所にはたくさんある。それにしても、この内容はありえない。

厚意で探し猫のポスターなどを貼らせてくれる家主さんでも、こんな内容の掲示物は断りそうだ。多分、公共の場所に勝手に貼って回っているのだろう。

脱力感と共に、怒りが湧いてきた。梓はあまり怒らないほうなのだが……これはひどい。

そこに、小太りの女性がのしのしとやってきた。

──波野山さん……？

彼女は少し離れた場所から、様子をうかがうように掲示板を一瞥《いちべつ》し、おや、という顔をする。

そして、梓が手に持っているポスターに目をやって、梓を見て、目を見張った。

まずい、と言わんばかりの顔だ。

波野山はくるりと背を向け、さっさとその場を後にしようとする。彼女が持っている紙袋はなんだろう。買い物袋とも思えない。

梓は迷った末、正面から聞いてみることにした。

「これ貼ったの波野山さん？」

波野山は目を泳がせながらそっぽを向く。

いつもどおり、自分に都合が悪いときは無視のようだ。

「まあいいか……指紋は付いてるだろうし。主人の弁護士さんに調べてもらえば」

わざとらしく梓は呟く。もし濡れ衣だとしても、普段から嫌味を言われているお返しだ。

しかし、今の呟きは、非常に激しく波野山の心を揺さぶったようだ。彼女は突如《とつじょ》梓に向き直り、大声で喚《わめ》き散らす。

「貼ってこいって言われたんだよっ！　アルバイトしてなにが悪いのさ」

言いながら、波野山が紙袋を梓に向かって投げつける。梓の腰に当たり、足下に落ちた袋の中から、バサリと大量のポスターが飛び出した。

「本当に知らないよ、アタシは、金もらってやっただけだからねっ！」

「誰にですか？」

努めて落ち着いた口調で尋ねたが、波野山は停めてあった自分の自転車にまたがって逃げ去ってしまった。

捕まえたところでロクな話が聞けるとは思えないし、波野山の家の場所も昔から知っている。彼女のことは後回しにしようと思いつつ、梓は改めて、ポスターを見つめた。

文字は手書きではなく、明らかにパソコンで作ったものだった。波野山にこのポスターを作る技術があるとは思えない。

ふたたび、祖父の仕事仲間に『嫌がらせの電話をかけてきた女性』の話が頭をよぎる。突然梓に暴言を吐いてきた、派手でお金持ちそうな女性の顔が……

——ああ、なるほど。彼女は、私に嫌がらせをして『身を引かせよう』と思ってるんだ。

なんだか、ずんと胸が重くなった。悪意を向けられるのは、馴《な》れていても嫌なものだ。

それにしても、本当にやり口が稚拙《ちせつ》すぎる。

ポスターを拾い集めて紙袋に戻し、梓は唖然《あぜん》としているスーパーの店員に頭を下げた。

「すみません、後日なにかあったら、このポスターを貼ったのは波野山さんだって証言してもらえませんか？　それ以上のご迷惑はおかけしないので」

「え、ええ、構いませんが……」

「ほんとうに申し訳ありません。よろしくお願いします」

梓はもう一度頭を下げ、自宅アパートへの帰途につく。

——私、なんか、殺虫剤をかけられる虫みたいな扱いされてる。

呆《あき》れるほど雑な嫌がらせだと思った。頭を使った形跡すら感じられない。

適当に嫌がらせすれば、梓と千博の結婚はなくなるだろう。そんな意図を感じて、薄ら寒い。

自分が彼女に軽く扱われていることをひしひしと感じながら、梓は無言で祖父の作業場へ戻る。

――峰倉ってことは、峰倉産業の経営者一族のどなたか、なんだよね。千博さんとお見合いしたんだし、かなりのお嬢様のはず……

『貴女たちが必死にやってる会社なんてね、うちみたいな規模の企業から見れば、いくらでも取り替えが利く存在に過ぎないのよ？』

あの女性の言葉を思い出す。梓が受けているのは、まさにあの言葉どおりの扱いだ。目障《めざわ》りだから消してしまえ。こんな弱い相手に、抗《あらが》う力なんてあるはずない。彼女のそんな考えが、ひしひしと伝わってくるようだった。

――だけど、私もう、泣きながら逃げたりしない。

千博と釣り合っていないことも、自分に社会的地位がないこともわかっている。だが、その事実を認めた上で、彼と共に生きていこうと決めた。二人の未来だから、二人で作ろうと決めたのだ。

たとえ困難が降りかかろうとも、離れていた時間より、一緒に過ごす時間のほうが何倍も幸せだとわかった。七年前に別れを選ばず、一緒にいればよかったとお互い痛いくらい後悔している。

だから、千博の側から離れたりはしない。

ポスターに悪《あ》しざまに書かれた贈り物だって、高価な物だから受け取ったわけではない。

ショールは手術後の梓を気遣って用意してくれたものだし、バングルはサプライズで梓を喜ばせようと、彼が一生懸命考えて探してくれたものなのだ。

だから、贈られて嬉しかったし、大切にしている。

最近、去って行く父の背中の記憶は、梓を苦しめなくなった。

自分は紙くずのように捨てられるような無価値な存在ではない。捨てた父のほうがおかしいのだとわかったから。

千博がそのことを思い出させてくれた。

——私にだったら、なんでも嫌がらせしていいわよ。ただし、モモには止《や》めてね。それはルール違反だから！　あの子になにかしたら許さない。

心の中でそう思いながら、梓はいつもどおりの顔でパソコンに向かい、作りかけの書類を開く。祖父が最優先で作ってほしいと言っていた書面だ。

——取引先も早く書類がほしいって仰《おっしゃ》っていたし、三時までに片付けちゃおうっと。

若干空腹ではあるものの、戦う気持ちと共にアドレナリンが出たのか、あまり辛くない。

キーボードを叩きながら、梓は『とにかく負けない』と心の中で繰り返す。

こんな風に開き直ったのは、多分生まれて初めてだと思いながら。

その夜、梓は百花を連れて、千博の自宅を訪れた。夕食を取り、百花をお風呂に入れたら、もうおやすみの時間になってしまった。

――モモは明日の朝、地下鉄で学校に送っていこう。満員電車は可哀相《かわいそう》だけどしょうがない。

そう思いつつ、梓は千博の家の客間のベッドに、百花を寝かしつけた。

「じゃあおやすみ、ママ」

あっさり言った百花が、素直に毛布を被る。

「大丈夫？　寂しくない？　一人で寝れる？　パパとお話おわったら、ママもお隣で寝るからね」

ここは馴《な》れない場所だし、居間からは少し離れている。寂しがらないか不安になる梓に、百花がクールな口調で答える。

「へいき。ママが早く寝るようになったから、モモはもう安心。パパとゆっくりお話どうぞ」

「えっ……なに言ってるの……モモ？」

予想外の言葉に唖然《あぜん》とする。だが百花は、眠そうに大きな目を閉じてしまった。

「モモはもう寝る。今日は電車に乗ったから疲れちゃった。おやすみ、ママ」

「う、うん……おやすみ、モモ。ママは後で来るから、大丈夫だからね？」

「さっきも聞いたからわかってる。ありがとう。おやすみなさい」

もう寝るからそっとしておいて、と言わんばかりの大人なお返事だった。

——うっ……冷た……っ……なにそれ……モモ……

百花は、自分と性格がそっくりな千博と接するようになって、持ち前のクールさがぐんぐん育ってきたような気がする。

常に冷静沈着なパパの言動を見ているうちに『あ、私もこういう性格だ』と気付き、振る舞い方を学習したかのようだ。

——なんか……ママは寂しいよ、モモ……お姉さんになって偉いけど。

若干しゅんとしつつ百花を寝かしつけ、梓は『例のポスター』を見ている千博の隣に腰を下ろした。難しい顔をしている。ご機嫌は最悪に近いようだ。

「梓が送ってくれた留守電のデータを聞いた。ほぼ間違いなく、嫌がらせをしているのは峰倉さんだと思う。方法はわからないけど、山沢さんの会社との取引に、彼女が口を出したんだろうな。あの人は会社の仕事にはノータッチのはずなんだけど。誰か協力者がいるのかもしれない」

口調は静かだが、目が怖い。千博は本気で激怒しているようだ。

「子供にもわかるような善悪の判断さえつかないなんてな。あの人はいつになったら現実を認めて、大人になるんだろう」

千博は低い声で呟き、ポスターをテーブルの上に放り出す。眉根を寄せて腕組みをする千博に、梓は恐る恐る尋ねた。

「現実を認めるって……どういうこと？」

「峰倉さんの名前は彩友香さんと言って、現社長の一人娘なんだ。お見合いした当時は、峰倉産業は斎川グループの主軸である斎川インダストリと同じくらいの規模の企業だった。だけど、製品の不具合を隠蔽《いんぺい》しておおごとになってしまった。その後、峰倉産業の株価は急落し、今も失墜《しっつい》した名誉を回復できていない。近々外国資本に買収されるという噂もあるくらいで」

その話は梓も知っている。

五年ほど前、連日ニュースを賑《にぎ》わせていた謝罪会見を思い出す。

建設現場で使われる資材のいくつかが強度を満たしておらず、実際に事故が発生し、工事現場の人が何人か巻き込まれ、死者も出たと聞いている。

赤ちゃんの百花をあやしながら、祖父の取引先に影響がないといいな、と思ってテレビを見ていたものだ。

確かあの件は、社長が退任しなかったことで、更なる悪評を立ててしまった。

——責任を取るために残るから、と言ったけど、社長さんは結局なにも有効な手を打てなくて……

おそらく、千博とのお見合いを断ったときと今とでは、彩友香の状況は大きく変わってしまったに違いない。

「彩友香さんは、結婚相手の人気俳優に別れを切り出されて、三年足らずで戻ってきた。確か子供もいたはずだけど、彼女自身は面倒を見ていないと聞いている」

「千博さんとのお見合いの後、芸能人と結婚なさっていたのね」

梓の問いに千博は頷いた。

「そう。峰倉産業のスキャンダルが原因で上手くいかなかったようだ。言い方が悪いけれど……お子さん共々、旦那さんの側から切り捨てられてしまったらしい。芸能人だから、イメージダウンが嫌だったらしくてね。俺としては、ありえない選択だと思うけれど。妻子より大事な仕事なんてないのにな」

眉をひそめた梓に、千博がやるせなさそうな表情で続ける。

「彩友香さんが、俺の妻の座をふたたび望むようになったのはその後だ。何度か俺の実家に来たらしい。俺はアメリカにいたから直接会ったわけじゃないけれど……彩友香さんはノイローゼ気味で、うちの母も流石《さすが》に気の毒に思ったそうだ。『千博との縁談の前に、よそに預けたお子さんの面倒を見て、自立して生活できるようになってほしい』って、彩友香さんに何度も助言したらしい。だけど、彩友香さんは聞く耳を持たず、どんどん悪化して……今に至る」

道で突然食ってかかってきた彩友香のことを思い出す。確かに、話が通じる雰囲気ではなかったし、口汚くてひどかった。

「彩友香さんは、相変わらず働いてもいないし、子供もどこかに預けたままみたいだ。俺に執着しているけれど、別のことに意識を向けてほしいと思って適当にあしらってきた。だけど、こんなポスターを彼女がまき散らしたんだとしたら、もう、容赦はできない。俺は厳しく対処しようと思う」

梓はその話を聞いて、彩友香と自分は似たような境遇だな、と思った。

生活が悪いほうに大きく変わって、愛する夫にまで背を向けられてしまった話なんて、聞いていて胸が痛いくらいだ。

なにも悪いことをしていないのに、父に捨てられたことを思い出してしまう。

だが、梓の場合は、弟を守らねばならなくて、周囲に八つ当たりする暇も、現実を否定する余裕もなかった。

病床の母に頼まれたように、まだ小さい正人を守らなければと必死だった。祖父母にも迷惑をかけたくないと、訳もわからずもがき続けていた。

だけど、あの辛い状況が、かえってよかったのだと思う。暇で、己の身の上をゆっくり考える暇があったら、梓も自棄《やけ》になって大暴れしたかもしれないから……

目を伏せた梓に、千博は言う。

「彩友香さんは自分が凋落《ちょうらく》した上、差し伸べられた手を振り払い、色々な人に見捨てられてしまった事実を認めていない。まだ、お父上の会社が危ないという現実を受け入れていないんだと思う。事実、彼女は離婚後おかしくなってしまったと、彼女を知る人は皆言っている」

「あの、お子さんは……？」

ふと胸が痛み、梓はそう尋ねた。彩友香の子供は、百花とそんなに歳が変わらないのではないか。梓の脳裏に、百花が生まれてから今日までのことが蘇《よみがえ》った。

——今はもう、ママがいなくても平気になってきたけれど、もっと小さい頃は四六時中私にくっついていたわ。いつもママ、ママって……小さい子って、そういうものなのに……

百花と同じ年頃の子が放り出されているのかもしれないと思うと、胸が痛かった。

同時に自分だったら百花を手放す選択肢はないなと思う。

百花を育てる過程では、もちろん色々あった。

なにもしていないのに一方的に『うちに頼らないでくださいね』と釘《くぎ》を刺されたり、ひとり親だからって父母会の活動は免除しないと、わざわざ言われたり。

だけど、嫌な思いをするのを百花のせいだと思ったことはない。

自分の世界の内側にいるのが百花で、外側にいるのが攻撃的な人だと考えて、ずっと百花を抱きしめ、攻撃的な発言には背を向けてしのいできた。

祖父母にも正人にもいっぱい助けてもらって、返しきれないほどの恩がある。でも、大事な家族に迷惑をかけてでも、梓は百花を守りたかったのだ。

けれど、我が子が一番大事ではない母親もいるのだろう。自分だけが正しいとは思わないが、人によって生き方は違うのだな、と思った。

「俺も詳しくは知らないんだ。母が彼女を問いただした限りでは、峰倉家の親戚をたらい回しにしていたらしかった。ごめん、あまり詳しくなくて」

「そうなの……」

千博が、言葉少なに俯《うつむ》いた梓の肩を抱き寄せる。

「あの、変なことを考えてないよな」

いつもクールで落ち着いた声が、かすかに曇る。

不安げな様子に、梓は肩を抱かれたまま顔を上げた。

「変なことって?」

「嫌がらせのせいで、また、俺の前からいなくなったりしないよな?」

眉根を寄せ、千博がじっと梓を見つめる。梓は表情を変えずに、しっかりと頷いた。

「絶対にしないわ。だって、貴方と別れたことに関しては、後悔しかないもの。もうあんな時間を繰り返したくない」

梓の返事に、千博は安心したように微笑んだ。冷たいくらいに整った顔が、別人のような優しく温かい表情に変わる。

心に染み入るような笑みを浮かべ、千博が梓の身体をぎゅっと抱きしめた。

「ありがとう。彼女の件は俺が対処するから心配しないで。それから梓、百花ちゃんの通学は大変になるけど、新しい家に移るまでここにいてくれないか。近所に貼られたポスターは人を雇って回収させるけど、この状況で君たちと離れているのは、俺には無理だから。いいね？」

梓は素直に頷いた。あのポスターを見た人が、面白半分にからかってきたり、本気にして文句を言ってこないとも限らない。

百花に変な真似《まね》をされたりしたら嫌だ。通学は不便になるけれど、しばらく頑張ってもらおう。

今日の帰りの電車は混んでいたが、百花は満員電車を嫌がる様子もなく、立ったまま二十分我慢できたので、恐らく大丈夫だろう。

「お引っ越しまであと半月くらいだものね……そうさせてもらうわ、ありがとう」

申し訳ない気持ちでそう言うと、千博はきっぱりと首を横に振った。

「百花ちゃんを毎日満員電車に乗せるのは可哀相《かわいそう》だけど、俺としては安心できる。毎晩毎晩、妻子が無事に過ごしているか不安だったから」

「大丈夫。六年あそこでやってきたのよ。祖父母の家も隣だし、正人もいてくれて」

梓の言葉に千博が微笑む。その笑みに滲《にじ》んだ色香に、梓の心臓がどくん、と脈打った。

「防犯や治安以外にも理由はあるよ。俺の奥さんはこんなに美人なんだ。側にいられないなんて、本当に……気が気じゃない」

千博の声が甘く曇る。

——ま、また変なことを言って……千博さんがリップサービスしてくれる分には嬉しいけど、モモにまで教えないでほしい。あの子、すぐ教わったことを喋りたがるから、人前で言われたら恥《は》ずかしすぎる！

落ち着かなくて、梓は頬を染めて視線を逸らす。

昔付き合っていたときも、千博はぎこちなく『梓は可愛い』と言ってくれた。けれど梓はもう二十七で、あの頃の若さなどなくなったと思うし、一児の母だし、なによりもう結婚したのになぜ、昔よりもやたらと褒められるのだろう。千博が社会経験を積み、とても口が上手くなったからだろうか。

——いや、口は上手くなってないよね、全然変わらない……だから、一層落ち着かないのよ。

落ち着きを失った梓の顎《あご》を傾けさせ、千博が唇を重ねてきた。キスされるドキドキ感と、包み込まれるような安心感が胸を満たす。

しばしのキスの後、唇を離して梓は言う。

「あまりモモに変なことを教えないでね？　どこで喋るかわからないから」

その言葉に千博がゆっくり瞬《まばた》きする。

「……ねえ、聞いてる？」

「聞いてるけど、わかってないんだなと思って。梓は世界一綺麗《きれい》なんだよ」

そう言って千博がふたたび、梓の唇を奪った。噛みつくようなキスの激しさに、梓は動けなくなる。

「教えてあげるから、俺の部屋においで」

そのまま手を引かれ、梓は立ち上がる。

千博は梓を寝室に連れ込み、うしろ手に扉を閉めた。戸惑う梓のうしろ頭を抱え、唇を押し付けてくる。性急で情欲の匂いのするキスだった。こんな風にキスされたら、力が抜けてしまうのに。抗《あらが》えない梓の身体を、千博が優しくベッドに押し倒した。

——ど、どうしよう、モモが同じ屋根の下で寝てるのに……

この家はとても広い。客間でぐっすり眠っている百花に、主寝室の気配が伝わることは絶対にないだろう。最近の百花は夜中に起き出すこともない。

わかっているのに、背徳感が拭えない。

「なにが嫌なんだ？」

落ち着きのない梓に、千博が薄く微笑みかける。ブラウスのボタンを外されるのを目にして、梓はそっと目を逸らした。

「もしかして夫婦になったら、俺はずっと奥さんに触れない？」

冗談めかした問いに、梓は慌てて首を横に振る。

「そ、そうじゃないけど」

だが、やはりなんだかうしろめたいのだ。そんな梓の気持ちを見抜いているかのように、千博はボタンを外し終えたブラウスを剥《は》ぎ取った。

「梓は嫌かもしれないけど、俺は君の前で男になれる時間もほしい。梓が好きすぎるのに、一生我慢するのは無理だから」

梓の顔と耳が、かあっと熱くなる。

彼の言うとおりだ。夫婦で過ごす時間も大事。わかっているが、とにかく恥《は》ずかしい。

「本当に、君はいつまで経っても少女のようだ」

千博の声に甘い艶《つや》が滲《にじ》み出す。梓は、その甘さに小さく震えだした。

「……今日は俺とするのは嫌か？」

もう一度尋ねられ、梓は真っ赤になってかすかに首を振った。大丈夫だ、きっと。声を出さないようにすれば……そう思いながら、伸ばされた千博の腕に身を委《ゆだ》ねる。

一枚一枚服を脱がされ、一糸まとわぬ姿で千博の裸の胸に抱かれて、梓は落ち着かない気持ちで身体を両腕で隠した。

「ねえ梓、うつぶせになって」

なんだろうと思いながらも、梓は恐る恐る千博に背を向けた。千博の手が、梓の背中を何度も撫《な》でる。

「いや、くすぐったい」

思わず小さな笑い声を立てたとき、ベッドサイドの姿見《すがたみ》が、いつもと違う角度で置かれているのに気付いた。

――映っちゃう……

落ち着かない気分になって、梓は背中を撫《な》でる千博に言った。

「ねえ、あの鏡、直そう……？」

「直さないよ」

あっさり答えられて、えっと思う間もなく、梓の腰がぐいと持ち上げられた。

「きゃぁ……っ！」

四つん這《ば》いのような姿勢を取らされ、梓の顔がたちまちカッと火照《ほて》る。

千博が、梓のウエストを抱えたまま、梓のお尻にキスをした。百花とお風呂に入ったばかりだからどこも汚れていないけれど、こんな場所にキスされてるなんて……

呆然としていた梓は、我に返って、千博の腕から逃れようともがいた。

「やぁ、っ……なにして……っ……！」

だが唇は離れなかった。梓の肉の薄いお尻に何度もキスが降ってくる。

「あ……や……ぁっ……」

梓は腰を抱え込まれたまま、シーツを蹴《け》った。だが、どうしても逃げられない。視界の端の鏡に、髪を乱し、伸びをする猫のような姿勢で涙目になっている自分の姿が映った。

「どこもかしこも可愛かったけど、ここも最高だ」

唇を離し、千博が楽しげに呟く。同時に、丸出しになった花唇を指先でぐにゅりと撫《な》でられた。

「あぁっ！」

梓の腰が強い刺激にしなった。

「今日はうしろから入ってもいい？　鏡が見やすいだろう？」

「や、やだ……鏡なんて……ひぅ……っ……」

梓はなんとか、この悪戯《いたずら》な体勢から逃れようと身体をねじる。だが、どんな風に動いても、まるで千博を誘っているような、いやらしい動きになっている気がした。

「あ、あぁん……っ、なにして……やぁぁんっ！」

ぽってりと熱を帯《お》びた陰唇を繰り返し撫《な》でられるうちに、体温が上がっていく。

「どんどんピンク色が濃くなるな」

「も、なんで……恥《は》ずかしいのに……っ！」

「俺は恥《は》ずかしがる姿も好きなんだ。こんなに嫌がってるくせに、身体は反応して」

千博の、いつもクリアで明晰《めいせき》な声が、いつになく濁って聞こえた。

「俺の指に反応して、開いたり閉じたりする」

蜜口に指をあてがい、千博が短く笑った。

「んあ……っ……」

裂け目の上を指が滑った。普段ぴったりと合わさっているそこが、自《みずか》らほころんで雫《しずく》をこぼすのがわかった。

「いつもと違う体勢だから、もっとほぐそうか」

「ひ……っ……もう大丈夫……んく……っ、あぁん……っ」

繰り返し秘裂をなぞる指が、ゆっくりと中に沈み込んでいく。

千博の焼け付くような視線を感じ、指で身体を暴かれて、身体の疼《うず》きが激しくなる。

梓は耐えきれずに枕を抱え寄せて、上半身をくったりと倒した。

「梓、どんどん溢《あふ》れてきてるのわかるか？」

千博の指が、蜜洞の中の蜜をすくい取るようにくるりと動いた。くちゅう、と恥《は》ずかしい音が響き、開閉を繰り返していた花孔が指を食い締める。

「……可愛い、俺の指だけで、こんなにエロい反応……」

「もうわかったから、見ない……で……っ、やぁ……っ……」

千博の指が、じゅぷりと更に奥に沈んだ。梓は嬌声《きょうせい》を堪《こら》えて枕に顔を押し付けた。くちゅ、くちゅ、とわざとらしく音を立てて、千博が梓の膣内をゆっくりと開いていく。

――どうしよう、お尻……見られて……

梓は息を熱く弾《はず》ませながら、枕をぎゅっと掴《つか》んだ。

指の悪戯《いたずら》は止《や》まない。お腹側の襞《ひだ》をぎゅっとこすられ、どろりとした蜜が腿《もも》を伝う。

「んぅ……！」

大きな声を出しそうになって、梓はとっさに口を枕に更に強く押し付ける。

千博の美しい目に晒《さら》された花襞が、あさましいくらいに震えているのが、自分でもわかった。

「鏡、見えてる？」

「や、やだ、見てな……あぁ……っ……」

刺激を逃そうと、梓は腰をくねらせた。指はますます絡みつき、触れられると耐えがたい刺激が走る粒をくりくりと撫《な》でる。

「あ……はぁ……っ……やぁん……っ……」

「感じてるとき、肌がピンク色になってすごく綺麗《きれい》なのにな……見てほしいけど」

「やだぁ……っ！」

千博のとんでもない言葉に、更に羞恥《しゅうち》が強まり、梓は枕を必死で掴《つか》む。

「ここだってもう、いっぱいこぼれてきた……いい匂いがする、梓……」

秘部を弄《もてあそ》ぶ指を止め、千博が身を乗り出して再度チェストからなにかを取り出す。

「あ、もうちょっとしかない」

息を弾《はず》ませていた梓は、なんのことだろうとかすかに目を開く。

「なくなっても、追加で買わなくていいかな？」

千博の大きな手が腰を撫《な》でる。梓の身体は、それだけでぶるりと震えた。

「なにを……？」

「ゴム。これがなくなったら、もう一人子供作らないか？」

予想外の言葉に、梓のお腹の奥がぎゅんと疼《うず》く。

けれど、その提案は、素直に嬉しいと思えた。

真っ赤になって無言で頷く梓の両腰に、千博の手が掛かる。

「あぁんっ！」

更に腰を高く突き上げられ、梓は思わず顔を起こす。

濡れそぼった花びらに、欲情の切っ先が押し付けられた。

入ってくる。梓は枕を掴《つか》む指に力を込め、身体を暴かれる違和感に耐えた。

こんな体勢で愛されるのは初めてで、不安がよぎる。

昂《たかぶ》る熱塊は相変わらず梓には持て余すほどの大きさで、こじ開けるように梓の身体を貫いた。

「……ふ……あぅ……っ……」

お尻に、引き締まった千博の下腹部が触れた。彼が身を乗り出し、梓の背中に覆《おお》い被さる。

「梓、鏡見てみて？」

「いや、恥《は》ずかし……い……」

だが大きな手は優しく、容赦なく、梓の顎《あご》を持ち上げる。

鏡には、赤い顔で目を潤《うる》ませた自分が映っていた。動物のようなあられもない体位で、愛する夫の身体を奥深くまで咥《くわ》え込んで……耐えがたい羞恥《しゅうち》に、梓は目を伏せる。

「可愛いよな。俺は、世界一可愛くて綺麗《きれい》だと思ってる」

言いながら、千博が緩やかに肉杭を前後させた。

いつもと当たる場所が違う。ほんの数回の抽送で、早くも梓の両脚がふるふると揺れ始めた。

ぐちゅ、ぐちゅ、と規則正しいピストンの音が聞こえる。

「あ、っ、あぁ……っ、は……う……っ……」

不安定な体勢で奥を突き上げられながら、梓は必死に嬌声《きょうせい》を堪《こら》えた。

「昔と変わらず恥《は》ずかしがり屋なんだな……俺の前だから、乱れていいのに」

蜜音を立てて番《つが》いながら、千博が甘い声で笑う。

「ほら、梓、君はこんな顔で俺を食べてるんだ」

ふたたび千博の手に顎《あご》を捕らえられ、梓はちら、と鏡に目をやった。

口では嫌だと言っているのに、夢中で肉竿を貪《むさぼ》っているのが、目の光でわかる。

鋼のような剛直で奥を押し上げられるたびに、肩を震わせ、目を潤《うる》ませて、快感を全身で感じているのが、はっきりと見て取れる。

「もっと腰を振っていいよ」

言いながら、千博の抽送が速さを増す。

鏡を意識しながら、梓は叩きつけられる勢いを必死で殺した。

無防備な乳房が揺れて、シーツにこすれる。

その刺激に反応して、下腹部はますます収斂《しゅうれん》し、千博の雄にむしゃぶりついた。

「あぁん、あっ、ああっ……ぁ……」

千博の言うとおり、もっと快感を受け取りたくて、梓の身体が揺れた。

快感に押し流されるとは、このことだ。頭の片隅で、ちらりと思う。

不慣れな狭い器は、千博の形を覚えて、嬉しそうに雫《しずく》を溢《あふ》れさせる。

怒張の形も、温度も、表面に浮いた血管の様子まで、敏感になった粘膜が感じ取っている。

──好き……また、千博さんの赤ちゃん……ほしい……

そう思った刹那《せつな》、攻め立てられている隘路《あいろ》がぎゅうっと強く引き絞られた。

「あ……あ……私、もう……は、あ……っ……」

絶頂を過ぎ、かろうじて身体を支えていた腕の力が抜ける。枕の上に崩れ落ちながら、梓はむき出しの臀部《でんぶ》を震わせた。

びくびくと後を引く痙攣《けいれん》に応《こた》えるように、千博の身体が熱さを増す。

「梓、俺もイきそう」

腰を掴《つか》む指が、ねっとりと絡みつくような気配を帯《お》びる。

梓の尻に下腹部をぐりぐりと押し付けながら、千博の肉杭が一番深い場所を繰り返しえぐる。

「は……あん……っ……」

白く霞《かす》みかけた意識の中で、梓はふたたび声を漏らした。目尻からこぼれた涙が、頬を濡らす。

「ああ、梓」

短い呻《うめ》き声と共に、硬度を増した怒張が弾《はじ》ける。

薄い膜越しにひくつく肉槍が、果てて震える梓の中で、繰り返し脈動した。

熱気の籠《こ》もった室内に、千博の激しい呼吸音だけが響く。

やがて緩やかに、千博の呼吸が静まってきた。彼はゆっくりと梓の中から出ていった。

崩れ落ちた梓の身体に、汚れを拭い終えた千博が、素肌のまま寄り添った。

背中から抱き寄せられ、梓は薄く目を開ける。

「俺、梓がめちゃくちゃ好き」

シンプルな愛の言葉に、胸がいっぱいになる。こくりと頷いた梓を抱き寄せたまま、
千博が冗談めかした口調で囁《ささや》きかけてきた。

「子供の材料が揃ったから、いつでも百花ちゃんのリクエストが叶えられるな」

ぼんやりした頭に、不意に百花の真剣な顔が浮かんだ。

梓は思わず噴き出す。

「……うん」

梓は笑顔のまま、ウエストに巻き付いた千博の腕をそっと撫《な》でた。

第八章

その週末、千博の手配で、梓の周囲に嫌がらせをした峰倉とその父親が、斎川グルー

プが所有する高級ホテルのラウンジに呼び出されることになった。

峰倉産業の担当者が、山沢の会社との契約を見送るかも……と言ってきた件に関しては、調査が入ることになったらしい。祖父の話によると、峰倉産業のコンプライアンス部門はその件を把握しておらず、担当者の独断ではないか、という回答だった。

『嫌がらせにしても、ずさんなやり方だね。まあ、これが先方の過失とわかったら、次の交渉で強気の条件を吹っかけてみるよ』

山沢はそう言って笑ったらしいが、迷惑をかけてしまったことに変わりはない。梓としては申し訳ない気持ちでいっぱいだ。

また、ポスターは、千博が雇った調査員が波野山を問い詰め、貼った場所をあらかた白状させたらしい。

一応回収漏れがないかも見て回り、ほとんど集め終えたそうだ。

祖母の友達が何人かあのポスターを見たらしいが、皆『あんなの、誰がどう見てもあずちゃんへの嫌がらせ！　あの子はそんな子じゃない』と憤《いきどお》っていたという。

「じゃあモモはおばあちゃんの家で待っていてね」

「なんていうホテルに行くの。どこにあるの。どんなところ？　なにしに行くの？」

百花が『誤魔化しは許しません』と言わんばかりの真顔で言う。

片手にすーじぃ、片手にパパからプレゼントされたタブレット端末を抱いている。どちらもお気に入りで、小さな手から離さない。

タブレットは千博がセーフティ設定にしてくれているので、一部のアプリとインターネットしか使用できないが、百花は主にパズルゲームで遊ぶために使っているようだ。

真剣な顔の百花に、千博が顔をほころばせて言い聞かせる。

「ランスタンホテルっていうところだ。パパの会社の側にあるホテルだよ。ケーキが美《お》味《い》しいから今度一緒に行こう。今日はママと一緒に、ママに困ったことをしてくる人と話し合いをしにいくんだ。だから留守番してて」

「あのー、モモも、ママをいじめたおばさんに、言いたいことあるんですけど」

「駄目。今日は留守番だ。わかったね？」

「モモも言いたいことあります。つれていってください！」

あくまで言い張る百花に、梓も優しく言い聞かせる。

「お昼過ぎに帰ってくるから、パパとママと三人でご飯を食べに行こう。待っててね」

「なんで？　モモも行くってば」

「モモ、姉さんたちは時間がないんだから邪魔するな。ほら、すーじぃで遊んでやるから、ばあちゃんちで待っていよう」

正人に叱《しか》られ、百花は膨《ふく》れて小さな唇を尖らせた。

——どうしたんだろう。今日は聞き分けが悪くて……変だな。

珍しく拗《す》ねたままの百花を祖母に預け、梓と千博は待ち合わせ場所のホテルに向かうことにした。最寄りの地下鉄の駅から電車に乗る。ホテル近くの駅までは乗り換えなしで一本だ。

電車に乗り込んで隣り合わせに座り、梓は口を開く。

「モモが心配してたね。変に話し合いがこじれないといいんだけど……」

「こじれようがこじれまいが、こちらから条件を突きつける」

言いきった千博の表情は冷たい。だが梓としても、他人に及んだ迷惑までは無視できないのだ。

「ねえ、私の件はさておき、山沢さんの件はきっちり対応してくれる？　山沢さんはすごく評判のいい製作所さんなの。あんなことで経営に影響があったら申し訳なさ過ぎる」

梓の言葉に、千博がわずかに険しい顔を緩めた。

「君はいつも人のことばかりだな」

優しい声に、梓はかすかに頬を染めた。

「い、いや、おせっかいなだけ。とにかく山沢さんの技術はすごいんだから……祖父だって金属加工があんなに精緻《せいち》にできる人、滅多《めった》にいないって言ってるくらい。鉄の球体、仕上げは手で削り出しするのよ？　感覚でわかるんですって、すごくない？」

職人さんの話になると、つい熱が入ってしまう。拳《こぶし》を握って梓は続けた。

「うちの祖父の樹脂のハードコート技術もすごくて、ほんとにクリスタルガラス並みの仕上げで完成するんだけどね？　すーじぃもそれで作られてるから、まるでガラスみたいに見えて」

「すごいのはわかってる。そういう技術を得るには数年程度の経験じゃ無理だってこともね」

梓はそこで、はっと我に返る。

――ね、熱が入りすぎてしまった……！

恥《は》ずかしくなってそろそろと拳《こぶし》をとくが、千博の声は穏やかだった。

「だから俺個人は尊敬しているし、取引先の技術を大事にしたいと思っている。物作りもプログラム作りも企画作りも全部だ。作る人のお陰でモノがある。おしなべて敬意を払われるべきだ。だから俺は、外部の取引先とうちの会社で打ち合わせする場合には、必ず一度は参加する。大手の広告代理店さんでも、小さなグッズ製作所さんでも同じように」

梓の胸に、じわりと熱いものが込み上げる。

それなりに調べたけれど、ガレリア・エンタテインメントのコンテンツはどれも評判がいい。

作画や関連グッズの仕上がり、ゲームのディテールが丁寧だ……そんな風に言われている。

多分、作る側もやる気が出るのだ。社長自《みずか》ら打ち合わせに出てきてくれて、注目してくれたら、自分を尊重してくれていると思えるはず。

もちろん全員がそうとは限らないけれど、少なくとも梓なら嬉しい。

祖父も、期待されていると言って張り切っている。

普通なら別の会社にお願いするようなサンプル作成も、『坂本さんにお願いされたヤツだから』と自分の手で丁寧に仕上げたり、提案書を添えて、色々なアイデアを出していたりする。

『グッズを買った若い子は、キャラクターの絵を書いたプラ板を鞄に付けたりするんだろう？　じゃあ太陽光退色にも気を付けてみよう。このキャラクターの髪色とか服色とか、全部統一されててこだわりがあるんだろ？　長いこと綺麗《きれい》なほうがいいよなぁ、新しい基材を提案してみようか』

祖父が生き生きと正人に尋ねていたことを思い出す。

「うん……もちろんどんな対応をしても、職人さんはプロだから確実な仕事をしてくれるけど、いい気持ちで働いてもらえれば、プラスアルファが出てくると思うな」

千博は、梓の言葉に静かに頷いた。

自分の夫が、仕事に誠実な姿勢を見せてくれる人でよかった。そう思いながら、梓はほんの少しだけ千博に身を寄せる。

彼が大好きだ。離れようとした昔の自分は幼かった。なにもわかっていなかったのだ。そう思いながら、伝わってくる千博の温もりを味わった。

しばらく寄り添い合っているうちに、電車は目的の駅に着いてしまった。

もうちょっとくっついていたい、というかすかな未練を残しつつ、梓と千博は立ち上がる。

「ホテルは、ガレリア・エンタテインメントさんとは別の出口と直結なのね」

言いながら、梓は腕時計を見た。待ち合わせまであと十五分。ちょうどいい時間だ。

ホテルに連結するエスカレーターを上がり、千博が予約していたホテルのラウンジに着く。

「席同士が離れているから、あまり大声を出さなければ目立つこともない。家に呼ぶのはためらわれる相手だから公共の場所で会いたくて」

かつてはお見合いを考えるほどの関係だったのに、ずいぶん冷え込んでしまったのだな、と思う。

「梓は、あまりひどいことを言われるようなら退席していい。百花ちゃんを迎えに行って、俺の家に先に帰っていて」

一応、千博の家のスペアキーは預かっているが、梓は首を横に振った。

「大丈夫よ。話は一応聞いておきたい。どんなことを考えているか今後のために知りたいし」

千博はまだ心配そうだが、一応頷いてくれた。予約していた席は、少し奥まっていて、他の席とも離れていた。商談にも対応できるよう、店舗の作りが考えられているようだ。

――一応、峰倉さん親子が来る前にメールチェックしておこうかな。

何気なくスマートフォンを取り出した梓はぎょっとする。祖母からの着信が数件、正人からのメールもきている。

壊れぎみのスマートフォンでは、着信バイブレーションが鳴らなかったようだ。

――いやだ、モモになにか……？

スッと血の気が引いて、梓は慌ててメールを確認した。

『モモが、ばあちゃんち抜け出してどっか行った。今探してる』

梓は呆然とする。どういうことだろう。他のメールを慌てて確認する。

『モモは、俺が前にあげた念のための千円札と、タブレットを持ってると思う。すーじぃは置いていったから、どこかに出掛けるつもりなのかも。ごめん、マジでどこ行ったのかわからない。今から学童と公園を探す。ばあちゃんは、モモのお友達の家に電話してくれてる』

脚が震えだした。モモはどこへ行ってしまったのだろう。

今まで一度もこんなことはなかったのに……

蒼白《そうはく》になった梓の様子に気付いたのか、千博が声を掛けてくる。

「どうした?」

「モ、モモが、おばあちゃんちを抜け出して、どこかにいなくなったって……ごめんなさい、私、モモを捜しに戻るね……」

声も震えてしまう。恐ろしさのあまり血が逆流しそうだ。

もう、峰倉の嫌がらせの話どころではない。百花を捜しに行かなくては。力の入らない脚で立ち上がろうとしたときだった。

「うーん、話し合いに使われるのは、うちのホテルではこのお店かなぁ。ん? あれがパパとママ?」

「はいそうです。ありがとうございます」

店員と子供の会話が聞こえてきて、声のするほうを振り返り、梓は愕然《がくぜん》とした。

なぜなら、店員に案内されてちょこちょことやってくるのは、他ならぬ百花だったからだ。

——な……モ、モモ……なにして……っ!

どうやって来たのだろう。まさか千博から聞いた駅名とホテル名をタブレットで調べて来たのだろうか。千博が何気なく『話し合いをする』と言ったのを手がかりに、店まで探し当てたというのか。

そこまで考えて腰が抜けそうになる。

確かに百花は最近電車で通学しているので、乗り方は覚えたのかもしれない。タブレットだって、もはや、梓よりスイスイ使いこなしているけれど……

「も、百花ちゃん？　なんでここに来たんだ、どうやって……」

放心している梓の傍《かたわ》らで、千博が慌てて立ち上がり、百花の腕を取る。

「だって、モモもつれてってと頼んだのに、おいていったでしょ。だから一人で来た！」

「子供が一人で電車に乗ったら危ないだろう。なにを考えてるんだ！」

「電車はママといっぱい乗った！　もう覚えました。きっぷも買えたもん！」

あんぐりと口を開けていた梓は、はっと我に返った。

「モモ、ちょっとそこで待ってなさい！」

言い置いて店外に急ぎ、慌てて祖母と正人に連絡を取る。百花が見つかったので大丈夫だと伝えなければ。

半泣きの祖母と動揺している正人には、すぐに電話が繋がった。交番に届ける前に、なんとか間に合ったようだ。

祖母はよかったよかったと言い、電話してしまったお友達の家には、事情を話して謝っておくと言ってくれた。

正人は百花が勝手に出て行ったことを怒っていて、お尻を叩いておけと言っている。

「本当にごめんね、モモのこと、ちゃんと叱《しか》っておくから」

正人にそう言い置いて、梓は電話を切って店に急いだ。

「今度勝手におばあちゃんの家を出てきたら、パパがお尻を叩くからね。正人君もおばあちゃんたちも、どんなに心配したと思ってる」

「ごめんなさい。お出かけしちゃダメってマー君が言うから。だからかってに来た」

「悪い人に連れて行かれたらどうするんだ。ホームから落ちたら？　二度としちゃ駄目だ。パパかママがいないときに、電車に勝手に乗るのは禁止、わかったね？」

千博にたっぷり叱《しか》られた百花を席に座らせ、梓はその隣の席に腰掛けた。

「今までいい子に言うこと聞けたのに、どうして今日は勝手に来たの？」

梓の言葉に、タブレットを抱きしめた百花が、憤懣《ふんまん》やるかたない顔で応《こた》える。

「ママをいじめるおばさんに話があるから」

めまいがする。なんという頑固《がんこ》さだろう。まだ六歳なのになにを考えているのだろうか。梓は額《ひたい》を押さえ、百花に更に言い聞かせた。

「大人の話だって言ったでしょう？　ママの話聞いてなかったの？」

叱《しか》りつけると、百花が可愛い顔を精一杯しかめて言う。

「どうしてお話ししちゃダメなのかわからない。ママをいじめるやつは、モモもゆるさない」

気が遠くなる。この頑固《がんこ》さは間違いなく千博譲りだ。梓が幼かった頃は、大人の言うことを無視して怒られることが怖かったのに。

「わかった。もう峰倉さんたちがいらしたから仕方ない。百花ちゃん、静かにしていられるね」

千博の厳しい声に、百花が真剣な顔でこくりと頷いた。

「さいごにお話しする。後はちゃんと静かにしてる！」

梓はため息混じりに立ち上がり、百花に念を押す。

「モモ、本当に、絶対に静かにしていてね」

騒ぐようなら、交渉は千博に任せて、百花を連れて席を外そう。

おそらく百花は、悪戯《いたずら》をするつもりで来たのではない。一応、幼いなりに、ママに一方的な悪意をぶつけてきた『意地悪な人』に物申したかったのだろう。

大人しい梓には想像もできないが、そういう気性の子なのだ。

――ああ、困った。まさかモモが一人でランスタンホテルまで来るなんて。タブレットで調べながら来たのね、賢すぎる。ママはもう、頭真っ白。

席に歩み寄ってきたのは、身なりの立派な六十歳くらいの男性と、五十代前後の男性が二人。それから、道で梓に因縁《いんねん》を付けてきた『彼女』……彩友香だった。

千博が立席するまでもなく、男性三人が深々と頭を下げる。彼らは百花の存在に驚いたようだが、なにも言わなかった。

「このたびは申し訳ありませんでした」

一行《いっこう》を率《ひき》いてきた男性が深々と頭を下げる。彼が、峰倉産業の社長だろう。

だが、一番うしろに立つ彩友香はふてくされた顔で、謝罪のポーズすら取らない。くっきりアイラインを引いた目は、憎しみを込めて梓を睨《にら》みつけている。

社長は背後の様子には気付かない様子で、傍《かたわ》らに立つ男性二人を紹介してくれた。

「同行したのは、私の秘書と弁護士です。このたびは娘が斎川さんの奥様にご迷惑を……」

「奥様じゃないわよ！　勝手に妻って名乗ってるだけじゃないの？　入籍したくらいで斎川家の嫁になれるとでも思っているのかしら」

突然キツい声で彩友香が叫ぶ。弁護士だと紹介された男性が慌てたように制止する。

「奥様です、彩友香さん、失礼のないように」

「どうして？　あれは下請けの……」

「お静かに」

弁護士は困り果てたようにため息をつき、険しい顔で彩友香になにかを耳打ちした。

交渉がこれ以上不利にならないようにふるまってくれ、とでも言ったのだろう。彩友香が煮え湯を飲まされたような形相《ぎょうそう》でふたたび黙り込む。

峰倉社長は一瞬だけ彩友香を振り返り、持て余すように首を横に振った。疲れきった顔だった。

「山沢様の会社に対する圧力も、娘が知人である弊社役員に頼んで、勝手に行《おこな》ったものでした。社員のほうは厳正に処分いたします。いくらオーナー社長の娘とはいえ、あのような真似《まね》は許されることではありません」

「ポスターの件は？」

千博が冷ややかな声で尋ねる。彼は峰倉の謝罪に迎合《げいごう》するつもりはないようだ。妥協するつもりも馴《な》れ合うつもりもない、という意思が、淡々とした口調から滲《にじ》み出ている。千博の冷ややかなオーラが、話し合いが始まった瞬間から、場を支配していた。

――やっぱり、千博さんは……本気出したら絶対怖い……

固唾《かたず》を呑みつつ、梓は話の成り行きを見守った。

峰倉社長は疲れきった顔でため息をつき、絞り出すような声で言った。

「……娘が、奥様を中傷する目的で作成し、適当な人間を探偵に探させて貼らせたそうです。なんの言い訳もできません。本当に申し訳ありませんでした」

「ええ、私としても妻を中傷されて、峰倉さんの謝罪だけで済ませるつもりはありません」

その言葉に、弁護士が懐《ふところ》からなにかを取り出そうとする。だが千博は、ひと言冷ややかに言っただけだった。

「妻への中傷行為についてはうちの顧問弁護士に一任してありますので、そちらと交渉を」

弁護士は深く頭を下げ、なにも言わずに引き下がった。

千博は余計な話を長々とされ、空気が緩むのを嫌ったのだろう。一切譲歩のない千博の態度に、梓の緊張がますます高まる。

「とにかく、彩友香さんが山沢さんの会社に対して行《おこな》ったのは、明らかな嫌がらせでした。峰倉産業は、下請け企業をなんだと思っていらっしゃるのか。申し訳ないが、私どもとは根本的に考え方が違いすぎる」

「お待ちください！」

冷や汗で濡れた顔で、峰倉社長が中腰になる。

「わ、私ももう、後がないんです。次に不祥事があったら私は……」

「……過去何度も申し上げたはず。彩友香さんに『常識』を教えて差し上げてほしい、と」

にべもなく千博が言う。とりつく島もない冷たさだった。

梓は緊迫した様子の中、傍《かたわ》らにちょこんと座っている百花の様子に目をやった。

大きな目で、じっと彩友香を見つめている。愛くるしい顔に、千博によく似た冷徹な気配が漂っている気がした。

――どうしたの、モモ、すーじぃのウルトラハードをやってるときより怖い顔だよ……？

百花の様子を気にしながらも、梓はふたたび峰倉と千博のほうに視線を戻した。

「本当に申し訳ありませんでした」

「謝られても困ります。そのように頭を下げられても、こちらとしてもなにもできないので」

冷たすぎる千博の返事に、峰倉社長が険しい顔になる。

五年前、会社が不祥事を起こす前だったら、峰倉社長の立場はもっと強いものだったに違いない。それが今では、娘の起こした問題で、娘の元見合い相手に頭を下げる羽目になっているのだ。

だが、たとえ屈辱《くつじょく》を感じていても、峰倉社長は千博からなんらかの言質《げんち》を取って帰らねばならないのだ。

今回の件は水に流しますとか、特別に一度だけ許します、とか……

そうでなければ、本当に社長の椅子が危なくなるに違いない。

「娘の件は何卒《なにとぞ》……、どうか何卒《なにとぞ》、警察沙汰《ざた》にだけは」

絞り出すような口調で峰倉社長が言った。

千博は、感情のない目で峰倉社長をじっと見つめている。

『謝って頭を下げるだけか？』と言わんばかりの沈黙に、梓ですらいたたまれなくなった。

空気が氷のようだ。美しい男性の無表情がこれほど背筋が寒くなるものだなんて……

梓はなにも言えず、身体を強ばらせていきさつを見守った。そのときだった。

「……娘は、海外の子会社へやります。毎月定額の、必要最低限の生活費だけ与え、そこで生活と仕事をさせます。今後はそれ以上の援助は行《おこな》いません。日本に帰ってきても、家に入れません。いえ、生活費を使い込んで無一文《むいちもん》になっても、絶対に支援は……」

呻《うめ》くように、峰倉社長が言葉を続けようとした……そのときだった。

「どうしてそんな貧乏人にパパが頭を下げるの？」

ただでさえ冷えきっていた空気が、一気に絶対零度《れいど》にまで凍り付く。

「子供がたまたまできたから、運よく妻の座に納まっただけの女なのよ。生まれだって卑《いや》しくて……そんな人間にパパが頭を下げることないっ！」

あまりのことに、峰倉社長が瞑目《めいもく》した。今までの謝罪がすべて台無しだと言わんばかりの顔だ。梓は、自分が侮辱《ぶじょく》されていることを忘れ、この人は大丈夫なのかと心配になってしまった。

「やめなさい、彩友香」

「なにをやめろって？　今日はこの女に苦情を言いに来たんじゃないの？　だっておかしいじゃない！　お金をたかるためだけに子供を産んだ人間よ。ぼろぼろの汚い家に住んでいたくせに、千博さんに上手いこと取り入って、斎川家の奥様ヅラだなんて……ッ！」

梓は思わず、大人しくしていた百花の耳を塞《ふさ》いだ。彩友香が少しおかしいのは、もう痛いほどわかった。だから、百花にそんな言葉を聞かせないでほしい。

「ママ……？」

百花が驚いたように顔を上げたが、構わずに耳を塞《ふさ》ぎ続けた。

この場に百花がいるのは梓たちのミスだけれど、少しくらい配慮してくれてもいいのに。

百花には汚い言葉を聞かせたくなかった。

梓は涙が滲《にじ》んだ目で彩友香を振り返り、震え声で言った。

「違います。『子供がいるから』なんて理由だったら、千博さんと結婚はしませんでした。それに結婚だって、私が頭を下げてしてもらったわけじゃない。子供のためにいやいや結婚してもらうくらいだったら、あのまま娘と二人で暮らします！」

「嘘つくんじゃないわよ、白々しい。斎川家のお金目当てのくせに」

吐き捨てた彩友香に、梓はゆっくり息を吸い込んで言い返す。

「もう一度言いますけど、違います。今までの暮らしにも不満はありませんでした」

「なによ、千博さんの前だからっていい母親ぶって。そうやって点数稼いで貢《みつ》がせてるんでしょう。千博さんはお育ちがいいから騙《だま》されてるんだわ」

「いい母親ぶりたい程度の覚悟で……子供は、育てられないです……」

梓は強い口調で言い返す。祖父母と弟に苦労をかけ、色々な人にたくさん助けられ、ずっと『迷惑をかけてごめんなさい』と心の中で謝りながら生きてきた。

お金だけが目当てだったら、あんな状況に耐えられたはずがない。彩友香は、人ひとりを赤ちゃんから子供にまで育てることが、どれだけ大変かわかっていないのだ。

彼女自身も母親のはずなのに……やるせなくてたまらないが、心を叱咤《しった》して梓は続ける。

「わからないなら黙っていてください。私は千博さんに結婚して『頂いた』わけじゃありません。お互いの人生の最善を考えて、一緒になろうと決めました。私たちのことは、彩友香さんにはご理解頂けないかもしれません。でも、それで結構です」

彩友香の綺麗《きれい》に化粧を施《ほどこ》した顔が歪《ゆが》む。

「……誰に向かって、口を利いているの」

梓はその強い視線から故意に目を逸らした。

「なによ、返事しなさいよ！」

目を伏せて口をつぐむ。もう彩友香を相手にしないという意思表示だ。百花の小さな耳から手を離し、千博に話し掛ける。

「私の話は終わったわ」

千博が頷き、彩友香を無視して峰倉社長に言う。

「彩友香さんの処遇はお任せします。今ご説明頂いた内容でも、なんでも。私としては今後、妻と娘の前に顔を出して頂きたくない」

「わかりました」

峰倉社長が真っ青な顔で深々と頭を下げた。

「たいして綺麗《きれい》でもないし、まともな親もいない。そんな女と結婚してなにがいいの？　その子供だって、全然可愛くもないしっ……」

彩友香が金切り声を上げる。百花が怯えたように梓を見上げた。

今まで声を抑えていた千博が、別人のように険しい声で彩友香に言う。

「いい加減にしてくれ、貴女は、お父上がこうして俺に頭を下げてくださったことを、なんだと思っているんだ！」

「間違ってるのはあの女よ、あんな女にガキができたからって、千博さんこそどうかしてる！」

千博が怒りを抑えるように大きな手を握りしめた瞬間、不意にあどけない声が響く。

「おばちゃん」

峰倉側の人々と千博が、同時に声の主、百花に視線を投げかける。

百花はちょこちょこと歩いて、彩友香の側に立った。

我に返った梓が抱き寄せようとした刹那《せつな》、百花の口からとんでもない言葉が飛び出す。

「おばちゃんは、ママより自分のほうが綺麗《きれい》だと思ってるの？」

率直すぎる問いに、さしもの彩友香も一瞬ぽかんとした顔になった。

「な、なによ、いきなり……あ、当たり前でしょ……比べるまでもないわ……あんな貧乏人と、高級エステに毎週通える私じゃ……」

「ママがいなかったら、パパと結婚できると思ったの？　おばちゃんのほうが綺麗《きれい》だから？」

「そうよ、貴女のママがいなかったら、私が結婚できるのよ！　私のほうがずっと綺麗《きれい》だわ、言うまでもない。そうでしょ？」

彩友香が険しい顔で、父の弁護士と秘書を振り返る。

だが彼らは沈痛な表情でなにも答えなかった。彩友香が慌てたようにヒステリックな声を上げる。

「なによ、私のほうがずっと……なんなのよ、その態度は……なんで黙るの！」

「ざんねん、みんな、ちがうって言ってます、ネ……」

百花がぼそりと呟いた。梓は娘の腹黒な発言に耳を疑った。顔つきといい冷徹さといい、本気で怒っているときの千博に似過ぎである。開いた口が塞《ふさ》がらない。

「こら！　やめなさいっ！」

梓は慌てて百花を捕まえた。驚愕のあまり遅きに失した感はあるが、これ以上、爆弾発言を許してはいけない。

千博を振り返ると、同じく百花を見つめたまま形のいい目を点にしている。予想外すぎる展開に、彼の頭脳も対応できていないようだ。

「あのね、おばちゃん。パパはほんきで嫌がってるから、やめてあげて。ごめんね。パパが可哀《かわい》そうだから、やめてあげて」

百花が梓の手を振りほどき、真面目に彩友香に語りかける。弁護士と秘書が同時に噴き出した。

「な、なによ、このガキ……！」

百花は彩友香の鬼の形相《ぎょうそう》など気にした様子もなく、真剣な顔のまま小声で続ける。

「おばちゃんは、よその人と結婚してください。パパが嫌がってるから。ごめんね？」

我慢できないとばかりに、弁護士と秘書がもう一度噴き出す。おそらく彩友香に対して、普段から不満を抱いていたのだろう。彼女のフォローなど、一切しようとしなかった。

梓は大慌てで、百花を抱き寄せた。

「すみません。もう失礼します。本当に娘が失礼しました。いきましょう、千博さん」

千博も、我に返ったように立ち上がった。整った顔には、なんの表情も浮かんでいない。

「ああ、そうしよう。では峰倉さん、よろしくお願いします」

峰倉社長が我に返ったように立ち上がり、千博に直角に近い角度で頭を下げる。弁護士と秘書も笑いで滲《にじ》んだ涙を拭いながら、千博に頭を下げた。

ただ一人、彩友香だけが呆然としている。

「なによ、なんで皆笑うの……私のほうが綺麗《きれい》じゃないの？　どういうこと……なんで笑うのよ！　パパ、なにか言って！」

根拠なき万能感が崩れかけているためか、彩友香の顔は不安げにひび割れて見えた。

立ちすくむ彩友香に、峰倉社長が低い声で告げる。

「おい、いい加減にしろ、斎川さんご夫妻にご挨拶《あいさつ》を」

切り捨てるような峰倉社長の口調に、彩友香が唇を噛む。

恥《はじ》をかかされても一度も庇《かば》ってもらえず、味方のはずの父の弁護士と秘書にまで笑われて……彩友香の頭に、ようやく現実がしみ渡り始めたようだ。

彩友香が唇を噛み、ほんのわずかに頭を下げる。峰倉社長はその頭を押し、よろけるくらいの勢いで頭を下げさせた。

千博はその様子を冷めた目で見つめ、きびすを返して彼らに背を向けて、梓の肩を抱いた。

「珍しいな、社長が彩友香さんにあんなに厳しい態度を取るのは。離婚のせいでおかしくなった『可哀相《かわいそう》な愛娘』に、ようやく厳しくする気になったらしい。遅すぎるけど」

あまり興味のなさそうな顔だった。突然怒りを収めてしまって、どうしたのだろうと思いつつ、梓は頷いた。

足早な千博に肩を抱かれたままホテルを出てタクシーに乗り込む。

百花を挟んで三人で後部座席に乗り、車が走り出した刹那《せつな》、千博が肩を震わせて噴き出した。

「どうしたの？」

突然始まった笑いに、梓はびっくりして尋ねる。

「いや……百花ちゃんが昔の俺みたいだなって……」

笑いを堪《こら》えながら千博が言う。

どうやら途中から無表情だったのは、笑いを堪《こら》えていたかららしい。

彼は大きな手で百花の頭をポンポンと撫《な》でて、笑いの収まらない声で続ける。

「俺も昔、母に嫌味ばかり言う親戚にガツンと言い返そうと思って、新幹線乗り場まで行ったことがある。お年玉を持ってね。まだ五歳だったし、お金が足りなかったから、東京駅で駅員さんに怪しまれて捕獲されたけど……家では俺が消えたって両親と兄貴たちが大騒ぎしてて……本当に……なんだろう……俺たちは親子だな……だめだ、笑いすぎて腹が痛くなってきた」

こんなに笑い転げる千博を見るのは初めてだ。びっくりする梓の傍《かたわ》らで、我が意を得たりとばかりに百花が言う。

「モモもだ！　モモもガツンと言い返しに来た！」

「もう、やめなさい、笑いすぎてお腹が痛い。苦しいよ、百花ちゃん」

千博が手の甲で涙を拭い、またひとしきり笑う。

百花が、ぱちくりと瞬《まばた》きをした。

「あの、パパ、モモもパパって呼び捨てだから、モモって呼んでいいよ」

「パパって言うのは、別に呼び捨てじゃないのよ、モモ」

梓は思わず突っ込んだが、千博は百花の申し出が嬉しかったようだ。涙で濡れた目を大きく開き、形のよい唇に明るい笑みを浮かべる。

「そうか、わかった、モモ。……今日はママのために戦ってくれてありがとう。でも勝手に来たことは許してないからね」

千博の言葉に、百花は愛らしい唇を尖らせた。

「ごめんなさい」

だが百花の丸い顔には、『叱《しか》られるのは納得できない』と、ありありと浮かんでいるのだった。

その後、彩友香は、峰倉社長の判断で病院に入れられたという。

峰倉社長は、自分の不祥事のせいで娘の結婚生活を壊してしまったからと、彼女を甘やかし続けてきたらしい。

娘はおかしくない、ストレスで乱暴になっただけだと思いたい気持ちもあったそうだ。

だが、あの話し合いの席の態度で、彩友香はもう普通ではないのだと観念したらしい。

幼い子供の前でひどい言葉を浴びせ、父の立場も理解できない状況は異常だと、千博の会社を訪れて改めて頭を下げていったという。

『娘も一応、人の親のはずなのに、本当におかしいのだと思います』と。

彩友香の子供は、育児放棄した彼女から引き離して、心ある夫婦に預けていたらしい。荒《すさ》みきった峰倉家にいるよりも、はるかによい環境だという。今後は、今育てている人たちの養子にしてもらうよう働きかけるそうだ。

――そっか、お子さんは辛い思いをしていなかったんだ。よかった……

梓は、名前も知らないその子のことがどうしても気になっていた。だから、顛末《てんまつ》を聞けて、お節介だがほっとしている部分もある。

それから、ポスターをまき散らした実行犯の波野山は、町内会長から滅茶苦茶《めちゃくちゃ》に怒られ、最近は大人しくなったらしい。

彩友香の雇ったなんでも屋が、ゴシップ好きでお金をほしがっている波野山を見つけ、あのポスターを渡し、梓の祖父の家の近所に貼るよう指示したのだ。波野山は、小銭を払えばなんでもやるばあさんだと噂になっていたらしい。

だが、あのひどいポスターを貼ったのが波野山だと知ったご近所さんは、皆口を揃えて『ああ、あの人が貼ったんなら、内容は嘘だね。また悪口か、呆《あき》れる』という反応を示したという。

——貼ってくれたのが波野山さんでよかった……んだよね。

本当に残念な人だが、波野山が貼ったからこそ、誰も信じなかったのだ。

皮肉な話だな、と思う。波野山にはお金も責任能力もほぼないので、今後は町内会長や民生委員が、彼女の監視を強化するそうだ。

梓はため息をつきつつ、真面目な顔で『審査』をしているモモを振り返った。

「んー、あのねママ、モモはこれが好き」

床に並べたアクリルキーホルダーの試作品のまえに座り、百花が一つを指さす。

虹色のホログラフでキャラクターを印刷したものだ。透明度の高い板の中に、はっきりとゲームのキャラクターが浮かび上がっている。

祖父たちが請け負った、ガレリア・エンタテインメントとの仕事は順調に滑り出したらしい。

皆、今までやったことがない仕事だと面白がりつつ、メインで受注している大型案件の合間に作業を進めているようだ。

坂本の反応も上々で『マニアには、こういうこだわりの仕上げが受けるんですよ』と太鼓判《たいこばん》を押してもらったらしい。坂本自身が、その道では名高い『道具マニア』なので、発言には説得力があった。

「そうね、綺麗《きれい》よね。じゃあおじいちゃんには、モモはこれが好きだったって言っておくね」

百花が頷き、クッションを引き寄せて、その上にすーじぃを載せた。毎晩、すーじぃで一とおり計算パズルをやった後は、タブレットで脱出ゲームをやるのが百花の日課になっている。熱心かつ凄《すさ》まじい集中力だ。梓は念のために百花に尋ねる。

「宿題は？」

「学童でやった。おうちでパズルしたいから」

――偉いな……本当に私と違う……

梓はキーホルダーの試作品を袋にしまい、家の中を見回す。千博が用意してくれた広くて温かな家に引っ越してきて、一週間が経った。

最初は、他人のお宅に遊びに来たような気がして落ち着かなかったが、ようやくここが自分の家だと思えるようになってきた。

愛する『夫』がいて、梓と一緒に大切な娘を守ってくれる場所。半年前の梓は、自分がこんな場所にいられるなんて想像すらしていなかった。

百花はもう、なんのためらいもなく千博に甘え、駄々をこねては叱《しか》られ、遠慮なく振る舞っている。千博に接するときの自然な様子に、途方もない安心感を覚える。

千博のほうも、百花に対する真綿で包《くる》むような距離感がなくなってきた。とはいえ、元から娘には甘々のパパなので、もっと厳しく叱《しか》ってもいいのに……と思うこともあるが。

新しい暮らしは、百花にとってても楽しい日々のようだ。

今まで以上に活発になり、色々なことに挑戦し始めた。

勉強もそうだが、広い台所に揃った調理用具にも興味津々である。

――今まで子供用の道具がおけなくて、あんまり一緒にお料理とかしてなかったけど……これからはたくさんしよう。モモもやりたがってるし、そのほうがいいよね。

人並み……いや、千博のお陰でそれ以上だけれど、とにかくまともな生活ができるようになって、幸せでたまらない。

今、百花には自分の部屋があり、本棚には、これまでに梓が買ったパズルの本が並んでいる。千博がくれた子供向けの数学の本もそこに加わった。

今は難しくても、読めるようになったら楽しいはずだから、と彼は微笑んでいた。

「ねえママ」

百花がすーじぃから顔を上げて尋ねてきた。首をかしげると、真剣な顔で問われる。

「さかなって、せっし何度で焼くと美味《おい》しいの」

「え、えっと……中火でいいんじゃないかな？　焼きすぎるとパサパサになっちゃうの」

「ちゅうびって、せっし何度？」

大変なことになってきた。梓はこれまで一度も、ガスの火の温度など考えたことがない。こんなに百花の質問が難しくなったのは、千博と過ごす時間が増えて以降だ。

やはり彼は、百花にプラスの影響をたくさん与えてくれたのだろう。

――えっと、こういうときは……そうだ。

梓は千博の助言を思い出し、真面目な顔で百花に答える。

「そういうときは、タブレットで調べてごらん。わからないことを調べるために、パパがプレゼントしてくれたんでしょ？」

梓の言葉に、百花がぱっと顔を輝かせた。

「そうだった。自分で調べなきゃ」

すーじぃをクッションからどかし、今度はタブレットを載せる。梓は、真剣に調べ始める百花を微笑んで見守った。

「目が悪くならないように、もうちょっと離れてね」

「はぁい、わかった！」

百花が、梓の指摘に姿勢を正す。

タブレットでランスタンホテルの場所を調べて追いかけてきた事件の後、千博と『モモにタブレットを渡さないほうがいいのか』について、かなり真面目に話し合った。

賢くてもまだ六歳、なにをしでかすかわからない。

だが、結論としては、そのまま渡しておくことにした。駄目なことは駄目だと親が教えて考えさせよう、というのが、今のところ夫婦の一致した意見だ。

——あ、そうだ。朝ご飯の準備しとこうっと。

居間の真ん中でちんまりと座っている百花を置いて、梓は台所に向かった。

家族三人で暮らし始めても、梓の暮らしは大きく変わってはいない。朝は早起きして夫と娘の食事を作り、二人を送り出して祖父の作業場へ向かう。仕事をして夕方五時になったら、娘を学童に迎えに行って、スーパーに寄って帰って、夕飯の準備だ。正人は正人で、実は念願だったひとり暮らしを楽しんでいるらしい。

——モモを夜更かしさせないようにしなきゃ。新しいおうちで、私もモモも浮かれてるから。

そう思いつつ梓は冷蔵庫を開ける。大きくて色々入って嬉しいな、と思いつつ、梓は口元に笑みを湛《たた》えた。

「ねえママ！」

百花が、タブレットを抱いて走ってきた。

「どうしたの？　温度わかった？」

台所を片付けながら尋ねると、百花がタブレットを梓のほうに突き出してきた。

「これ、どう？」

タブレットの画面には、可憐《かれん》なウエディングドレスが映っている。真っ白なヴェールに、胸や裾《すそ》を飾る同じく純白の花。喉元のダイヤモンドをちりばめたチョーカーと、手に持ったホワイトローズのブーケが、えもいわれぬ清楚《せいそ》な風情《ふぜい》を醸《かも》し出している。

「あら、綺麗《きれい》」

「ママ、これ着て」

百花の提案に、梓はちょっと赤くなって首を横に振った。

「マ、ママはいいよ。もうモモが小学生だからドレスとかは着ないの」

「着てください。ウエディングドレス」

大きな目でじーっと梓を見つめ、百花が言う。

まだこだわっていたのかと思いつつ、梓は時計を確かめた。もう七時半だ。お風呂の準備をしなくては。梓は浴室に向かいながら、百花に声を掛ける。

「ママはいいの。もうすぐお風呂だから準備して」

その週の土曜日。梓は千博に、とんでもないところに連れ込まれていた。

百花を斎川家の義父母に預けてやってきたのは銀座《ぎんざ》。普段の梓なら素通りするような、高級ブランド店の重たい扉の向こう側だった。

結婚指輪をオーダーするという話だったのに、いつの間にか目の前に、きらめくダイヤで彩《いろど》られた豪華絢爛《ごうかけんらん》なエンゲージ・リングが幾《いく》つも並んでいる。

――って……私は……婚約指輪は断ったはずでは……

超一流宝飾品店のＶＩＰルームは、シャンデリアの輝きすらもまぶしく感じられる。

梓は緊張して背筋を正したまま、人形のように椅子に腰掛けていた。

「ち、千博さんは、こ、こんなお店に来たことがあるの……」

ぎくしゃくと尋ねると、ごく自然に千博が頷いた。

「時計を買いに何度か」

「と、時計も……売ってるんだね……」

もちろん梓には縁のない世界だ。取り扱い製品も、宝石のついた指輪やネックレスだろう、ということしかわからなかった。

「母のお気に入りのジュエラーなんだ。時計も品がいいって勧められてね」

千博はブランド品に興味がないのだろう。だが、ＣＥＯという立場柄、それなりのものを身につけねばならなかったに違いない。

「指輪、これはどう？」

微笑む支配人の前で、千博がダイヤがたくさん並んだ指輪を指し示す。

梓は、緊張で頭の中が真っ白だ。

――あの、本当に、婚約指輪は使わないからいらないと言ったのに……！

だがこんな大仰《おおぎょう》な最高級ブランドの本店特別室で、無駄な言い争いをするわけにはいかない。

「じゃあ、それで」

「真面目に選んでないな、俺以上に宝石に興味がないのか？」

千博は、可笑《おか》しくてたまらない、とばかりに笑い出す。

「バングルに合わせて、石が並んだやつにしようか。正方形のダイヤなんて珍しくないか？　俺は結構好きだな」

千博が次に指し示したのは、大きな真四角のダイヤがきっちりと並び、輪を形作っているリングだった。梓には『綺麗《きれい》』以外、善し悪しがよくわからなかった。

「そちらは、日本には二点しか入ってきていないデザインです。お気になられたのでしたら、是非お勧めいたします」

支配人が爽《さわ》やかな笑顔で言う。二点しかない、という言葉に、梓の緊張がふたたび高まった。

――やっぱり、こういうのはいらないかも。

並んでいるダイヤモンドリングから目を離したとき、千博が穏やかな声で梓に言う。

「大きくなったら、きっとモモが見たがるよ」

かちかちになっていた梓は、千博の言葉に首をかしげた。

「なんの話？　モモが見たがるって……？」

「年頃になったら、ママがプロポーズされたときにもらったリングとか、結婚式で着たドレスの写真とか、何回も見たがると思う。俺としても、君の花嫁姿を残しておきたいな。……本当なら、七年前にそうするつもりだったし」

千博の切れ長の目が、どこか遠くを見るように細められる。

梓の胸に、忘れていた遠い記憶が、かすかに蘇《よみがえ》った。

母が大事にしていたアルバム。そこにあった、幸せだった頃の両親の結婚式の姿を覗《のぞ》くのが好きだった。母がはめている結婚指輪も、何度も見せてもらった。箪笥《たんす》の奥にしまわれていた婚約指輪も。裏に名前が彫ってあって、ドキドキしたのを覚えている。

――ああ、悲しすぎて忘れていたけれど、昔は私も、お母さんの花嫁姿に憧れたんだっけ。

ふいに胸になにかがこみ上げた。

幸せだった頃を思い出してみればいいのだ。母が梓の側で微笑んでいた時間を。

あの頃梓が感じていた気持ちが、モモと同じ気持ちのはずだ。

一人で必死に頑張っていた頃は、母と過ごした幸せな時間を思い出そうとしなかった。思い出したらポキンと折れるんじゃないかと、心のどこかで察していたからだ。

──そっか、見たいよね……モモ、女の子だもん。

何度も『ウエディングドレスを着て』とせがんできた百花のことを思い出す。

子供の思いつきだと思って流してしまっていたけれど、千博の言うとおりだ。見てみたいに決まってる。自分だって、そうだったのだから……

梓は熱くなった目を、ゆっくり瞬《まばた》きして冷ます。そして、笑顔で傍《かたわ》らの千博を見上げた。

「ええ、大きくなったらモモに見せてあげたいわ。あの子、キラキラしたものが好きだから」

千博が勧めてくれたリングを、支配人がトレイに載せて差し出した。梓はそれを、そっと左手の薬指にはめてみる。

「これがいいな。なんか、四角いダイヤって、タイルみたいで綺麗《きれい》」

梓の言葉に、千博が口元をほころばせた。

「ああ。俺も好きだな。梓に似合う」

指輪をはめた手を取り、千博がしみじみした口調で言った。

「俺が気に入ったってことは、多分モモもだよ。本当に、モモは俺にそっくりだから」

結婚指輪をオーダーし、婚約指輪を購入した後に千博が向かったのは、自宅だった。

「モモを迎えに行かないの？」

迎えに行くと約束した時刻より大分早いが、なぜ一度家に戻ったのだろう。義父母は、百花と過ごすのを楽しみにしてくれているので、無理に早く迎えに行かなくてもいいのだが……

「ああ、ちょっとその前に用があって」

指輪の入った紙袋を手に、千博が玄関の鍵を開ける。さっきからやたらと時計を気にしているのを不思議に思う梓の前で、千博のスマートフォンが鳴った。

電話に出た彼が、明るい声で『上がってきてください』と答える。

——宅急便かな？

不思議に思いつつ、梓は一足先に居間に向かった。千博は玄関で誰かとやり取りをしている。

——やっぱり、荷物がきたのね。お仕事の本かなにか頼んだのかしら？

お茶でも淹《い》れようかと思っているところに『失礼します』と知らない人の声が聞こえた。

何人かの足音が聞こえる。驚いて振り返った梓の目に、運ばれてくる大量の薔薇《ばら》の花が飛び込んできた。

深紅《しんく》の薔薇《ばら》を中心とした、大型のフラワーアレンジメントだ。それが七つ。運び終えた人たちは、一礼して部屋を出て行く。

部屋中に漂う馥郁《ふくいく》たる香りに、梓は呆然とした。

「千博さん、このお花は……」

荷運びの人たちを送り出して、千博が居間に戻ってきた。そして彼は立ち尽くす梓の左手を取り、今日入手したばかりのまばゆいダイヤの指輪を、薬指にはめる。

「……こういう風にしたかった。俺は意外とロマンチストなんだ。梓と付き合って気付いた」

梓の手を取ったまま、千博が微笑む。

なにも考えられない梓の目の前で、千博が滑らかな仕草で膝を突いた。

「梓、愛してる」

突然の愛の言葉に、梓の頬がかっと赤く染まる。

「ど、どうしたの……急に……びっくりした……」

軽く答えたつもりだったけれど、心臓が凄《すさ》まじい勢いで早鐘を打っている。千博が梓の手を取ったまま、柔《やわ》らかな声で言った。

「梓には、こうやって、ベタなシチュエーションで求婚したかったんだ。本当はフランスのシャトーの庭とか、満天の星の下とか……とびっきり綺麗《きれい》な場所でプロポーズしたかった。だけど、順番が変わって先に親になったから仕方ない。自宅で我慢してくれるか、お姫様」

「な……っ、お……お姫様じゃ……な……」

恥《は》ずかしくて、爆発しそうだ。かたかたと手を震わせる梓に、千博が余裕の笑顔を向ける。

「なに言ってるんだ？　世界一綺麗《きれい》なのに。少なくとも、俺とモモにとっては最高のお姫様だ。もしかして、全然自覚ないのか？」

ますます顔が熱くなって、言葉が出てこない。そんな梓の手に、千博が優雅に口づけた。彼のほうこそ王子様のようだ。なぜ、芝居がかった仕草ですら見とれるほど綺麗《きれい》なのだろう。

指先から唇を離した千博が、クスッと喉を鳴らした。

「ちなみに、俺も結構恥《は》ずかしい。いい歳してなにやってるんだって思うだろう？　……だけど、最後までやるからな」

「最後まで……？」

首をかしげた梓に、千博が力強く頷きかけ、形のいい目を細めた。

艶《つや》やかな黒い瞳に、柔《やわ》らかな光が宿る。梓は吸い込まれるように、その瞳に見入った。

「梓、今までモモを守ってくれてありがとう」

予想外の言葉に、梓は胸を突かれた。なにも言えない梓の手をぎゅっと握りしめ、千博が笑いを収めて、真摯《しんし》な顔で告げた。

「……俺に、家族三人でやり直す機会をくれて本当にありがとう。モモのお父さんとして生きていけるのが嬉しい。君と歩んでいける未来に、心から感謝する」

千博の目に浮かぶ強い光に、梓の胸がますます強く揺さぶられる。

不意に視界が歪《ゆが》んで、梓は驚いて目元に触れた。

涙がこぼれていることに気付き、慌てて拭う。

だが、涙は止まらなかった。胸がいっぱいで、次から次へと涙が溢《あふ》れてくる。熱い涙が、頬を伝って顎《あご》からしたたり落ちた。

「わ、私も……同じこと……思って……か、感謝は……私のほうこそ……」

最後まで言葉にできず、梓はしゃくり上げた。

騎士様よろしく膝をついていた千博が、立ち上がって、涙をこぼす梓の身体を抱きしめる。

「ならよかった。梓とモモと暮らすのが幸せすぎて、毎日が夢みたいだから」

千博が身をかがめ、梓の唇にキスしてきた。塩味のキスに、梓はうっとりと目を閉じる。

――ああ、私、この人を好きになってよかった。

唇を合わせ、手を握り合いながら、梓は蕩《とろ》けるような熱に酔いしれる。だんだんとキスが激しさを増す。大きな手が梓の頭を押さえ、貪《むさぼ》るように、更に深く唇を合わせてきた。

もつれ合うように千博の寝室に足を運び、口づけしながらベッドに倒れ込む。千博は大きな手で梓の顔を撫《な》でながら、頬にも額《ひたい》にも首筋にも、次々にキスの雨を降らせてきた。

いつしか涙は止まり、梓の腕は千博の頭を抱き寄せ、絹《きぬ》のような髪を撫《な》でていた。愛する娘と同じ手触りの髪に、何度触れても胸がいっぱいになる。千博は百花と同じくらい大事な人なのだと、改めて強く強く実感した。

のし掛かる千博が、最後に少し長めのキスをした。それから梓の身体を起こして、服を脱がせ始めた。お互いになにも言わずに服を脱がせあい、素肌を晒《さら》し合ってぎゅっと抱き合う。

生まれたままの姿で抱き合うと、全身で千博の滑らかな身体が感じ取れた。梓は膝立ちになり、千博の唇にキスをした。

千博が梓の腰を抱き寄せ、向かい合う姿勢で膝の上にのせる。

――は、裸なのに……こんな体勢、恥《は》ずかしい……

戸惑ってかすかに俯《うつむ》くと、千博の大きな手が梓の手を軽く掴《つか》んだ。

「触って」

いいながら、お互いの腹の間で立ち上がった屹立《きつりつ》に梓の手を導《みちび》く。耳が熱くて焼けるようにチリチリする。梓は恥《は》じらいを堪《こら》えて、愛おしい夫の分身にそっと手を添えた。

「軽く握って……上下に、そう……」

手での愛撫を求められ、羞恥《しゅうち》がますます高まる。千博のそれは梓の小さい手の中で、何度かドクリと脈打ち、喘《あえ》ぐように震えた。

梓の腰に添えられた千博の手が、だんだん熱くなってくる。

肉杭をぎこちなく扱《しご》きながら、梓はそっと千博の顔を見上げた。

「こうで……いいの……？」

回答の代わりに、甘いキスが降ってきた。梓は思わず手を止めて、顔を上向けてそのキスを受け止めた。

千博の膝にまたがっているせいで、呼吸ごとに胸の先が触れあってしまう。それに、手で愛撫するなんて初めてのことで、なんだか落ち着かない。梓の息が弾《はず》み、柔《やわ》らかな乳嘴《にゅうし》が凝《しこ》ってくる。

大きな手が腰から背中に向けて梓の身体を撫《な》で上げた。じわじわと湧き上がっていた疼《うず》きが、そのひと撫《な》でで鮮やかに花開く。

思わず身体を揺らした梓の口腔《こうこう》に、千博の舌が割り込んできた。同時に、背中を支えていないほうの手が、梓の大きく開かれた脚の間に伸びる。

「ん……っ、ふぅ……っ……」

指先が花びらを弄《もてあそ》ぶ。口腔《こうこう》を嬲《なぶ》られながら、梓の身体が強ばった。

体温がどんどん高まっていく。梓は千博の肩に手を掛けたまま、指が敏感な場所に触れるたびに、大きく身じろぎした。

「ふ……んく……っ、ん……っ……」

息が弾《はず》む。指先が秘裂を撫《な》でさすり、敏感な場所を優しく押すたびに、お腹の奥からぬるついた蜜が溢れ出してくるのがわかる。

大きな背中がお尻や腰、背中を撫《な》でるごとに、梓の肌が粟立《あわだ》った。

快楽から逃れようと腰をずらしても、千博の指も腕もどこまでもまとわりついてくる。

梓は激しいキスと指の悪戯《いたずら》に涙ぐんだまま、先ほどまで愛撫していた肉杭にそっと触れた。

それの先端は濡れ始めていた。梓は息を弾《はず》ませ、教えられたように長大な茎の上のほうを握って、優しくゆっくりと扱《しご》き始めた。

腰を抱き寄せる千博の手に力がこもった。乳房が厚い胸板に押しつぶされる。だが、梓は手を止めずに、下腹部で立ち上がるものを優しく愛撫し続けた。

「ん……んぅ……っ……く、ん、ふ……」

秘裂に出入りする千博の指が、くちゅくちゅといやらしい音を立てる。

終わらないキスに、口の端から涎《よだれ》がつっとこぼれ落ちた。身体中が熱くて息が苦しい。梓は何度も身をよじりながらも、怒張を扱《しご》き続ける。

そのとき、手の中の肉槍がひときわ大きく、びくんと脈打った。

「……このまま、梓の中に入りたい」

唇を離した千博が、掠《かす》れた声で言った。

「なにも付けずにさせて……梓と、また子供を作りたい」

情欲の滲《にじ》んだ、飢えさえ感じさせる声だった。色香を含んだ低い声に、梓の身体がほのかな桃色に染まる。

――初めて……なにもつけないで……

梓は頷いて、剛直への愛撫を止《や》め、両手で千博の肩に掴《つか》まり、腰を上げた。

「俺のそれ、梓が入れて」

千博が梓の両腰を支えたまま言う。顔が火照《ほて》っていたいほどだ。だが梓はもう一度素直に頷き、屹立《きつりつ》の先端を己の泥濘《ぬかるみ》にあてがった。

「ゆっくり呑み込んで……そう……」

艶《なまめ》かしい声で囁《ささや》かれ、梓はたっぷりと濡れた蜜洞に、少しずつ肉杭を咥《くわ》え込んだ。

体重を掛けているせいか、それはずぶずぶと梓の身体に呑み込まれていく。いつになく大きく硬く感じて、梓の戸惑いは頂点に達した。

「あ……なんか……大きくて……あぁ……っ……」

身じろぎする梓の身体が、腰を掴《つか》んだ千博の手で、下方へ引き寄せられる。

「あああ……っ！」

強引に呑み込まされた肉杭が、ずぷりという音と共に、梓の最奥を突き上げた。

こんな風に、避妊せずに愛し合うのは初めてだ。梓の内股は、緊張で震え続けている。

梓は息を弾《はず》ませながら、千博の唇にキスをした。

同時に身体中がむずむずしてきた。今、生まれて初めて、なにも隔《へだ》てなく千博と愛し合っているのだ。そう思うと、得体の知れない快感の波が押し寄せてくる。

「動いてみて、腰を振って……こうやって……」

梓は息を乱しながら、千博の手にリードされたとおりに身体を揺さぶる。

淫《みだ》らな蜜音が響いて、少し動いただけなのに下腹部が弱々しく収斂《しゅうれん》した。

意思とは無関係にぴくぴくと震える粘膜が、滑らかな怒張の表面にこすられて、耐えがたい官能を呼び起こす。

「すごい、梓の中……いつもより熱い」

千博が梓を見つめて、夢見るような目で笑った。腰を掴《つか》んでいる手が更に激しく前後する。

梓の中で反り返る千博自身も、いつもより熱く感じられた。皮膜に包まれていない分身の感触がひどく生々しくて、愛おしかった。

「……っ、今日、すごく……大きくなってる……なんで……？」

「当たり前だよ、めちゃくちゃ気持ちよくて興奮してるから」

千博の息も弾《はず》んでいた。

気付けば、梓も無意識に身体を揺すっていた。力が抜けていく上半身は千博に縋《すが》り付きながら、腰は無我夢中で千博を搾《しぼ》り取ろうと揺れる。

開いた脚の間から蜜がしたたり、お尻を伝って幾筋も流れていく。

「だけど梓も気持ちいいんだろう？　こんなに動いて……可愛い……」

「だって……だって……っ……あぁ……っ……」

梓が不器用に身体を弾《はず》ませるたびに、くちゅくちゅという恥《は》ずかしい音が響き渡る。

千博の手が梓の丸いお尻を掴《つか》み、淫《みだ》らに揺れる梓の動きを助ける。

「今日は、梓が俺のを搾《しぼ》り取ってくれるんだな？」

乱れる息の下、千博がちょっと意地悪な顔で囁《ささや》いてくる。

梓は恥《は》ずかしさのあまり、涙ぐんで首を振った。

「……っ、違……っ、あぁん……っ、やだ、もう……っ……」

千博の手に力がこもり、梓のお尻を振り立てるように激しく上下させた。蜜窟が、どうしようもなくうねり始める。

「あぁ、っ、だめ、こんなに、激し……っ……あぁぁぁっ！」

突然速まった刺激に、梓の器がびくびくと収斂《しゅうれん》する。ぐちゅぐちゅと大きな音を立てて怒張を食《は》みながら、梓は千博に抱きつき、絶頂感を逃そうと身もだえた。

「あぁん、あっ、やぁ……本当に……だめ……！　ひ……っ……」

「イっていいよ、俺も今日は……気持ちよすぎて、駄目だ……」

千博のため息のような声が聞こえると同時に、腰を掴《つか》み直した手が梓の身体を固定した。

恥骨同士が重なり、淫芽が下生えにこすれる。息もできないほどの愉悦《ゆえつ》に、梓は無我夢中で、千博の腕で戒《いまし》められた身体を揺すった。

「やぁ……っ、あ、っ……あぁん……っ！」

しとどに蜜を溢《あふ》れさせながら梓は背を反らした。荒れ狂う熱が下腹を焼き尽くす。

「梓、好きだ、梓……」

最奥を貫く千博の怒張が、蜜路の中で大きく脈動した。

勢いよく爆《は》ぜた雄が、熱い欲液をびゅくびゅくと梓の中に吐き出した。溢《あふ》れるほどの白濁が、梓のお腹の中にじわりと広がっていく。ねっとりとした余韻に、梓の中の襞《ひだ》が弱々しく蠢《うごめ》いた。

繋がり合ったまま、梓の身体を、千博が折れるくらい強く抱きしめる。

「愛してる、梓」

獣のような呼吸をわずかにおさめて、千博が言った。

目に涙が滲《にじ》んだ。圧倒的な幸福感が梓の全身を満たす。梓は頷いて、快楽の喘《あえ》ぎに掠《かす》れた声で、愛の言葉に答える。

「私も……愛してる……」

全身で千博の愛を受け止め、飲み干して、心が甘く蕩《とろ》けてしまいそうだ。千博に頬ずりし、梓は、愛しい男の匂いと温もりに包まれて、そっと目を瞑《つむ》った。

エピローグ

千博が、最愛の女性、梓と入籍してから一年と少しが経った。

明るい部屋の中は、甘いミルクの匂いで満たされている。

「モモ、十哉《とおや》とお手々を繋いで、パパのほうを向いてくれるか?」

カメラを構えたまま、千博は言った。

先月生まれたばかりの長男・十哉の傍《かたわ》らには、常に長女の百花がくっついている。

梓は、千博と百花に赤ちゃんを任せ、つかの間の休息とばかりにのんびりとハーブティを楽しんでいる最中だ。

百花が人差し指を、嬰児《えいじ》の弟に握らせた。頭を傾け、十哉が姉のほうを向く。どの角度から見ても、梓にそっくりで途方もなく可愛い。

「パパ、写真とって！」

百花の言葉に、千博はすかさずシャッターを切った。愛らしい笑顔の百花と、きょとんとしている十哉の姿が、フレームの中に綺麗《きれい》に収まった。

千博は大きなカメラを置き、薄いパッドの上に寝かされてる十哉の顔を覗《のぞ》き込む。

十哉が、近づいた千博の顔に気付いたのか、ニコッと笑った。生後一ヶ月の赤ちゃんの笑顔は、感情を表すものではないらしい。

わかっていても、千博はその笑顔が嬉しくてたまらず、小さな十哉を優しく抱き上げた。

百花がぴょんと肩に抱きついてきて、千博の腕の中の十哉を覗《のぞ》き込む。

「パパ、十哉ニコニコしてる……可愛いね……」

千博は相好《そうごう》を崩して、傍《かたわ》らの愛娘に頷きかけた。

百花は、ずっと待ち望んでいた『弟』に夢中だった。すーじぃよりもパズルよりも、赤ちゃんの弟を見守っている時間が長いくらいだ。

「ママ！　ここ座って！」

百花が不意に立ち上がり、ソファでくつろいでいた梓の手を引いた。

「なあに？　どうしたの？」

梓が、笑顔で立ち上がり、百花に勧められるままに千博の傍《かたわ》らに正座する。

「モモが、パパとママの写真撮ってあげる」

すっかり父と同じカメラ好きになった百花が、慣れた手つきで重たいカメラを持ち上げた。

「はい、とりまーす！」

元気な声と共に、かしゃりとシャッターを切る音が聞こえた。

ふえ、ふえ……と声を上げる十哉をそっと揺すりながら、千博は尋ねた。

「上手く撮れたかな？」

「はい、上手にとれたよ。後でパソコンで取り込みするから！」

八つだというのに、百花はデジタルデータの扱いにすっかり慣れたようだ。親馬鹿と言われようがなんだろうが、可愛すぎて賢すぎて将来が楽しみで仕方ない。

百花がカメラを置いて、居間の片隅にあるサイドボードに歩み寄った。

「パパ、今の写真も、ここに飾ろう」

小さな指が指すのは、家族の写真だ。旅行先でバドミントンをする百花や、百花の撮った花の写真。父子でホットケーキを焼いている姿は、梓が撮ってくれたものだ。

その中にひときわ大きな写真がある。白の礼装姿の千博と、真っ白なウエディングドレスをまとった梓の写真。

家族と近しい親類だけを招待した、ささやかな挙式の一コマだ。

真っ白なヴェールに包まれた妻は、夫のひいき目なしでも清らかで、輝くように美しい。

花嫁花婿の間には、桃色のドレスを着て、頭に可愛らしい花を飾った百花が立っている。

百花は千博に肩を抱かれ、梓に寄り添って、頬を薔薇《ばら》色に染めていた。

写真越しにも、大好きなママの美しい花嫁姿を目にした百花の喜びが伝わってくる。

結婚式を迷っていた梓も『あんなにモモが喜ぶなら挙げてよかった』と微笑んでいた。

「いいよ、今撮った写真はネットで頼んで、綺麗《きれい》にプリントしてもらおうか」

千博の言葉に、百花が嬉しそうに頷いた。

梓と別れた後、一度は手放そうかと悩んだカメラは、今では幸せな家族を写し続けている。

「あ……十哉、寝ちゃったね」

傍《かたわ》らの梓が千博の腕の中の十哉を覗《のぞ》き込み、えも言われぬ優しい笑みを浮かべる。

これからも愛おしい時間を丁寧に刻んでいこう。そう思いながら、千博は傍《かたわ》らの梓のこめかみに、そっとキスをした。

書き下ろし番外編

モモの歴史

斎川百花、十四歳。

私立中学に通っている。

下には弟が二人……母と父は最初の七年ほど一緒に暮らしていなかったので、百花と弟二人とは年が離れている。

会社の社長をしている父と、昼過ぎまで曾祖父母の工場の経理を手伝っている母。始まりこそちょっと変わっているものの、今ではよくある平和な一般家庭だ。

「モモ、面白いものが出てきたわよ」

帰宅後に母に手渡されたのは、古い原稿用紙の詰まった箱だった。

「へー、何これ……？　私が小学生の頃に書いた作文？」

百花は落ちてくる長い黒髪をかき上げ、笑顔で母が手にした小箱を受け取る。

「読んでみて。ママ爆笑しちゃったわ」

「えっ？　ママが爆笑するようなこと書いてたっけ？」

母が綺麗《きれい》な顔に満面の笑みを浮かべて「うん」と答えた。

——えー、私、なに書いたんだろう……？

そう思いながら百花は自室に戻り、机の上で箱を開いた。

三ねん二くみ　斎川百花、と書かれた紙が一番上に載っている。

内容に目を通して、百花の全身に変な汗が噴き出してきた。

「こ、こんなの私書いたっけ？　でも確かに私の汚い字だ……！」

読んでいるだけで恥《は》ずかしくなってくる。

これを大事にとっておいてくれたのは母の優しさなのだけれど、読んでいる自分には痛い……

百花はまっすぐな長い髪をいじくりながら原稿用紙に目を戻す。

『モモのパパは、いつのまにかいえにいた。アメリカからきたパパです。

それでざいりょうをもってきて、おとうとの、とおやをつくってくれました。

ざいりょうをいれるばしょは、圧力釜です』

変な作文だった。変すぎる。

——何で私『圧力釜』だけ漢字で書けたのかな……？　大好きだったからかな、圧力釜……！　っていうか、圧力釜で弟ができるわけないだろー！

恥《は》ずかしさのあまり汗をかきながら百花は続きに目を通す。

『圧力釜はべんりなので、すぐカレーがつくれます、もも花は圧力釜がすきだ』

……問題児だなこれは……どうして自分の名前が『もも花』なのか……わかるぞ、手書き文字が面倒くさくなったのわかるぞ……だって書いたの自分だもん。この頃から『どうしてキーボードで入力しちゃ駄目なの？』って本気で思ってたもんね。

頭痛がしてきて、百花は額《ひたい》を押さえる。

昔からよく親が小学校に呼ばれていたが、自分は別に悪くないと思っていた。むしろ『パパも学校が好きだからよく来るんだ』とまで思っていたのだ。

しかし今こうして俯瞰《ふかん》で見てみると、問題は自分にある。

こんな変わった子供、先生も扱いに苦労したに違いない。

――ふえー……タイムマシンがあったら過去に帰って自分に書き直させたい……

真っ赤になりながら百花は二枚目の作文を読んだ。

『へんなおばさんが、ママにパパとけっこんするなといいました。モモはがつんといった。ママをいじめるやつはぜったいゆるさないです』

――こんなこと、得意げに作文に書かないでよー！　あの後、何回この話をネタにパパにからかわれたか……！

百花は机に突っ伏す。

しばらく悶絶《もんぜつ》したあと、百花は続きの作文に目を通した。

『それでかえりに圧力釜をパパがかいました。かれーとしちゅうをつくるため』

——また圧力釜が出てきた……！　これだけ漢字で書けるように練習したの思い出したわ……。

我慢できなくなって百花は噴き出す。

こんな妙な作文を読まされて先生も気の毒だ。

箱の中には、他にも日記帳が入っていた。

一ページ目にはびっしり『斎川梓』と書かれている。母の名前を綺麗《きれい》に書けるようになりたくて練習したのだった。

——めちゃくちゃママっ子だったからなぁ、私。

二ページ目以降は日記が書かれていた。

——パパと弟たちの名前も練習してあげようよ……私……。

どれだけママっ子だったのだろう。自分でも可笑《おか》しくなってしまう。

この日記帳では、文字がまともになってきている。

たしか書いたのは四年生の頃だろうか。

しかし後半が白紙のところを見ると、途中で飽きたのだろう。

——手書きって本当に非効率だもんね。消しゴム使うと消しかすが出るし。その点テキストデータは削除も修正もお手軽だからなぁ。

そう思いながらページをめくる。

『今日パパに実験キットをもらった。色水の色が変わったけど理由がわからない。パパはおばあちゃんに聞けと言いました』

――あー確か……子供用実験キットの薬剤の色が何で変わるのか、床を転がり回って知りたがったっけ……。それでおばあちゃんの家に行って聞いたんだわ。

自分でも面倒くさい子供だと思いつつ、百花はページをめくる。

『おばあちゃんといっぱい実験をしました。きけんな薬は使うなとおばあちゃんに言われました。そしてモモはさよちゃんにそっくりだと言われました』

――さよちゃんって……誰だっけ？　たしかおばあちゃんの従姉《いとこ》だっけ？　たまに話してくれるよね。早くに亡くなったけど、すっごい美人だったとか聞いた気が。

百花はちらっと机の上の鏡を見た。

見慣れた自分の顔が写っている。

祖母に生き写しと言われるが、本当にそっくりだ。

個人的には母に似て儚《はかな》げで清楚《せいそ》な感じになりたかった。

祖母も自分も顔立ちがくっきりしすぎなのだ。

中学に入ったばかりの頃『マスカラを塗っている』と教師に怒られ、『今すぐメイク落としを持ってきてください！　まつげの部分を拭き取って、黒いのがつかないことを確認して下さい！』と噛みついたことが懐かしい。

——あのときは入学したてで気が立ってたから、ママが変なこと言われるくらいなら自分で解決する！　って思っちゃったんだよなぁ。

教師からは『成績は良いが気が強い子』と言われ、女子からは『モモちゃん強いから好き』、男子からは『数学ゴリラ』と呼ばれている。

数学だけはずっと学年トップだからだ。

——ゴリラ……ゴリラ……うーん……別にいいもん。

別に誰になんと言われようと気にしない。

そういえば祖母も変なあだ名をつけられたと言っていた。なんというあだ名だったかは、もう忘れてしまったけれど。

——うーん、多分『さよちゃん』に似てるって言われたのは……中身かな？　さよちゃんも理系大好き女子だったのかも。

日記にはそのあとも、小学校高学年の百花の日々が綴《つづ》られている。

母が親戚に『千博くんの妻の座をかすめ取ってうれしいかね』と言われているのを聞いて、その場で頭突きをした話。

母がご近所の嫌なおばさんに『お綺麗《きれい》だから子連れでも後妻に納まれたのね』と適当極まりない嫌味を言われたので、横から『ご覧の通りおばさんより美人ですから』と言い捨てた話。

——ああ……この辺、記憶ある……。い、今の私ならもっとうまく手を回して仕返しするのに……っ！

恥《は》ずかしさともどかしさのあまり、百花はまっすぐな髪をかきむしる。

——いくらでも手段はあったわ。親戚の件はおじいちゃんに嘘泣きしながら告げ口するとか、嫌味なおばさんの件は『噂の出所確認しました？　そんなデマばかりまき散らしていたら、周りから頭大丈夫？　って思われますよ』と言い返すとか……！

百花は突っ伏したまま机を拳《こぶし》で叩いた。

自分のつたなさが恥《は》ずかしい。今ならもっとうまくやれるのに。

——この箱、恥《は》ずかしさの塊《かたまり》だ……勝手に捨てるわけにも行かないから、ママに永久封印してもらおう……。先に宿題も片付けたいし、チビたちと遊びたいもんね。時間は有効に使わないと。黒歴史に転げ回っている時間がもったいないわ。

百花は乱れた髪をさっと手ぐしでとかし、階下の母のところに向かった。母はリビングのテーブルで弟二人の相手をしていた。

「ねえママ、これ、二度と人の目に触れないように押し入れの奥に隠して？」

「面白かったでしょ？」

「うっ……とにかく隠しといてね。もう誰にも見られないように」

「そう？　ママは好きだけど」

母は笑顔で箱を受け取り、愛おしそうにその蓋《ふた》を撫《な》でた。百花は母の仕草の意味がわからず腕組みしながら首をかしげた。

「本当に懐かしい。ママは本当にモモに守られて生きてきたんだなって思ったわ」

「……？　そう？　いつ？」

本気で意味がわからず百花は聞き直した。

どちらかと言えば怒っていろんな大人に噛みついては、父と母が頭を下げていた光景ばかりがよぎるのだが。

「とにかく、それを見て、今後は何事ももっとうまくやらなきゃって思ったから」

気まずい気持ちで宣言した百花に、母がちょっぴり怖い笑みと共に言った。

「こら、何言ってるの？　なにかガツンと言いたくなっても深呼吸してって、ママはいつも言ってるわよね？」

「あ、はーい……」

百花は適当に相づちを打つ。

――やば……何も言い返せないから誤魔化そう……！

百花はリビングの床に座っている下の弟の一彦《かずひこ》に抱きついて、膝の上に載せながら言った。

「かず、ねーねと電車のゲームしよ！」

「やる！」

幼い弟がニコッと笑った。可愛い。

百花は専用のコントローラーを手元に引き寄せながら『今日は山手線を運転しよう』と弟に話しかけた。

もう一人の弟の十哉もちょこちょことやってきて百花の隣に座る。

「お姉ちゃん、ぼくもやる！」

「いいよ、かずと交代で運転しなね！」

百花の言葉に、弟たちが素直に頷いた。


「へえ、百花は結構成績がいいんだなぁ。ずっと弟たちとゲームしてるのに」

百花の試験結果を見ながら、夫の千博が口元をほころばせた。梓はネクタイを緩めた彼の前にブラウニーを差し出す。

「夕食は外で食べてきたんでしょう？　はい、どうぞ。これモモが作ったの」

「お、嬉しいな、いただきます」

千博は本当に嬉しそうな顔をしている。モモが可愛くて仕方ないのは相変わらずのようだ。

「そういえば子供たちの写真をデスクに飾っていたら、お嬢さんは美人ですねといろんな人に言われてしまったよ」

まんざらでもない表情で千博が言う。

「お正月のパーティの写真？」

「ああ。本当にこの数年で見違えるほど綺麗《きれい》になったからな……」

しみじみと千博が言う。たしかに、髪を伸ばして、背がすらりと高くなった百花は誰もが振り返る美少女だ。母親の梓も時々はっとしてしまう。

しかし本人は……相変わらずである。男子からのラブレターも『将来出世したらもう一度下さい』と突っ返しているらしい。

梓にしてみれば、そんな変わったところも含めて可愛いのだが。

「クルミとチョコが大きくて食べ応《ごた》えがあるね」

甘い物好きの千博が満足そうに言う。梓は笑って、夫にこっそりと教えた。

「モモ曰《いわ》く、極限まで無駄な手順を省いて作ったんですって」

千博がその言葉に噴き出してむせ、慌てたようにお茶を飲んだ。

「まったく、あの子らしいな」

「すごいのよ、手で材料を割って、ぐるぐる混ぜて、混ぜた入れ物ごとレンジに突っ込んでるだけなの。オーブンすら使ってないのよ？」

「手順を省くのが生き甲斐《がい》だって言ってたもんな……」

優しい目でブラウニーを見つめながら、千博がしみじみと言った。

「モモは本当に母さんに似てるな」

「え……？　パパにもそっくりよ　ついでに言うとパパとお義母様《かあ》もそっくりよ？」

「そうかな。俺は母さんほど自由人じゃないけどね」

千博は微妙な表情で遠くを見ている。

未だにこれだけは納得してくれないようだ。だが、納得できないことを言われたときの表情があまりにモモに似ていて、梓は笑いながら言った。

「あの子も今のパパみたいな顔で学校の先生に逆らってるのかしら」

千博が気まずげな表情で答える。

「モモは猪突猛進《ちょとつもうしん》だけど、間違ったことは言っていない。先生に呼び出されたときも、俺は必ずそう話しているよ。先生が納得して下さるまでね」

その口調までもがあまりにもモモにそっくりで、梓は笑いながら頷いた。

町工場で働く梓《あずさ》は小学一年生の娘・百花《ももか》を持つシングルマザー。梓には昔、一生に一度の恋をした恋人・千博《ちひろ》がいた。だけど、家庭の事情で別れざるを得なかった梓は百花を身に宿したことを知らせないまま千博を一方的に振り、姿を消した。それから七年。もう恋はしないと決めた梓の前に再び千博が現れる。「もう二度と、君を離さない」梓にも百花にもありったけの愛情を向ける千博に封印したはずの恋心が再びうずき出して――？

B6判　定価：704円（10%税込）　ISBN 978-4-434-30067-7

日本屈指の名家“山凪《やまなぎ》家”の侍従を代々務める家に生まれた里沙《りさ》は、山凪家の嫡男・光太郎《こうたろう》への恋心を隠しながら、日々働いていた。だが二十四歳になった彼女に想定外の話が降ってくる。それは光太郎の縁談よけのため彼の婚約者のフリをするというもので…!?　内心ドキドキの里沙だが、仕事上での婚約者だと、自分を律する。そんな彼女に、光太郎は甘く迫ってきて——

B6判　定価：704円（10%税込）　ISBN 978-4-434-27986-7

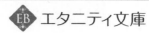

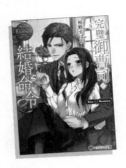

OLの華《はな》は近々、退職して留学する予定。…のはずが、留学斡旋会社が倒産し、払った費用を持ち逃げされてしまった。留学も仕事も住むところもなくなる華。そんな中、ひょんなことから営業部のエース外山《とやま》と一夜を共に！　さらに、自分のどん底状態を知った彼から「住み込み家政婦として俺の家で働かないか？」と提案されて――!?

B6判　定価：704円（10%税込）　ISBN 978-4-434-23649-5

本書は、2019年3月当社より単行本として刊行されたものに、書き下ろしを加えて文庫化したものです。


この作品に対する皆様のご意見・ご感想をお待ちしております。

おハガキ・お手紙は以下の宛先にお送りください。

【宛先】

〒150-6008 東京都渋谷区恵比寿4-20-3 恵比寿ｶﾞｰﾃﾞﾝﾌﾟﾚｲｽﾀﾜｰ8F
（株）アルファポリス　書籍感想係

メールフォームでのご意見・ご感想は右のＱＲコードから、
あるいは以下のワードで検索をかけてください。

アルファポリス　書籍の感想　検索

ご感想はこちらから

エタニティ文庫

敏腕《びんわん》CEOと秘密《ひみつ》のシンデレラ

栢野《かやの》すばる

2022年4月15日初版発行

文庫編集－熊澤菜々子
編集長－倉持真理
発行者－梶本雄介
発行所－株式会社アルファポリス
〒150-6008 東京都渋谷区恵比寿4-20-3 恵比寿ｶﾞｰﾃﾞﾝﾌﾟﾚｲｽﾀﾜｰ8F
TEL 03-6277-1601（営業）　03-6277-1602（編集）
URL https://www.alphapolis.co.jp/
発売元－株式会社星雲社（共同出版社・流通責任出版社）
〒112-0005 東京都文京区水道1-3-30
TEL 03-3868-3275
装丁イラスト－八千代ハル
装丁デザイン－ansyyqdesign
印刷－中央精版印刷株式会社

価格はカバーに表示されてあります。

落丁乱丁の場合はアルファポリスまでご連絡ください。

送料は小社負担でお取り替えします。


ISBN978-4-434-30205-3 C0193